アンリアル

UNRE∀L

長浦京

KYO NAGAURA

KODANSHA

目次

装丁：bookwall

アンリアル

Case 1

パラノーマル・ビュー

——緋色の追憶——

1

駅北口から延びるネオンに照らされた道を、沖野《おきの》修也《しゅうや》は進んでゆく。

多くの人が行き交う夜の街。東京スカイツリーに近づくにつれ、周りから次第に日本語の会話が消え、中国語、韓国語、タガログ語、ロシア語で話す声が増えてゆく。

「小弟弟《シャオディディ》」

中国語の「坊や」、客引きのつもりなのか中年の女が笑いながら声をかけてきた。

——子供じゃない。もう十九だよ。

言い返したかったけれど、黙って通り過ぎた。今は他にやるべきことがある。

気づけば日本語はまったく聞こえなくなり、道に並ぶ看板の中にも、日本語の文字は一切見えなくなっていた。

東京都墨田《すみだ》区、錦糸町《きんしちょう》。

二回目の東京オリンピックが終わったころから、和製中国語で非日本《フェイリーベン》と呼ばれるようになった、外国人就労者が八割を占める繁華街の一角。

パーカーにジーンズの沖野は、目的のマンション周辺を歩き、変化や異常がないのを確かめたあと路地の暗がりで立ち止まった。バックパックから夕飯代わりのグミを出し、口に放り込む。携帯の受信メッセージを確かめる振りをしながら、今夜も記録用画像の撮影をはじめる。


午後十時になった。そろそろだ。

こんな古臭い手法の張り込みはしたくなかったが、他に人員がいないので仕方がない。先週から計五回、路地の先に建つマンションの窓を見つめ、対象者の動向を探り続けていた。

その標的が帰ってきた。

千《ち》田《だ》祐奈《ゆうな》という女で、二十代半ば。高い背と美しい顔、ブラウンにカラーリングした髪。身につけている服やバッグ、アクセサリーはすべて高級ブランド品。カード会社のデータでは中国系貿易会社社員となっていたが、実際に勤務している形跡はなく、生年月日や携帯番号、メールアドレス等もすべて架空のものだった。

エントランスを入ってゆく姿を確認した五分後、彼女の部屋の窓に明かりが灯《とも》った。カーテンが閉じているので、中の様子まではわからないが、帰宅したのは間違いない。

携帯をバックパックに入れ、息を整え聞き込みに向かおうとしたとき、嫌な気配を感じた。寒くもないのに身震いがして、手の甲にまで鳥肌が立っている。

あの嬉しくない感覚——沖野は周囲を警戒した。

スーツ、作業着、ジャージとそれぞれに服装の違う男たちが、少し先の角を曲がってきた。

振り返ると、うしろにも三人。狭い路地の前後から挟むように近づいてくる。男たちの目は皆、暗がりの中で身構える猫のように光っていた。

これが沖野の特質。

危険が迫ると気配を感じ、殺意や敵意、憎悪を抱いている人間と対峙《たいじ》すると、その両目が光って見える。

近づいてくる様々な服装の男たちの、ずっとうしろ、見張っていた千田の部屋の窓明かりが消えた。またどこかへ出かけるつもりだ。沖野はマンションのエントランスへと急ぐ。だが、その前を光る目の男たちが遮り、取り囲んだ。

「待ってくださいよ、おまわりさん」

先頭に立つ鼻の横にホクロのあるスーツの男がいった。沖野の職業を知っている。

「このまま帰ってくれませんか。何もいわずに」

「どうしてですか。あなたたちは？」

沖野は訊いた。

「何者か聞いたら面倒なことになりますよ。優しく話しているうちに素直に従ったほうがいい。署の管理職の方々も穏便に済ませることを望んでいるはずです」

ホクロの男の声が脅すように大きくなり、囲む男たちの目の輝きも強くなってゆく。

この統制のとれた動き、ヤクザや外国人犯罪集団とは違う感じがする。しかも沖野に関する情報を掴んでいる。考えられる組織はひとつしかない。

ヤバイな――でもどうして？

沖野は混乱しながらも、それを隠すようにふてくされた表情でバックパックに手を入れる。

「署に電話させてください」

パイン味のグミを口の中で転がしながらいった。男たちの背後にマンションを出て夜道を歩いてゆく千田の姿が見える。

「バックパックから出す手はゆっくりと」

いわれた通り、沖野は右手に握った携帯をゆっくり出しながら考えた。どうするべきか？

そして、ふっとひと息ついてから、携帯を男たちに思い切り投げつけた。

――あの女を逃がすわけにいかない。

ホクロの男を含む全員が怯むことなく一斉に飛びかかってくる。沖野はバックパックを振り回し、背後から摑もうと伸びてきた腕をすり抜けた。

パーカーの右袖を摑まれたものの、ジッパーを下げ、脱皮するように脱ぎ捨てて振りほどく。左膝を伸縮式の警棒で殴られた。が、倒れず踏みとどまった。ただ、すごく痛い。

そのまま走り出し、男たちの間をすり抜けてゆく。遠くを歩いていた千田が一瞬振り返り、こちらを見ると、また何事もなかったかのように歩き出した。

彼女のうしろ姿が離れてゆく。

いや、まだ間に合う。追いつける、足の速さには自信がある。この男たちも振り切れる。

だが、背中に強い衝撃が走った。何だ？　銃声は聞こえなかった。実弾じゃない。棒で激しく突かれたようなこの痛みは、制圧用のゴム弾――

二発三発と撃たれたあと、よろけたところに飛びかかられ、押しつぶされた。警棒でさらに腕や脚を打たれ、蹴りも入れられた。誰かが沖野の体を探っている。

ジーンズのポケットから身分証を抜き取られた。

「沖野修也、十九歳。大田区山王《さんのう》警察署所属。間違いありません」

誰かが読み上げた。アスファルトに顔を押しつけられながら路地の先を見たが、もう千田の姿は消えていた。

切れた口の中で、血の味とグミの味が混ざり合う。すごく不味《まず》い。

「公安舐《な》めんなよ、小僧」

沖野の耳にホクロの男の声が聞こえた。

※

「六ヵ月前、山王《うち》署の管内で転落死したドナードというドイツ人男性の交友関係を洗っていた。当該者は自殺という結論が気に入らず、勝手に調べ、この千田祐奈という女が怪しいと睨《にら》んだわけか」

副署長がタブレット画面の始末書をスクロールしていた指先を止めた。

「調べた理由は、数多くの結果を出し、一日も早く本庁捜査一課に配属になるため……見た目通り、頭の中身も子供か？」

椅子の背もたれに寄りかかりながら、沖野の顔を呆れたように見た。その目には、赤く小さな光が灯っている。

「本庁や捜査一課を語る前に、今の身分をいってみろ。おまえは本物の警察官か？」

副署長の隣に立つ、山王署刑事課長が大声で訊いた。課長の目も赤い。

「今はまだ違います」

副署長のデスクの前に立つ沖野はいった。

「『今』だの『まだ』だの余計な言葉をつけるな、生意気なガキが。おまえはまだ一人前の警察官じゃない」

警察官となるために必要とされる研修期間は通常二十一ヵ月。警視庁警察学校を十ヵ月で卒業したのち、所轄警察署で三ヵ月の職場実習を行う。その後、警察学校に戻り、初任補習科三ヵ月の受講を経て、再び警察署での実戦実習五ヵ月ののち、ようやく単独で公務を行える警察官となる。

沖野は最後の実戦実習期間をあと二ヵ月残していた。

「警察学校の校長や指導主任からも、他の管轄を荒らすような行動はするなと厳命されたよな。あの言葉をもう忘れたのか、あ？　どうなんだ？」

「覚えています」

「声が小さい」刑事課長が怒鳴った。

「覚えています」沖野は大声でもう一度いった。

一年半前、まだ警察学校に入校したばかりのころ、沖野はこの三年間に東京都内で起きた二件の未解決殺人事件を独自に調査し、犯人を特定した報告書を担当所轄警察署と本庁捜査一課に送った。結果、報告書の内容が元になり、犯人は逮捕され事件解決に至った。

刑事課長はそのことをいっている。

「推理遊びは以後禁止だと厳命されたのは理解しているんだな。わかっていて今回も行動したってことは、明確な命令違反だ。しかも、所轄の人間が他所《よそ》の管轄で本庁公安と騒ぎを起こすなんて、前代未聞だぞ。この馬鹿ったれが」

カード会社から流出した情報を匿名性の高いＳＮＳを通じて購入し、千田祐奈のデータを盗み見たことはバレていない——犯罪行為が発覚しなかっただけ、まだマシか。

警視庁山王警察署内。警務課のフロアーの隅に作られた副署長室は、ただでさえ狭くて暑苦しいのに、副署長が寒がりのせいで十月末にもかかわらず、もう弱く暖房が入っている。

「私のせいで暑いか？」副署長が訊いた。

「いえ、緊張と反省による冷や汗です」

「上長の前では気の利いたこともいえるのに、踏み込んではいけない一線の見分けはつかなかったか？　殺人の案件を自分で解決したつもりになって、大手柄を挙げたと勝手に調子に乗ったのか、おい。幼稚な勘違いのせいで、うちの署の指導はどうなってると突き上げを食らっている。面目も丸つぶれだ」

思い上がっていたつもりはない。自分が無謀なことをしたのもわかっている。ただ、逸脱した行動だと気づいていても止められなかった。

ドナードを事故に見せかけ殺した女が、そこにいたのだから。

沖野は立ったまま頭を下げ続けていた。この体勢でいるのは体がきつい。三日前に錦糸町でゴム弾を受け、蹴られたせいで、肋骨と左鎖骨にヒビが入り、打撲も多数。重篤ではないと一日で病院を追い出され、昨日一日待機寮で寝ていたが、やはり元通りというわけにはいかない。暑さに加え、痛みによる汗のせいでシャツが濡れてきた。

それでもまだ説教は続く。

「自分がテストケースだという自覚がないのか？　高校生活さえまともに送れなかったおまえが採用試験に合格できたのは、単に学科成績がよかったからじゃない。社会問題化している若年層の引きこもりの連中に、希望を与えるためだ。なのに、おまえはつまずいた」

副署長はいった。

「無自覚だったせいで、あとに続くはずだった多くの者に迷惑をかけた。すべては、少しばかり推理もどきが当たって有頂天になった、おまえの幼さと愚かさのせいだ」

刑事課長もいった。

――完全な個人攻撃、パワハラじゃん。

感情の昂ぶりに合わせるように、副署長と刑事課長の両目の光はより赤く強くなり、あの夜の公安の連中と変わりないほどに輝いていた。

この自分の特質のことを、ふたりに打ち明ける気はもちろんない。話しても頭がおかしくなったと思われるだけなのは、子供のころからの経験で嫌というほどわかっている。

「すぐにデスクとロッカーの私物をまとめろ。拳銃と装備品の返還書類も用意できているから、書き込んで出していけ。最後の情けで半休扱いにしてやるから、今日中に寮の荷物整理も終わらせろ」

依願退職を迫られているのだと思った。覚悟はしている。だから上着の内ポケットから退職願を取り出した。

「喜んで受け取りたいところだが、それは異動先で出せ」

刑事課長がいった。

「おまえは警視庁本庁・警備部警護課第四係に異動だ。昨日付で辞令が出た」

「は？」沖野はいった。「どういうことですか？」

「どういうことか、こっちが聞かせてほしいね」

副署長が赤く輝く目でいった。

※

待機寮に戻り、荷物を整理していると携帯が震えた。

刑事課長からのメール。

『知念《ちねん》教官への報告だけは忘れるな』と書かれている。知念茂夫《しげお》、警察学校の教官のひとりで、沖野の理解力や洞察力の高さを唯一評価してくれていた。年上ばかりの同僚と馴染《なじ》めず、口調や態度が生意気だといわれ孤立しているのを心配し、気遣ってもくれた。教官になる前の所轄勤務時代は、薄くなった頭にかけて「ハゲタカ」と渾名《あだな》されるほど、わずかな手がかりの中から証拠をほじくり出し、容疑者の所在を暴き出す捜査の達人だったそうだ。沖野が殺人犯を特定した報告書を送った件で、退校の話まで出ていたのを庇《かば》ってくれたのも知念教官だった。

だが、教官は肝臓癌だった。可能な限り教壇に立っていたいというのが本人の希望だったそうだ。沖野たちが、自分が最後に送り出す卒業生になるという自覚もあった。症状の悪化で日常生活が難しくなり、入院すると、その二週間後に教官は五十七歳で亡くなってしまった。

沖野ももちろん葬儀に出席した。警察官は大勢集まったが、離婚した元妻や、その元妻に引き取られた知念教官のふたりの息子を含む親類はほとんど出席しない、どこか寂しさを感じる葬儀だった。

——課長のいう通り、異動を知らせに墓参りに行かなくちゃ。

ありがたい忠告だけれど、メールの最後には『おまえのアドレスは消去する、今後山王署員には一切連絡をするな』と添えられていた。

どれだけ署内で煙たがられていたのか思い知った。職場実習の三ヵ月、実戦実習の途中までの三ヵ月、計半年しか在籍していなかったのに。

しょうがないか。沖野のほうも皆を好きではなかったし、友人と呼べるような仲間を作る気もなかった。尊敬できそうな先輩も見つからなかった。

そんな誰からも好かれず、信用もされていなかった人間が、なぜ本庁異動に？　勤務態度を矯正されるのか？　そもそも実習期間を残しての本庁異動なんてあり得るのか？

ただ、どんな理由だとしても、異動先で周りと上手くやれる自信はない。どこに移されても同じだろう。警察官になったくせに、警察をまったく信用していないのだから。

合わないとわかっていた仕事に就いて、どうにかできると思い込んでいたけれど、やっぱり無理なのかもしれない。だとしたら再就職か、それはそれで面倒だな。こんな慢性的不況の時代に、地方公務員の立場を進んで捨てるのは、利口じゃないこともわかっている。

　ぼんやり考えながら部屋の整理を続けていると、家族写真が出てきた。実家を出て警察学校に入寮するとき、姉の夏都《なつ》が無理やり持たせた一葉。

　どこに紛れ込んだかわからないまま、気にすることもなかったのに。

　偶然とは思えなかった。嫌な必然――

　沖野が中学二年のとき。陸上の百メートル走で十一秒〇六のタイムを出し、当時の東京都中二男子記録を更新した記念の食事会で撮ったものだ。

　当時四十六歳だった父、四十四歳の母。十四歳の沖野。そして大学一年、十八歳の姉の夏都が写っている。写真嫌いだった父を、「こんな機会もなくなるから」と姉が説き伏せ、沖野も無理やり笑顔を作った。

　本当に最後になってしまった。

　この半年後に父と母は自動車事故で亡くなった。その事故の状況を知らされるまで、沖野は自分が警察官になるなんて一度も考えたことがなかった。

　沖野は事故とは思っていない。事故と結論づけた警察の説明にもまったく納得していない。だから警察官になった。信用できない警察に代わって、父と母が死んだ事件を自分自身で再捜査するために。

　また携帯が震えた。今度は電話。

　異動先の本庁警備部警護課の番号、出ると新たな上司になる予定の警護課長だった。

「そうです。はい、わかりました」

課長の事務的な説明が続き、沖野はいわれるままペンを手に取り、メモに走り書きした。

「えっ、出向？　僕がですか？　警視庁本庁には登庁せず、明日の朝から直接、その新たな配属先の勤務地に出勤するということですか？」

官庁組織の警備らしいけれど、そんな任務は聞いたことがない。しかも、事前の警備計画作りも、打ち合わせもなく、いきなり現場に行けという。所轄では考えられなくても、本庁警備部ではよくあることなのか？

『行けばわかるそうだ』

警護課長はあっさり電話を切った。

――変だ。

経験のごく浅い沖野でもそう感じた。

どんな些細なことも、数度にわたる書類の提出と承認、根回しと擦り合わせが必要な警察業務で、こんな曖昧《あいまい》なやり取りはあり得ない。沖野には警備の任務経験もない。しかも、以降の指示命令等はすべて先方上長に仰ぎ、必ず従えという。その上長が何者かもわからないのに。

沖野はメモを見た。

明日から出勤を命じられた、虎《とら》ノ門《もん》の民間オフィスビルに入るその官庁部署の名が書かれている。

「内閣府国際平和協力本部事務局　分室　国際交流課二係」

2

外堀通りを進んでいたタクシーが赤信号で止まると、拡声器を通した声が聞こえてきた。

「デモみたいですね」運転手がいった。

フロントガラスの先、夜の日比谷《ひびや》通りの路上にプラカードやメッセージボードを掲げた人々が列を作っている。

東京タワー保全派の行進だった。電波塔としての役目を終え、観光施設としても苦況が続く東京タワーを解体し、東洋一の高層ビルを新造して周辺地域とともに大規模再開発する案が、政府、東京都の支援を受けた企業複合体から出されている。対して文化財として保全しようという団体も複数いて、様々なメディアで議論が起きていた。

信号が青になっても車列は進まない。携帯で調べると、日比谷公園から東京タワー近くの芝《しば》公園までデモ隊が進む間、日比谷通りが交通規制されていた。

――ヒビが入っている鎖骨と肋骨が痛くて歩くのがまだ辛《つら》いから乗ったのに。

「歩いたほうが早いと思いますよ、お客さん」

運転手にいわれ、沖野は「上手《うま》いですね」と返した。

特に考えもなくいったが、すぐに気づき「ごめんなさい」と続けた。外国人労働者の日本語を安易に褒めると、それだけで侮辱と取られることがある。

「平気、平気。嬉しいよ」

褐色の肌をした彼は振り向き、笑顔を見せた。乗務員プレートの名はグエン、国籍欄にＶｉｅｔと書かれているのでベトナム出身なのだろう。

「タクシーはまだ二年だけど、こっちに来てもう七年だから。嫌でも覚えちゃうよ」

政府が白ナンバーのＵｂｅｒタクシーを認可しない代わりに、人手不足解消のため外国人在留資格を緩和し、日本人以外のタクシー運転手就業を事実上認めるようになって三年。

祖母や姉の買い物につき合わされた帰りに乗ったときなど、タイや台湾、ネパールなどの外国人運転手を少しずつ見かけるようになった。けれど、大抵は会話に日本語翻訳ソフトや通訳機を使っている。機器に頼らず流暢に話す外国人運転手に出会ったのははじめてだった。

「そのうち東京もニューヨークみたいに、タクシーはガイジンの仕事になるだろうね」

彼の笑顔に送られてタクシーを降り、歩道を進む。

歩くとやはり体のあちこちが痛むが、どうしても新しい配属先が気になる。

調べてみると、内閣府内に国際平和協力本部事務局という部署は実在した。ただ分室が何のためのものか、国際交流課二係がどんな活動をしているのかは、まったくわからない。

とにかく実際に行き、見てみたかった。行って、何も起こらないならそれでいい。起きたとしても、それで新たにわかることがあるはずだ。

午後七時半。一般官庁の通常業務時間は終わっている。

西新橋一丁目の交差点を左に曲がり、コンビニの角をさらに右へ。

裏道に建っていたそのビルは、くすんだレンガ張りの外壁が古めかしく、築三十年は過ぎているように見える。でも、エントランスに入ろうとすると、脇の警備室からすぐに制服の警備員が出てきた。

八階の国際交流課に行くと説明すると、「アポイントがない方はお通しできません」とにべもなくいわれた。まあ、ここまではいつも通り。ガキだと思われて、冷たくあしらわれるのには慣れている。

次に警察官の身分証を見せた。それでも「本日、国際交流課のみなさんは全員退室されています」と追い返された。ガードが固い。

一度引き下がって、ビルの周囲を調べてみる。正面以外に、裏口と地下駐車場内の出入り口がひとつずつ。どちらも施錠され、複数の監視カメラが設置されていた。他にもざっと目視しただけで、ビルの外壁にカメラが十一、隣のビルとの隙間や外付けの非常階段には人感センサーのようなものも取り付けられている。

官庁の分室が入っているとはいえ、少しやりすぎだ。一般のオフィスビルとは思えない。暴力団事務所か左翼系弁護士事務所のような厳重な防備に怪しさが募る。

どうしよう。とりあえず入ってみるか。

隣の雑居ビルの三階にある共用トイレの窓から外に出て、雨どいを伝い、知らない部屋のベランダの柵に飛びついた。

――痛ってえ。

左の鎖骨と肋骨にヒビが入っているせいで、左腕に力が入らない。一瞬宙ぶらりんになりそうになったが、何とか這い上がった。柵の外側を横歩きし、目的のビルの非常階段に人感センサーを避けながら飛び降りた。

カメラの死角をたどって、非常口まで近づく。外側にも鍵穴があるタイプでよかった。いつも使っている道具を差し込み、解錠する。ドアの開閉が警備室に伝わるシステムかもしれないが、見つかったら、そのときはそのときだ。

明日からここに通勤する予定なのだから、大目に見てくれるだろう。見てもらえず、面倒なことになったら、まずはとにかく謝ろう。それでも警察沙汰になったら、こちらも警察官だと説明しよう。よけい話がこじれて、また処分だの始末書だのいわれたら、そのときは警察を辞めればいい。

覚悟を決めているので怖さも躊躇《ちゅうちょ》もなかった。父と母の事件を追うことは、一般人になってもできる。手短かにいえば、開き直りだけれど。

エレベーターを探し、八階へ。

降りた通路の先に「内閣府国際平和協力本部事務局　分室　国際交流課」と大きく表示されている。

「何かご用ですか」

うしろから女の声が聞こえ、慌てて振り返った。

黒髪に黒い瞳、眼鏡をかけた地味な女が真っすぐにこちらを見ている。

「こちらの、国際交流課の方でしょうか」沖野は訊いた。

「はい」女はいった。

「明日から二係でお世話になります沖野修也と申します。用事で近くまで来たものですから、よろしければご挨拶させてもらおうと思って」

取り繕って答えたものの、心臓は激しく鳴っている。驚いた。声を聞くまで、この眼鏡の女の気配をまったく感じ取れなかった。

「ご本人だと証明するものを何かお持ちですか？」

女が訊く。

沖野は警察の身分証を出した。彼女は確認すると、「こちらへ」と小さくいった。

静かに進むその人のうしろをついてゆく。

八階フロアーすべてを国際交流課が使用しているようで、他にテナントは入っていない。なのに、入り口はエレベーターを降りた正面ではなく、無駄に通路を延ばした先に作られている。長い通路を歩かせている間に来客たちを観察し、人物を特定するためだろう。

入り口で眼鏡の女は身分証をリーダーにかざし、それから指紋と目の虹彩認証をして、ようやく自動ドアが開いた。

内部は係ごとに完全に区画分けされている。さらに通路を進み、二係の表示の前で、女は再度指紋と虹彩の認証をしてドアを開けた。

広いフロアーの中には、黒い髪と瞳の中年男、ブロンドの髪をドレッドにした白い肌の女がいた。奥にいくつかの小部屋があり、清潔に片付けられ、デスクや調度品は大使館のオフィスのように洒落《しゃれ》ている。

ドレッドの女がデスクに座ったまま手を振り、ぼんやりした顔の中年男は立ち上がり近づいてきた。

「とりあえず話してくれるかな？」

通話状態の携帯を差し出す。

『やあ、沖野修也くん』

受け取って耳に当てると、男の声が聞こえた。

『国際交流課課長の天城《あまぎ》亮介《りょうすけ》だ。出張中でね。こんなかたちの挨拶で申し訳ないが、よろしく頼むよ。今君に携帯を渡したのが国枝達郎《くにえだたつろう》係長。二係の責任者だ。ドレッドで青い瞳の女性がヒロ・エルビルバン、デスク担当。トルコ人との混血だが国籍は日本だよ。眼鏡の黒髪が水《みな》瀬《せ》響子《きょうこ》主任で、君の直属の上司。しばらくは彼女とのツーマンセル、ふたり組での行動になるので、指導に従ってくれ。警察と同じで、しばらくはまた研修期間になる。君はインターンということだ。じゃ、あとの説明はそちらで聞いてくれ』

通話が切れた。

「まあそういうことだから、よろしく」国枝係長がいった。

「僕が来ると知っていたんですか」沖野は訊いた。

「もちろん。だから待っていたんだよ」

「どうして？　なぜわかったんですか？」

「今日突然の異動を知らされ、君は不審に思う。一度不審を抱いたら、実際に現場に足を運び、自分の目で見て調べなければ気が済まない。君はそういう種類の人間だから」

――確かにそうだけれど。

「僕を調べていたんですね」

「ああ、警察学校に入ったばかりのころからね。妙に優秀な子がいるっていうんで、追いかけて調査させてもらった。洞察力と危機感知能力はどちらも素晴らしく高い、異常なくらいに。本庁の捜査一課が見つけられなかった殺人犯を特定できるわけだ。もちろん家族や子供時代のことも調べてある。中学の途中までやっていた陸上の短距離では、将来を有望視されていたことも。パリ、ロサンゼルスのオリンピックを狙える逸材といわれたそうだね。なのに、あっさり走るのをやめてしまった」

「高く評価していただいているようですが――」

「していない、逆」

沖野の言葉を眼鏡の水瀬主任が遮った。

「低評価ってこと」

水瀬がデスクに置かれていたノートパソコンの画面をこちらに向けた。

ついさっきの自分。沖野が隣のビルからこのビルに忍び込み、八階フロアーまで上がってくる過程を、複数の角度から映した動画だった。身を隠しカメラの死角を通ってきたつもりが、すべて見られていた。

「入り口の警備員も同じ映像を見ている。忍び込むにはあまりに稚拙な動きで、苦笑いしているでしょうね」

水瀬がいった。

「笑われても気にならないし、僕は何も困りませんが」

沖野は返した。

「私が困る。今のままじゃ、君は使い物にならない」

水瀬は見せつけるようにため息をついた。

「調査での適性と違って、やっぱり見た目通りの子供。反抗の仕方も幼稚すぎる」

反応を見るため、意図的に挑発している？　いや違う。彼女の瞳はわずかだが光って見える。怒っているのか？　苛立っているのか？

――探るために、逆に挑発してみるか。

「何の説明もないまま責めないでください。ここは何をしている部署で、あなたたちは何者ですか」

「何だと思う？」

「質問に質問で返されるのは好きじゃありません。時間の無駄です」

「君の好き嫌いは関係ない。訊かれたことに答えなさい」

「上司の命令ですか」

「そう。時間の無駄なんでしょ。早くいって」

「情報関係の部署かと」

「そういう勿体ぶった言い方は、今後しなくていいから」

横から国枝係長がいった。

「ここは警察じゃないからさ。わざと曖昧に言葉をぼかして予防線を張らなくていい。思ったことを聞かせてよ」

「諜報セクションのようですね」

「うん。諜報、防諜、状況によってどっちもやるし、警護を任されるときもある。簡単にいうとスパイだね、極秘行動の何でも屋だよ」

あまりに突拍子もなくて、現実感が希薄で、沖野は言葉に詰まった。

日本の政府内に複数の極秘情報セクションがあり、非公式のうちに活動している——以前からネット内でそんなうわさは何度も目にしていた。が、実際自分が警察官になってみて、どうやら本当にあるらしいと知り驚いた。ごく稀に、それらのセクションからスカウトやリクルートの声が、警察官にかかるという話も聞いたことがある。

ただ、自分には無関係だと思っていた。誘われるなんて考えてみたこともなかった。

「単なるうわさじゃなく、本当に採用しているんだよ、こうやってね」

黙ったままの沖野に国枝がいった。

「本当に大丈夫ですか。不安しかありませんが」

水瀬が国枝に訊いた。顔も声も呆れている。

「不安なら、しっかり教えてやってよ。それが君の役目なんだからさ」

——この女、どうしてこんなに突っかかってくるんだ？

「彼女に見覚えない？」

ヒロにいわれ、沖野は首を横に振った。

「ありません」

「もう一度よく見て」

そういわれて、小馬鹿にするようにこちらを見ている水瀬の顔と体を観察した。

やはり知らないし、会ったのも今日が——

「あっ」思わず声に出た。

そして自分の間抜けさに愕然とした。

「千田」

小さくいった。彼女こそ、ドイツ人転落死の事情を知る人物として、沖野が禁止命令を無視してまで調べ、追っていた千田祐奈だった。

ただ、目の前の地味な女は、あのグラマラスな千田とは何もかも違う。身長も違って見える。口調も、仕草も、歩き方も、沖野が何度も千田の隠し撮り画像を見て、音声を聞いて、頭に叩き込んだ姿とはまったくの別人。しかし、水瀬は間違いなく千田だ。

完全に印象操作された、騙された。いや、見事に化かされた。

「君の実力はその程度」水瀬がいった。

反論できない。警察学校に入校する前から、被疑者の顔や特徴を記憶する力も捜査能力も、普通の警察官には負けていない自信があったのに。それを完全に打ち砕かれた。

「でも、天城さんも俺も君の能力を買っているよ」

国枝がいった。

「経験を積んだ刑事でも気づかなかった『千田』を見つけた能力、禁止命令を出されていても、それに反してひとり捜査を続けた信念の強さ。あと陸上で鍛えた足の速さとかさ。それに、本来は訓練施設で研修を八ヵ月以上積んで、さらに選別された少数が現場配属になるのに、君の場合はいきなりインターンなわけで。まあ、こっちの都合に強引に合わせてもらったんだけど、並の能力なら絶対にないから」

国枝が水瀬を横目で見た。

「彼女は厳しくいってるけど、正直、君みたいな研修も受けていない十代のスタッフを加えるのは、俺たちもはじめてなんだよね。だから初心者なのはお互い様だし。君なら、実地を積んでいけばすぐに一人前になるよ、たぶん」

「僕が例外的にいきなり現場に呼ばれた理由は何ですか」

沖野は訊いた。

「それはまだいえない。君が信頼できるとわかったら、少しずつ説明していくよ。なんせスパイ機関だからさ。いろいろと秘密は多いんだ。でも、これだけは教えておくけど、君の行動報告を送り続けてくれたのは、亡くなられた知念茂夫さんだよ」

――警察学校の知念教官。

「卒業後の職場実習、初任補習科の間も、知念さんが本庁に報告を送り続けていた。入院後も死の直前まで人を介して君の行動を追っていたんだよ。あ、でもね、知念さんがスカウトをしていたってことは、山王署の署長も副署長も、刑事課長も知らないから」

教官の優しさも励ましの言葉も、すべて任務のためだったのか。

悲しくなったけれど、少し納得もできた。警察に限らず職場とはそういうところなのだろう。何かしらの利益がなければ人は近づいてこない。

国枝はコーヒーをサーバーからカップに注ぎ、言葉を続けた。

「ここまで聞くと、大抵の人間は、疑ってかかるか、自分を勝手に調べられていたことに腹を立てるかするんだけど、君はどっちでもないね」

「水瀬さんを千田だと気づけなかった自分の間抜けさに呆れて、疑うのも、怒るのも忘れていました」

　素直な気持ちだ。知念教官の正体より、自分の鑑識眼のなさを思い知らされた衝撃のほうが大きかった。

　国枝とヒロが笑っている。

「こういう素直な点はプラスポイントだと思うけど」

　国枝が水瀬にいった。

「私には単純なだけに見えますが」

　水瀬はそういうと、来客用のソファーに座り、ローテーブルに両足を乗せた。

「ああ見えて、意外と情に厚いから。わりといい上司だと思うよ」

　国枝がこちらに目を向ける。

「ともかく明日からよろしく」

「待ってください。僕はまだここの所属となることに同意していません」

「君は拒否できないし、させない」

　カップを手に国枝がいった。

「今日、君はこのオフィスに来るためにビルに忍び込んだ。不法侵入だ。君はこれまでにも似たようなことを重ねてきている。警察官になる前の話だけじゃない。ついこの間のカード会社から流出した顧客情報の不正入手の件とかさ。他にも捜査のためという勝手な解釈で、あちこちから違法に情報を引き出している。もちろん証拠も揃っている。どれも小さな罪だけど、なんせ件数が多いから、告発すれば君は逮捕起訴される。しかも、マスコミを通じて表に出せば、君は必ず叩かれ、再就職も難しくなるよ」

コーヒーを一口啜《すす》って国枝が続ける。

「逆に国際交《こ》流課二《こ》係に来れば、それらのことが今後一切表に出ることはない。それにご両親の事故の件について調べるなら、ここの一員となることは必ずプラスになる。な、君のことは何でも知っているだろ。あの事故の関連資料を探りたければ、便宜を図るし、損はさせない。と、まあ脅《おど》すような話はこれくらいにして、先に彼女から待遇面のことを聞いてよ」

「ヒロって呼んで」

青い瞳のヒロ・エルビルバンがビーズのついたドレッドを揺らしながら、タブレットの画面を見せた。

「まずこれが基本給」

「えっ」とまた声が漏れたが、今度は嬉しいほうだった。

今の、所轄署巡査の基本給の四倍はある。

「当然、早出や残業手当も、休日出勤手当も出るよ。このオフィスを起点に百キロメートル以上離れた現場での作業なら、日帰りでも出張手当が出る。もちろん海外出張のときもね。状況によっては危険手当も加算されるから。インターン中は総額の六〇パーセント支給だけど、基本プラス各種手当もつくから、公務員共済の掛け金はもちろん引かれるけど、最初の月から手取りでまずこれくらいにはなるね」

画面の数字を叩き、金額を出した。

「マジすか」

一流商社レベル、いやそれ以上だった。不信感しかなかったのに心が揺らぎはじめた。

「給与体系は警視庁じゃなくこっち準拠になるから。人事院勧告に従ってボーナスも出るし、ここから歩いて十分の１ＬＤＫのマンションが新しい官舎になる。正規採用になれば、君の待遇は警察庁所属の国家公務員総合職以上になるでしょうね。激務だし、危険も多いけど、それだけの見返りはあると思うよ」

「うそじゃないですよね」沖野は思わず訊いた。

「本当だから私はここで働いてる。もちろん愛国心もあるけど。私と同じでお金が好きみたいだね」

「好きというより、将来が不安で」

「だから貯めておきたいの？」

沖野はうなずいた。あの赤い目が見えてしまう限り、結婚や誰かと一緒に暮らすのは難しいとわかっている。言葉とは裏腹な感情を、大好きな人の目の中に見てしまったとき、普通にしていられる自信がなかった。だから、ずっと一人で生きていけるように蓄えておかないと。年寄り臭いと笑われようと、不安なのだからしょうがない。

「まだ十代なのに。心配性なんだね。でも、使えるときにパッと使うのも悪くないよ。いつ死ぬかわからないんだから」

ヒロが笑う。

「前向きに考える気になってくれたかな」

国枝がコーヒーを啜りながら訊いた。

「はい」沖野はいった。自分の文字通りの現金さを恥ずかしいと思いながらも、気持ちには逆らえない。

「当分はインターンだって忘れないで」

水瀬がいった。

「使えないとわかったら、即クビにします」

上司にさっそく釘を刺された。

「あ、それからさ、君の警察の身分証出してくれない。いわゆる警察手帳。こっちで預からせてもらうから」

国枝がいった。

「それも条件ですか」沖野は訊いた。

「そう。君は警察官じゃなく、今日から国際交流課二係所属の特務執行官になるんだよ」

ＪＲ大森《おおもり》駅を出て、山王警察署待機寮まで歩いて帰る途中、沖野は「ゆたか」と書かれた暖《の》簾《れん》を出している食堂に入った。

出迎えてくれたのは中国系シンガポール人の店主、フォンさん。居酒屋だった場所を居抜きで買い取ったので、店名も内装も以前のまま。客層は外国人六割、日本人四割。フォンさんが仏教徒なのでビールも置いてあるし、品書きには海南鶏飯《ハイナンチーファン》やラクサのような屋台料理だけでなく、東南アジア風にアレンジされた豚の生姜焼きや、エスニックなアジの開き、逆に純和風な冷奴、ほうれん草のお浸し、甘い卵焼きもある。どれも美味《うま》くて安い。

そして注文のたびに搾《しぼ》ってくれるフレッシュジュース。何種かある中でも、カラマンシー《四季橘》というライムに似た風味の果物のジュースを沖野は毎回頼むが、これがめちゃくちゃ美味い。しかも食事とセットだと一杯たった百二十円。

山王待機寮内には調理室がなく、朝、晩ともに食事は悲しいくらい不味《まず》い仕出しの弁当だった。三年前に経費削減のため、寮内調理は取りやめになったそうだ。配属になって二週間は耐えたが、我慢できず外食に切り替えた。以来、この「ゆたか」に週二で通っている。

カウンターに座ると、いつものようにフォンさんが日替わり定食を教えてくれた。

沖野が警察官だとフォンさんは知っているが、もちろんよけいなことはいわないし、訊いてもこない。国籍も人種も宗教も違う連中が集まるこの店の、雑で気軽だが、馴れ合いも探り合いもないところが好きだった。

カウンターの離れた席に座る褐色の肌の男が、缶ビールを口に運びながら首を何度も横に振った。来日三年目のペルー人で、勤めている食品加工会社のボスがタイ人からロシア人に代わり、働きにくくなったと英語で嘆いている。

すぐ隣に座るアジア系の同僚がなだめているが、あまり効果がない。

「ロシア訛りの英語で自分勝手な商品管理論を押しつけてくる。またやり方を変えろだと」

彼がいった。

「前のタイ人も同じだったじゃないか。まあ、怒鳴り散らさないだけ、あいつのほうがマシだったけど」

同僚が返す。

「東京は人が多すぎる」

「そんなこと来る前にわかってただろ」

「いや、日本人以外が多すぎるんだよ。日本人だけなら、何とか合わせることもできるけど、相手にするのが南米、中東、東南アジア、ヨーロッパとインターナショナルじゃ、どうしていいかわからない。僕は日本の食品加工技術を身につけるために東京に来たんだ。ペルーでほんの少しだけど日本語も身につけてきた。なのに、ここはどこだ？　ニューヨークやロンドンに来たわけじゃないんだ」

　そんな感じのことを、ほろ酔い口調でまくし立てている。だが、彼の職場だけじゃない。状況はどこも同じ。沖野も所轄配属後、管区の企業・商店回りをするようになってよくわかった。オーナーは日本人だけれど、働いているのは店長以下全員が外国人なんて飲食店がいくらでもある。しかも、店長でさえオーナーには一度も会ったことがない場合もある。

　二回目の東京オリンピック直前の都内の外国人人口は五十八万人。それがオリンピック後の世界的な新型コロナウィルス収束に伴い、たった六年で約三倍の百七十五万人に増えた。全東京都在住者に対する割合は一〇パーセント。十人にひとりが外国人だが、それはまだ表の数字。羽田・成田の二空港だけに絞っても、この一年間で観光ビザしか持たない外国人入国者の数が、出国者の数を六万人も上回っている。単純計算で一年に六万人の不法滞在者が首都圏に増えたということだ。

　しかもこれは東京近郊だけの数字。全国規模にするとさらに何倍にもなる。

おかげで警察官も英語か中国語での日常会話くらいできないと採用試験の合格が厳しくなりつつある。沖野が受験した二年前より、この傾向はさらに進んでいるそうだ。

外国人容疑者が増えすぎて、通訳が足らず取り調べも滞っている。

定員四十人の留置場に外国人が三十五人、日本人は五人なんてことが常態化しつつある。日本人が完全にマイノリティーになっている留置場内のこの状況を、警察署員たちは、十数年後の東京の姿だと本気で感じていた。

——そんな街で、国で、スパイか。

沖野は思った。

突拍子もない新たな任務に現実感を持てない。何をさせられるのかもわからない。それでも明日から勤務がはじまる。給料がぐっと上がるのは嬉しい。でも、だからといって、「千田祐奈」こと水瀬響子と、ドイツ人転落死事件との関連捜査をやめるつもりはない。

不安もある。

国際交流課二係のオフィスにいた国枝係長、水瀬主任、デスクのヒロ、それに電話で話した天城課長。四人とも沖野の「特質」には触れなかった。

知らずにいる？　いや、そんなことは絶対にない。警察学校入校後から二年近くも調べられていたのなら、必ず何か見つけ出されたはずだ。

〈君のことは何でも知っている〉

国枝係長はそういっていた。あれが誇張だとは思えない。探っていたのがあの知念教官、元「ハゲタカ」と渾名された敏腕捜査官なのだから。

やっぱりこの突然の採用と、自分の「特質」とは関連がある。

連中に何をされるのか？　そして自分は何をさせられるのか？　行く先は曖昧で見えないけれど、それでも沖野は進もうとしている。

両親の死についての調査は停滞したままだった。

当時の捜査担当者に話を聞こうと連絡したら、翌月、突然異動してしまった。資料の閲覧を申請しても、なぜか見つからず紛失していた——意図的としか思えない障害続きで、なかなか進展しない。そんな事件の捜査を加速させ、一日も早く自分の手で解決するために。

そして自分の「特質」の正体に近づくために。

突然襲ってくるあの違和感は、身体中に出る鳥肌は、赤く光って見えるあの目は、ただの錯覚なのか？　事実なのか？　自分はなぜあんなものを感じ、見てしまうのか？

知りたかった。

謎を解き明かすために二係に加わろう。この奇妙な運命の流れに、飛び込んでみよう。

「おまちどさま」フォンさんがアジのフライシンガポール風定食とジュースを運んできた。国際交流課に移ると、ここの料理を気軽に食べられなくなる。それだけが本気で寂しい。

沖野はストローをくわえると、搾りたてのカラマンシージュースを吸い込んだ。

3

午前八時四十分、沖野は国際交流課が入っているビルのエントランスを通り過ぎた。

昨夜とは別の警備員が笑顔で挨拶してくる。あの笑顔の意味は何だろう？　隣のビルから非常階段に飛び移った間抜けな新人の話は、もう伝わっているのかな？

八階でエレベーターを降り、通路を進む。自分の身分証をスキャナーにかざし、指紋と虹彩の認証を済ませると、自動ドアが開いた。

内部通路に沿って、国際交流課一係から六係までのオフィスと会議室が並んでいる。

一、三、四、五、六係が何をしている部署なのか知らない。自分が今日から所属する二係の実態だって、まだわかっていない。

廊下では男女ひとりずつとすれ違った。国際交流課の同僚だろう。迷っていると、向こうから「おはよう」と声をかけてきた。沖野も返す。

そりゃスパイ同士だって挨拶くらいするよな。そうか、今日からスパイのインターンだ。見習いスパイ——口に出せないどころか、胸の中でいうのも恥ずかしい。強烈にダサいけれど仕方がない。呼び方と仕事の中身はまた別だよな。

二係に出勤すると、まず沖野専用のフィッティングルームに入り、ワードローブの中の指定された服に着替えた。任務中の服、靴、持ち物はすべて支給品を使うよう指示されている。着てきたトレーナーとチノパンを脱ぎ、高そうなワンプリーツパンツを穿いて、ジャケットに袖を通す。鏡に映る見た目はスパイというより新人のショップ店員だけれど、まあいいか。

とにかくオフィスへ。

「講師がお待ちよ」

ヒロにいわれた。『扮装・演技』のレッスンだそうだ。

　ミーティングルーム2のドアを開けると、狭い部屋の窓辺にジーンズにセーターの中年男が座っていた。名前は倉木《くらき》、本業は俳優だそうだ。

「映画やテレビに結構出てるんだけどね。見たことない？」倉木が訊いた。

「ありません」沖野は返した。

　現役俳優が講師ってことか？　携帯で調べてみると、本当だった。複数の出演作や「名バイプレイヤー」なんて評価が書かれている。ネットを使った偽装の可能性もあるけれど、この場は信じてみることにした。

「ネットばかりじゃなく、テレビも見ないと時流を見失うよ。時事にも疎《うと》くなるし」

　古臭くいけ好かないおっさんだと思ったけれど、わざとそう見せて、こちらの感情や態度の変化を観察しているのだろう。

　たぶんもう講義ははじまっている。

　倉木から与えられた課題は三つ、花屋の店員、マッサージ師、製薬会社の営業マンを装え。言葉と表情だけでそう思い込ませてみろといわれたが、もちろん苦戦した。普段かかない種類の汗をかきながら装うこと一時間。

「君が下手で大根だなんてことは当然わかっている。だから、まあそこはいい。今日はどのくらい酷いのか見るのが主眼だからね」

　倉木がいった。

「問題は、下手なりに考え、創意工夫をしているところだ。君あれだろ、他人を騙すなら、まず自分からなんて考えて、本気で自分は花屋だ、営業マンだと思い込もうとしていただろ」

「はい」沖野は答えた。

その通りだ。何がいけないのだろう。

「大間違いだよ。信じるとか、思い込むとか、自己洗脳とか、そんな不確定な心理要素を重要な仕事の場面に持ち込むな。感情や心理状態に左右されて、肝心なときにドジを踏むから。本物をただひたすらトレースするだけでいい。徹底した模写だよ」

「下手に考えず、とにかく見たまま真似ろってことですか？」

「まだ浅いけれど、大体はそういうことだ。僕が見本を見せるから、それをとにかくコピーしなさい」

倉木は専門用語を一切使わず、どこにでもいる何の面白みも特徴もない花屋の店員、マッサージ師、製薬会社の営業マンになり切った。

上手い下手でいえば、確かに上手いのだろう。

でも、これが『見習いスパイ』への『扮装・演技』講義か……何だかすべてが冗談のように思えてきた。

午前十一時五十分、ようやく終わった。

くたくたになった沖野と対照的に、倉木はヒロに冗談を飛ばしながら、笑顔で帰っていった。今後も毎月四回、不定期に講義は続いていく。

――やっぱり楽に稼げる仕事はないな。

「こういう講義、他にもあるんですよね」沖野はヒロに訊いた。

「もちろん」

「何をするか、教えてくれませんか」

「ダメに決まってるでしょ」

だろうな。予習や心の準備をさせないためだ。

ヒロがランチボックスを取り出した。もう昼食か。

自分の食事はどうしようか考えていると、水瀬に呼ばれた。講義中に出勤していたようだ。

「出るから一緒に来て」

「行き先は？」沖野は訊いた。

「外回り」

水瀬は控えめなメイクに、紺のスーツとヒール。二十代後半の女性経営者のようで、あの千田祐奈とも、昨日の眼鏡の地味な女とも、まったくの別人に見える。

ウィッグとメイクと衣装、そして表情と立ち居振る舞いだけで、こんなにも変われることに、感心するより少し気持ち悪さを感じた。

地下駐車場でグレーのセダンに乗り、出発する。

運転は沖野。水瀬は助手席に座っている。指示された目的地は横浜、関内《かんない》。

「普段、運転は？」水瀬が訊いた。

「あまりしません」

「そう。少しずつ慣れて」

「はい」といったけれど、都内近郊なら運転経験があってもなくても、あまり関係ないか。車が勝手に目的地まで運んでくれる。ドライバーはハンドルに手を添えているだけだ。

高速に入り、『自動運転モードで快適・安全に』と書かれた大きな案内標識の下を通過し、沖野がハンドルから完全に手を離したところで彼女が口を開いた。

「いうまでもないことだけれど、規則だから伝えるね。任務上知り得たことを少しでも漏らせば、逮捕だけじゃ済まない。収監されて十数年を過ごすことになる。これからは雑談でも、行く先々で見聞きしたどんな小さなことでも、すべて国家機密だと思って」

「わかりました」

「鴻明《ホンミン》薬品工業って知ってる？」

「はい。といっても詳しくはないですが」

「あなたの知っている範囲で説明して」

「八〇年代に創業した台湾の総合医薬品メーカーで、バイオ医薬品やジェネリック薬品の分野で急成長している台湾薬品業界の中でも、技術力、販売力ともにトップの存在。ただ、最近は各種のスキャンダルで揺れている。その程度です」

「子供のくせにちゃんとニュースも見てるんだね」

――これでも十九歳ですが。

いいたかったけれど、社会人として我慢する。まだ勤務初日だし。

「じゃ、呉智偉《ウーヂーウェイ》のことは？」

「鴻明薬品工業の前社長で、三年前、不正経理と違法な利益授受を理由に退任させられると、政府やマスコミからの追及を逃れるため家族とともに台湾から逃げ、カナダに帰化した」

「カナダに移ってからのことも話して」

「自分は冤罪であり、役員会と政治家たちのスケープゴートにされたといって、台湾政府内の政治家・官僚と鴻明薬品会長や役員たちとの金銭授受を含む癒着、それに中国本土の研究機関や医療メーカーとの間に、ゲノム編集したヒト受精卵とその研究データの裏取引があったことを次々と暴露しはじめた。台湾政府も中国政府も全面否定しているけれど、何度も国際的なニュースになっている」

「ニュースはネットで？」

「はい。日本国内やアジアのマスコミはあまり取り上げていないですけれど、欧米のメディアは頻繁に報道していますから」

「ヒト受精卵に関する続報は？」

「いえ、見ていません」

「受精卵を着床させ、実際にゲノム編集された子供が生まれた証拠がいくつか出てきたらしい。それに、ゲノム編集された犬とカモメの大量飼育場も見つかった」

「知りませんでした」

「で、その呉が明日夫人とともに来日する。これまで内閣指定の秘匿事項になっていて、マスコミへの情報解禁は今日の午後六時以降。来日の目的は塚田《つかだ》会長の社葬に参列するため」

塚田は日本の一部上場メーカー・賛友《さんゆう》電機の会長で、二週間前に脳溢血で死去した。

「以前からふたりは親交があり、呉は塚田を日本の兄と慕っていた、塚田のほうも台湾の弟と可愛がっていた。業種と年齢を超えて、実際に深い親交があったことは確認が取れている。今回の列席も呉智偉たっての希望によるもの」

セダンは有明《ありあけ》ジャンクションを過ぎ、首都高速湾岸線に入った。

「その呉に対する暗殺計画が進んでいる」

水瀬はいった。

「この来日中を狙ってのね。呉夫妻の警護は警視庁の警護課が、実行犯の捜査と逮捕は公安が担当する。私たちの仕事は暗殺計画の入手と、その発注者を特定すること。殺せと命令したのは誰で、具体的に誰がどこで殺そうとしているかを探り出す。わかった？」

「はい」

少しだけスパイらしくなってきた。不謹慎ながらそう思った。同時に、自分がこのタイミングで国際交流課二係に加えられた理由も考える。

——呉智偉暗殺計画の解明に使うため、僕は呼ばれたのか？

「上司としてひとついわせて。私たちは駒のひとつ、大きなパズルの中の一枚のピースに過ぎない。でも、だからこそピースとしてのプライドを持って任務に当たって。ピースが一枚欠けてもパズルは完成させられない。単純なことだけれど、君にはとても難しいはずだから」

——やっぱりよく調べられ、知られている。

チームプレーほど苦手なものはない。

中学は休みながらも、どうにか卒業まで通った。でも、高校はとりあえず入学したものの二日で辞めた。高校に通うことが両親の死の理由を見つけることに役立つとは思えなかったし、むしろ遠回りに感じたから。

半分本当で、半分はうそだ。

一番大きな理由は学校に行くのが怖かった。教室に座っているだけで、クラス全員の隠した怒りや妬《ねた》みや恨みを、光る目を通して見せつけられる。まだよく知らない同級生たちの、笑顔やすました顔の裏にある、生々しい感情を知るのは苦痛だった。通学の電車の中でも、知らない人たちのマイナスの感情に晒《さら》されるのが辛かった。

この辛さや苦しさを他人に相談しても解決しなかった。本当のことをいっているのに、教師にも医者にも信用してもらえない。まあ、仕方ないか。嫌な気配を感じ、鳥肌が立つ、しかも目が赤く光って見えるなんていったって、わかるはずない。本当に頭がおかしいのか、霊感系を演じている馬鹿なのかと思われて終わり。寄ってくるのはごく少数の、オカルトかぶれのキモい奴らだけ。

この状況は両親のいない十五歳には、かなりキツかった。

限界まで耐えて自分が壊れるか？　逃げて引きこもるか？　二者択一で後者を選び、嫌で苦しいことは先送りして、なるべく味わわなくて済むようにした。

高校を辞めてからは、家にこもってひたすら勉強した。十六歳になると、すぐに高卒認定試験を受けて取得した。中国語検定二級を取って、ＴＯＥＩＣスコアは満点近くを記録した。ＩＴ関係の技能資格も取れる限り取った。体力作りもしたし、夜になると外に出てなるべく人とすれ違わない河川敷を二十キロランニングした。格闘技の動画を見て截拳道《ジークンドー》やシステマの練習だってした。そんなことかと思われるかもしれないけれど、自分にとっては精いっぱいの努力だった。

すべては高校に通わずに警視庁警察官採用試験に合格するため。

そして十七歳になって受験資格を満たすと、すぐに試験を受け、合格した。

だが、警察学校の授業と寮での集団生活は、予想通りの地獄だった。その中で唯一手を差し伸べてくれた知念教官の優しさや労わりも、すべて任務のためのうそだったことが、上辺だけの作り物だったことがわかってしまった。

小学校の高学年くらいから友だちはいない。仲間の作り方どころか、仲間ってどんなものだったのかももうほとんど忘れている——

「質問してもいいですか?」沖野は訊いた。

「任務に関して? それ以外?」水瀬が訊き返す。

「どちらかといえばそれ以外だと思います」

「いってみて」

「僕にチームプレーが可能でしょうか」

「自分次第でしょ。人なんて意外と簡単に変われる。アメリカンフットボールのポジション知ってる? 今まで自分はずっと百メートルのスプリンターのつもりでいたんでしょうけど、この先はアメフトのランニングバックになったつもりでいれば? ボールを受け取ったら、ただひたすらエンドゾーン目指して走ればいい。敵を振り切らなきゃいけないとか、当然違いは多々あるけど、そこはあえて考えず、もっと大雑把に捉えて。成否の理由を私たちに転嫁するのも、決して悪いことじゃない。上手くいったら自分の手柄、失敗したら、いい状況でボールを渡せなかった私たちの落ち度。そう思えばいいんじゃない」

沖野は黙った。

「どうした？」水瀬が訊く。

「突き放されると思っていたら、予想外にいい答えが返ってきたので。納得してしまいました」

「あんた本当にガキっつうか、馬鹿だね」

水瀬が口元を緩めた。

国枝係長がいっていたように、この人、本当に情に厚いタイプかもしれない。ドイツ人ドナードの転落死との関連について、答えないとわかっていても訊こうとしていたのに。口に出しづらくなった。

「まあ、なるべくいい状況で君にボールを渡すようにするから、命は大事にしつつも、思い切り走って。あまりビビらないで。タマとサオついてんでしょ？」

沖野はまた黙った。今度は悪い意味で。

「何？」

「いや、下ネタをいうタイプだとは思わなかったんで」

「気を遣って鼓舞《こぶ》してやったのに。あんた男だし、事実をいっただけでしょ。この色ガキ、考え方が卑猥《ひわい》だから、下ネタだなんて思うんだよ」

ヘソを曲げたようだ。

「侮辱だ。信じらんない。だから指導役なんて嫌だっていったのに」

そんなところに地雷？　予想以上に面倒臭い人のようだ。

予告アナウンスが車内に流れ、高速の横浜公園出口が見えてきた。完全自動運転可能区間が終わる。沖野はまたハンドルを握った。

※

太和国际贸易公司と社名が掲げられた十四階建てビルに入った。

受付を済ませ、九階まで上がったところで、水瀬からエレベーターホールでひとり待つようにいわれた。

廊下に並ぶドアのひとつを開け、水瀬が入ってゆく。

残された沖野は呉夫妻について携帯で調べた。

一瞬クラッキングや遠隔操作を心配したが、支給品の携帯なのだから処置や対抗策は施してあるだろう、万一漏洩したときは、そんな危ういものを渡すほうが悪いと言い返そう。

呉智偉、五十七歳。妻、藩依林《バンイーリン》、呉と同じ五十七歳。どちらも台湾出身。

國立臺灣大學の学生同士として知り合い、卒業後、ともに大学院に入り薬学博士号を得たのち鴻明薬品工業に入社。二十八歳で結婚し、息子と娘がひとりずつ。この家族四人で三年前カナダに帰化した。カナダを選んだのは、同国内の企業に一定額以上の投資をし、現地カナダ人の雇用を確保した者に優先的にカナダ国籍が与えられる制度があるためだ。

一九八〇年代以降、中国本土や香港《ホンコン》、台湾などの数多くの金持ちの華人が、この制度を使って生まれた土地から逃げ出した。政治的弾圧を受けている者に安全な生活の場を与えた一方で、不正や犯罪の疑惑がある資産家たちに金で逃げ場所を提供してきたという陰の部分もある。事実、呉一家の帰化に関しても、不正まみれのビリオネアを金欲しさで受け入れたとカナダと台湾のマスコミから強く非難され、今も一家を糾弾する者は多い。

しかも呉は、不正経理と違法な利益授受で鴻明薬品工業社長を退任させられる一ヵ月前、自分と妻の両親や近い親戚たちを、マレーシアとセイシェルに脱出させていた。

呉は社長解任直前に所有していた鴻明薬品工業株を売却した利益に加え、香港、シンガポール、インドの優良企業株を多数所有し、今でもアジア人の資産家上位百位以内に入っている。

ここまでの日本の新聞社・電波媒体の報道を見ても、呉の行動は悪徳企業家の海外逃亡劇としか思えない。だが、ヨーロッパメディアの配信記事を調べていて、「アフリカ、アンゴラで不審な複数の幼児死体を発見」という英文のヘッドラインを見つけた。

鴻明薬品工業、中国の製薬会社、そしてアンゴラの国営製薬会社が共同で出資し、十八年前に設立した、通称「緑的家《リュディジャ》（緑の家）」と呼ばれる農作物生産試験場がアンゴラ国内にあったが、五年前に閉鎖。社長に就任する以前の呉も、妻の藩とともに、研究者としてここで三年の勤務経験がある。

生産試験場の建物の大半は閉鎖後に取り壊された。だが、一部残った施設が廃墟となり、人身売買の拠点として使われているという情報を掴んだヨーロッパの人権団体、ジャーナリスト、現地の司法当局が突入捜査した。

人身売買組織は摘発できなかったものの、一帯の土地を捜査すると、死後焼かれたとみられる五体の幼児遺体を発見した。その五体のうち、完全に骨とはならず、中途の状態――いわゆる生焼け――のままで腐敗しながらも多くの生体組織が残っていた三体のＤＮＡを調べたところ、「三体とも完全に一致した」という。

そう聞いて誰も三つ子とは思わない。頭に浮かぶのはクローンの可能性。

ドイツの週刊全国紙ディー・ツァイト、フランスのル・モンド、イギリスのデイリー・テレグラフの電子版にも同種の内容の記事が掲載されていたので、信憑性は高い。「人身売買――」という部分は、捜査のための言い訳で、以前からヒトクローン研究のための施設という根強いうわさが立っていたのだろう。

これらの記事が出たのが三年前。その一週間前に呉は社長の座を追われている。

この農作物生産試験場やＤＮＡに関して、その後、新たな情報や発見はあったのか？　続報を探したものの、何もヒットしない。さらなる事実は見つからなかったのか？　それともどこからかの圧力により報道が押さえ込まれているのか？

足音が聞こえ、沖野は顔を上げた。

スーツの男性が広東《カントン》語で携帯に話しかけながら、目の前を通り過ぎ、エレベーターに乗った。入れ替わりに降りてきた中年の男女も広東語で会話しながら、ドアを開き、オフィスの中へ消えていった。

ここは香港に本社のある本物の貿易会社のようだ。

以前見た、「元社長呉智偉氏による告発／鴻明薬品と中国研究機関との間での、ゲノム操作したヒト受精卵と研究データの裏取引」というニュースから、暗殺計画を主導しているのは中国政府と思いかけていたけれど、やはりそれほど単純じゃなかった。

沖野は呉夫妻の画像を見つめた。

　小太りで少し薄くなった髪に眼鏡の呉智偉が微笑《ほほえ》んでいる。その横で、夫と似た丸顔に眼鏡の藩依林も微笑んでいる。五年前に撮られた写真なので、今はこれより少し老けているかもしれない。ふたりは疑惑の富豪夫妻には見えなかった。台北市内に住む小金持ち一家の父と母といわれてもまったく疑いを感じない、ごく平凡な風貌をしている。

　通路の先のドアが開き、水瀬が東洋人の男と出てきた。

　男は痩せ型で三十代くらい。仕立てのいいオーダーメイドのスーツを着て、短くカットした髪は整髪料で丁寧に整えてある。

「退屈だった？」水瀬に訊かれた。

「いえ、いろいろ調べることができました」

「でも、夢中になりすぎると危ない。次から気をつけて」

「見ていたんですか？」

　水瀬はうなずいた。

「魚眼レンズの監視カメラで、このフロアーのどこにいても常に三点監視されている。君が携帯で何を調べていたのかもわかるわ」

　ひとり残されたあとも研修の時間は続いていた。

「見られているだけならまだいい。気を抜いていると、うしろから羽交《はが》い絞めにされて、連れ去られる」

「本当だよ」

　横から痩せたスーツの男がいった。

「スパイへの拉致《らち》監禁、拷問は、作り話じゃない。この先、君が経験を積み、優秀になればなるほど、そのリスクは大きくなってゆく」

沖野は痩せた男を見た。

男も沖野を見て、微笑み、名乗ることなく右手を出した。

沖野も出し、握手する。

「君が神津《こうづ》くんの後任か。まったく違うタイプだな」

男がいった。

「違う、ただのインターン」水瀬がすぐにいった。

神津——それが前任者の名前？

「私の顔を覚えておいてくれ。またすぐに会うことになるから」

「忘れないようによく見ておいて。もしまた見かけたら、すぐに逃げられるように。近づくと、碌《ろく》なことにならないから」

水瀬はエレベーターのボタンを押した。

帰りの車内で、水瀬は後部座席に座り携帯の画面を眺めていた。

「しばらく話しかけないで」

そういってイヤフォンをつけた。

夕陽が湾岸線を走る車列を染めてゆく。

沖野はいわれた通り、口を開かず、前を走るワゴンのリアバンパーを見つめながら、水瀬、いや「千田祐奈」の残した証拠と行動について思いを巡らせていた。

高速を降りるころに出た結論はこれまでと変わらない。

六ヵ月前、ドナードを殺したのは、やはり今後部座席にいる彼女しか考えられなかった。

4

翌朝、沖野は新しい官舎で目を覚ました。

昨日は横浜から戻ると、アメリカ人の父と日本人の母を持つという英語の講師が待っていた。彼女の熱のこもった講義をきっちり三時間受け、その間、沖野は頬と舌の筋肉をフルに使いながら、ネイティブの発音に近づけるようしゃべり続けた。キツかったけれど、これから毎月振り込まれる給与額のことを思い浮かべると、少し心が軽くなった。

講義を終えると、水瀬とヒロは退勤したあとで、オフィス内の確認とセキュリティ装置の起動をしてから帰るようメモが残されていた――

ベッドから這い出る。

椅子やテーブルなど、最低限の家具は部屋に備え付けられている。山王署待機寮から運び込む荷物は最低限にしろといわれたので、私物もバックパックひとつ分、二、三着の着替えと家族写真くらいしかない。寮に残してきたものは、国際交流課二係の手配ですべて処分されるそうだ。過去の痕跡を残さないというのは、ちょっとスパイっぽく感じる。

備え付けベッドは、大きくて弾力があり、寝心地は悪くなかった。

なのに、すっきりしない。

ホテルに泊まったときとは違う、見ず知らずの他人の部屋で一晩過ごしたような気分。引っ越したばかりなので当然だけれど、早くこの感覚に慣れなければ。

この先、任務のために多くのことを黙り、偽りながら、生きていくことになる。姉と祖母にも、内閣府の国際平和協力本部事務局に配属となったことは話していない。本庁の警備部に異動になり、西新橋の待機寮へ移ることになったとだけメールで伝えた。

住所や職業や、ひとつひとつの小さなうそだけでなく、沖野修也であることを捨て、まったくの他人として生きてゆく必要に迫られるときが来るかもしれない。

すべてがフェイクに感じられ、自分が誰かも見失いそうになるかもしれない。

でも、もうはじまった。

今ここで降りるつもりはないし、引き返したくもない。自分がこれから何をさせられるのか、それをどこまでできるのか？　とりあえず見てみよう。たとえ痛い目に遭おうとも。

まだカーテンもなく、窓際のレールには厚紙が掛かっている。その紙をめくると、ビルの谷間の奥に国会議事堂の尖塔が見えた。

——出勤の時間だ。

沖野は顔を洗い、白いシャツに袖を通した。

※

国際交流課二係のドアを開けると、来客用のソファーにツイードジャケットを着た中年男が脚を組み座っていた。

「おはよう」

片手を上げた。おととい携帯を通して聞いた声と同じ。

天城課長だった。

「映像で見るよりも細いな。もっと肉をつけないと、揉み合いになったとき、ひと蹴りで吹っ飛ばされるぞ」

立ち上がると、沖野の肩を叩いた。

沖野は「うっ」と声を漏らした。傷に響く。

「そうか、鎖骨と肋骨にヒビが入ってるんだったな」

天城がいった。四十代後半。背は高く、肩幅も広い。

「着替えたらミーティングルーム1に来て」ヒロがいった。

国枝係長と水瀬主任はもう出勤しているようだ。

フィッティングルームで着替え、すぐにミーティングルームに入ると、天城、ヒロが紙袋から和菓子を取り出していた。

亥《い》の子《こ》餅、栗蒸し羊羹《ようかん》、菊と柿をかたどった練り物といった秋の菓子が、小皿に載せられ、黒文字（ようじ）を添えて沖野の前に出された。

「これは?」沖野は訊いた。

「食べるに決まってるでしょ」水瀬がいった。

「和菓子は苦手か？」天城が訊いた。

「いえ」

「そうだよな。実家は向島《むこうじま》の料亭だ。老舗料亭の息子が和菓子嫌いじゃ、話にならんよな」

父の実家で、屋号は「織《お》利《り》はら」。祖母が大女将《おおおかみ》として店を取り仕切っている。

「将来継ぐ気はないのかい？」

「ありません。姉が継ぎますから」

「姉さんが若女将？　それは頼もしいな」

「これ、出張土産ですか」

「いや。秋だろ、亥の子餅が急に食べたくなってね」

水瀬とヒロが栗蒸し羊羹を口に運んで笑顔になった。優しく緩んだ口元を見ると、本当に美味いのだろう。それにふたりとも上司に気遣いをするタイプには思えない。

最後に国枝が急須《きゅうす》と皆のカップをトレイに載せ、入ってきた。

緑茶の香りがミーティングルームに広がる。

沖野も亥の子餅を食べ、お茶も一口飲んだ。確かに美味い。けれど——何だこの雰囲気。

「だいじょうぶ、仕事はしっかりするから」

沖野の頭の中を見抜いたようにヒロがいった。

「ピリピリした雰囲気が嫌いなんだよ、天城さんも俺も」

国枝もうなずく。

「そのうち嫌でも、生きるか死ぬかの際どい線上に立つときがくる。だからまあ、無駄に気を張らず、抜けるところはしっかり抜いていこうよ」

「君も食いながら聞いてくれ」天城がいった。

　その言葉をきっかけに国枝が説明をはじめる。

「呉智偉の来日の一番の目的は、葬儀出席ではなく夫人の治療のため。この線でほぼ確定した。呉と同じ五十七歳の藩依林夫人は食道癌で、その治療自体は難しくないが、夫人がバーディーバー（―Ｄ―）型と呼ばれる、二十万人から三十万人にひとりの希少血液型のため、手術用輸血血液を集めるのに手間と時間がかかる。帰化したカナダ国内では、『金とコネで国籍を買った犯罪者』という非難が強く、公的機関を通じての献血募集などは、イメージ悪化を嫌う医療局や政府機関が拒否した。呉への批判が強い隣国アメリカでの血液収集も難しい。そこで日本の政財界の一部有志が呉に協力し、血液を集め、葬儀出席のタイミングに合わせ手術のセッティングをした。当初は自分たちと呉だけで事を進めるつもりだったが、大掛かりな暗殺計画のうわさが連中の耳にも届き、来日直前になって慌てて公安および我々に警護の要請をしてきた。概要はこんなところだ」

　実際は逆だろう。暗殺計画の情報を、呉を擁護する一部有志に意図的にリークし、事態の重大さを悟らせ、半ば強引に警備に介入できるようにした。

「質問してもいいですか」沖野は訊いた。

「かまわないよ」国枝が返す。

「呉夫妻は我々に護られていることを知っているんでしょうか」

「ああ。ただし、夫妻は我々を快く思ってはいない。古くからの友人以外は、たとえ日本政府の公式な警護であっても信用していないだろう。実際、カナダ帰化以降も、台湾人秘書の裏切りに遭い銃撃を受けている。そのときは秘書が銃器の素人だったのもあり、未遂に終わったけれどね。夫妻は疑心暗鬼に囚われていると思ったほうがいい」

「日本政府が護るのは、何かのメリットや、夫妻に借りがあるということですか」

「そうでなけりゃ護らない。ま、詳しくは自分で考えて」

日本政府および企業が、国内では違法で、発覚すれば刑事事件に発展するような生体実験や研究を、呉が社長だった時代の鴻明薬品工業に極秘裏に依頼していたのかもしれない。

「日本政財界の一部有志とは、具体的には何者ですか」

「それもいえない。あと今後は、『何か?』とか『誰か?』とかの漠然とした質問は受けつけないから。訊くなら対象を絞り込む。そしたら、こっちもイエス・ノーで答えるからさ」

まず自分の頭で考え、訊くときは最低限固有名詞を挙げろってことか。

「俺からはここまで。続きは水瀬よろしく」

「呉夫妻の滞在日数は五日。宿泊は帝国ホテル。現在、段階的にホテル全域の建て替え工事が進行中ですが、本館ホテルは営業を継続しており、宿泊を含む各種サービスが変わりなく提供されています。夫妻揃って賛友電機会長塚田の葬儀に出席したあと、呉は外国人記者クラブとの懇親会や日本の政財界人との面談の予定が入っています。一方、依林夫人の予定は、友人宅の訪問、観光といった曖昧なものでスケジュールも明確ではありません。この間、秘密裏に入院し手術を行うと思われます。手術場所の主な候補は、大田区内にある賛友電機グループ経営の賛友総合病院、千代田区内の晴明会病院。来日後の夫妻の希望により決定するため、まだ確定していません」

呉の健康状況や生活習慣、依林夫人の癖《くせ》や嗜好などについても水瀬は詳しく説明してゆく。

茶を啜りながら聞いていた天城が沖野に視線を向けた。

「我々に求められているのは勧善懲悪の履行や正義の遂行じゃない。日本の国益と日本国民の生命・財産を守ることだ。それが何よりも優先される。わかったね」

「はい」沖野は返した。

「呉智偉を狙っている連中のことは今後も三係に追わせる。君たちは呉智偉と藩依林の安全確保のための情報収集に徹してくれ。一係も臨戦装備で待機させておく。騒ぎが起きそうな気配がしたら、躊躇せず連絡するように。では五日後、うまい酒が飲めるよう、各自よろしく」

皆がミーティングルームから出てゆく中、沖野だけヒロから紙資料を渡された。

「読んだら勝手に廃棄せず私に返して。もちろん撮影コピー厳禁」

防衛省内で作成された、二年前からイラン、ベネズエラ、シリア領内で不連続に起きている生物兵器使用に関するレポートだった。

いずれも反アメリカを標榜している政治家、軍人が爆破に巻き込まれて死亡した事案だが、使用されたのは新型の犬爆弾だと書かれている。

外見は平凡な雑種犬だが、ゲノム編集で嗅覚、走力が通常犬の一・八倍に強化され、体内腹部には直径四センチ、長さ十八センチのアメリカ製C－4型プラスチック爆弾を最大三本埋め込むことができる。人による自爆テロへの警戒が厳重となり、ドローン爆弾のコントロール電波遮断など予防策が確立されつつある中、時速七十キロ、百メートルを五秒台で走る強化犬を使った生きた爆弾は新たな脅威となっているという。

この強化犬は、縁的家《リュディジャ》でオリジナルが「開発」され、テロはそのクローン犬によるものであるとレポートは結んでいる。

どういうことだ？

呉は中国と秘密裏に開発していた強化犬とそのクローンの研究データを、アメリカに横流ししており、それが中国側に発覚。アメリカの手引きでカナダに帰化という名の亡命をした？

それとも、中国政府と何らかの理由で対立し、クローンの研究データ提供を交換条件にアメリカに助けを求めた？

さらに考えを進めれば、データを入手したアメリカは呉をもう用済みと見做《みな》し、万一の秘密漏洩を防ぐため、この来日のタイミングで抹殺しようとしているのかもしれない。

いずれにせよ呉夫妻の死亡退場を願っている勢力は複数あり、そのすべてから夫妻を護らなければならない。

来日中に夫妻の身に何か起きれば、日本の警護態勢が非難されるだけでなく、疑惑の人物の「消去」に日本政府が加担したのではないかと不信を抱かせることにもなる。

しかも一九七三年の「金大中《キムデジュン》事件」（のちに韓国大統領となる政治家金大中が、都内滞在中、韓国中央情報部にホテルから拉致され、船で韓国まで移送されたあと、軟禁を経て五日後に解放された）以降、この種の要人と一般人の境界線上にいる人物の警護は日本政府にとってトラウマになっている。

日本の国益、国家の威信。これまで考えたこともなかったけれど、それを護るのが今の自分の仕事なら、心を引き締め全力で護り抜こう。

日本のためじゃない。自分の知りたいこと、解決したいことのために。


その日の正午、呉夫妻は来日した。

5

帝国ホテルの周辺には複数のデモ隊が集まっていた。

呉夫妻だけでなく今回の来日を認めた日本政府を糾弾する垂れ幕を持った台湾人。カナダ政府と呉夫妻を非難するカナダ人。道を隔てた日比谷公園の一角では、呉と中国政府の癒着について人権派の中国人団体が糾弾している。ただ、どれも十数人規模で、規制の警察官たちが出ているものの、混乱はしていない。

しかし、ホテルの車寄せや正面玄関周辺には、欧米メディアを主とする多くのマスコミが集まり、収拾するため臨時の記者会見が開かれることになった。他の記者たちに混じり、ネットニュース番組のスタッフに扮した沖野と水瀬も会見場のバンケットルームに移動してゆく。

会見場の入り口では厳しい声が飛び交っていた。

入場できるのは呉側の指名したメディアの記者のみで、しかも、質問は一人一回――会見のルールを呉夫妻側のスタッフがくり返しているが、「話が違う」と指名から漏れた外国人記者たちが詰め寄り、抗議している。

沖野はまたあの嫌な感覚に包まれていた。今回に限らず、不特定多数の人間が集まる場所ではいつもこうなる。

呉に関連するもの、無関係なもの、数多くの人間たちの発する多彩な悪意や敵意が混じり合う。会見場とその周辺は光る目の人々で溢れ、沖野は身震いした。

「どうした？」水瀬が訊いた。

「何でもありません」沖野はいった。

「慣れて。嫌でも慣れてもらわないと困るから」

――やっぱり知られている。

そう思った。

不快さに拍車をかけるように、知った顔の男たちが近づいてきた。夜の錦糸町で沖野の行く手を阻んだ、あの公安の連中。鼻の横にホクロのあるリーダー、ゴム弾を撃ち込んだ男、それに倒れた沖野を蹴って肋骨にヒビを入れた奴もいる。

「先日はありがとうございました」

水瀬がホクロの男にいった。

「いえ、とんでもない。そちらは新人さんですか？」

ホクロの男は初対面のように沖野を見た。ただ、その両目はあの晩と同じく猫のように輝いている。

「はい。最近異動してきました」

「随分お若いですね。よろしくお願いします」

男たちが頭を下げ、沖野も下げる。

「公安部外事三課ですよね」

男たちを見送ると、水瀬に訊いた。

彼女はうなずき、「知り合いなの？」と白々しく尋ねてくる。

「いえ、初対面です。でも、あの連中僕を嫌っているようです」

「妬んでるんだよ」水瀬が沖野を見た。

――妬むって何を？

と思ったが、沖野は訊かなかった。

ただ、少しずつ状況が見えてきた。逮捕や国外退去に至るまでの証拠を見つけられずにいた外国人テロリストを、警察庁警備局公安課からの依頼で水瀬が消去した。その水瀬のアリバイや背後の安全の確保を担当したのが警視庁公安部――証拠はなく、ただの推測だけれど。

胸の中が波立った。

任務であっても、たとえ事故を装っていたとしても、そして相手がスパイでも犯罪者でも、殺人であることに変わりない。

いつか自分にもそんな命令が下るときが来るのだろうか？

警視庁の公安と警護課、民間の警護員、それにホテルの警備員たちに四重に護られながら、呉智偉が会見場に入ってきた。

夫人の藩依林が同行していないのを確かめ、沖野と水瀬は会場を出て、エレベーターで夫妻の宿泊するスイートルームのある本館十五階へ上がった。

が、エレベーターホールのセキュリティエントランスで止められた。

同じように止められていた警視庁警備部警護課の責任者が抗議すると、「夫妻のマネージメントを担当している」という英語を話すフランス人が出てきて対応した。

出された名刺《ネームカード》の肩書きはシニアマネージャー。

「夫妻は日本のご友人たちが手配してくれたスタッフ以外信用しておりません」

客室内での身辺警護は、警察ＯＢで編成された民間警護員に任せるといっている。屈辱的な内容とフランス人の見下したような早口に、警護課の責任者は苛立ちながら「では、何かあっても我々に責任は押しつけないと念書を書いてくれ」と反論した。

夫妻は日本の官憲を身辺に近づけることを望まず、拒絶している。警備をするなら、あくまで離れた場所でということだ。なぜか？　単純に信用していないからだろう。

呉智偉は国際的な法律にも倫理にも反するクローン研究を進め、秘密裏にではあるが大きな成果を上げた。ここからは沖野の想像だが、やはり日本も研究成果を何らかのかたちで受け取り、利用していたのだろう。もしかしたらアンゴラでの研究段階から、中国の了承のもと、資金や資材を提供していたのかもしれない。

悪事に加担し、今の呉の存在を疎ましく思っている国のひとつが、呉を護るといっている。誰だってそんな言葉は信用しない。

今回、沖野は呉と藩夫妻を護れと命令された。

この命令も、状況によっては逆転するのだろう。短い来日期間中に「警護」が「消去」へと変更される可能性もある。目の前の護っているものが、日本の国益次第で壊すものへと一瞬ですり替わってゆく。

その消去命令に、もし背いたらどうなるのか？　反抗したら、自分は日本に何をされるのだろう。

フランス人マネージャーと警護課責任者との口論は続いている。水瀬に目配せされ、沖野はその場を離れ、またエレベーターに乗った。

左耳のレシーバーを通して、会見場での呉の発言もリアルタイムで聞こえている。代表者の質問は当たり障りなく、呉のほうも今回の来日の理由は「亡くなられた塚田会長に哀悼の意を捧げるため」と語り、それ以外の質問には、はぐらかすような回答をくり返している。

八階で降りると、会見音声の間を縫ってヒロから連絡が入った。

『８１６』

水瀬が指示された部屋番号のベルを押す。

太った眼鏡の男が出迎えた。歳は三十代前半くらいだろうか。

スイートのリビングルームには他に男がふたり。パソコンの画面に向けていた顔を一瞬上げ、こちらに手を振った。

「五係のメンバー」水瀬がいった。

「沖野くんだよね。よろしく」太った眼鏡の男はいった。が、自分は名乗らない。

「どう？」水瀬が訊いた。

「国枝さんが交渉して、ホテルの警備システムにシンクロさせてもらうことはできた。他にウチ独自のカメラを十一、人感センサーを七つ。ホテル側に知られないように設置するのは、それがせいいっぱいだったよ」

「呉と夫人に張りついている警護は？」

「民間にしちゃ、よく訓練されている。単に元警察公安や警備部のＯＢってだけじゃなく、質のいいのを選んだんだろう。でもＢ級と型落ち感は否めない。中国、ロシアあたりの国直属機関がチーム編成で襲撃してきたら、とても敵《かな》わないだろうね」

「あ、待って」水瀬がいった。

　またヒロから連絡が入ったようだ。

「全員につないで」水瀬の言葉とともに沖野のレシーバーにもヒロの声が聞こえてきた。

『天城課長が話をつけてきたよ。パターン４で二名、発注者は衆議院議員の上川《かみかわ》志津雄《しづお》』

「覗くのかい？」太った眼鏡の男が訊いた。

　盗聴・盗撮用の機器を仕込むのかという意味だろう。

『今回はなしです。四十分後に目標の部屋を訪問します』

　部屋にいた残りふたりの男たちが、慌ただしくパソコンのキーを叩き出した。

「モニターは？」水瀬が訊いた。

『それも今回はなし。すべて任せるって』

「純粋な顔見せってことか」

『ええ。行ってらっしゃい、気をつけて』

　部屋を出てゆく水瀬のうしろを沖野もついてゆく。エレベーターで一階まで降り、フロアーの隅の従業員専用ドアからバックヤードへ。

古びたパイプむき出しの通路を進み、水瀬とともに壁の汚れた古い部屋に入った。

すぐに水瀬との間にカーテンが引かれ、駆け寄ってきたふたりの女にジャケットとパンツを脱がされ、髪に櫛を入れられた。

戸惑う沖野にレシーバーを通してヒロが話しかける。

『これから花屋になって呉と藩依林夫妻の部屋に行って』

花屋の店員——扮装・演技の講義はこのためか。

沖野はされるがままに作業用チノパンを穿き、「東銀座花壇」のロゴが入ったエプロンをつけた。

『藩依林は日本の活け花が好きで、自身でも活けるし、豊富な知識を持っている。それを知っている夫妻の友人の上川議員が来日した藩へのプレゼントとして、目の前で活けられてゆく花の演出をセッティングした。そういう筋書きだから』

「花の知識なんてまったくありませんよ」

『勉強しておきなさいよ』

怒られた。僕が悪いのか？

『とにかく自然な笑顔を絶やさず水瀬の横に立っていなさい。何かあったら自力で乗り切る。乗り切れなければ、ここでクビだから』

厳しくいわれた。

ウィッグをつけられ、髪が肩までの長さになった。だが、顔はほぼ素顔のままだ。

「それでいいの。しっかり顔を覚えてもらってきて」

不安げな表情を察した、ヘアメイク担当の痩せた中年女性がいった。

「顔って、対象者にですか」沖野は訊いた。

「そうに決まってるでしょ。初任務なんだから、笑顔を忘れずに楽しんできなさい。失敗しても、殴られて二、三日監禁される程度だから。生きて解放されるわよ」

励ましじゃない。脅された。

――でもそうか、これが初任務。

沖野は左耳のレシーバーを外した。しばらくヒロのサポートは受けられない。呉智偉は会見のあと、ＮＨＫの単独インタビューを受ける予定になっている。一時間は部屋に戻ってこないだろう。

カーテンが開くと、煎茶色の留袖《とめそで》に着替え、髪を結い上げた水瀬が立っていた。

「行きましょう」

ドアの外には生花と花器を載せた二台の台車が用意され、横には中年の男がいる。

ケイトウ、ヤブサンザシ、秋桜《コスモス》、稲穂、ハラン、雪柳、銀目柳、錦木《ニシキギ》、フォックスフェイス、プロテア、秋明菊《シュウメイギク》、ダリア、百日草、フジバカマ――それぞれの生花の束には、花の名を書いた小さな札が添えられていた。

「名札ありがとうございます」沖野はいった。気を遣ってくれたのだろう。

「初回サービスだよ」中年の男が返す。「二回目があるかどうかわからないけれど」

また軽く脅された。

沖野は曖昧に笑いながらも、自分が大きな組織の中にいることを思い知らされていた。国際交流課だけじゃない、他にも無数のスタッフがいる。警察の重大事件捜査以上の予算と人員がこの任務のために使われている。

　エレベーターで再び十五階へ。

　今度はセキュリティエントランスで止められなかった。さっき会ったフランス人のシニアマネージャーにも笑顔で出迎えられた。水瀬の着物を褒めている。

　気づかれていない。

　水瀬と沖野の顔を見ているはずの警護役たちから入念なボディーチェックを受けたが、簡単な注意事項を伝えられただけで通された。彼らも気づいていない。沖野は服装と髪型、それに目元と鼻筋にわずかなメイクをしただけで、見た目は大きく変わっていないのに。

　逆に水瀬は、またもまったくの別人になっていた。

　慎ましい煎茶色の着物と蒸栗色の帯、目元を切れ長に、肌をより白く見せるメイクをしている。優雅に歩く姿に皆が魅せられ、少しうしろを歩く沖野には関心を払わない。

　沖野が水瀬を「千田祐奈」と気づけなかったように、誰もが印象操作されている。

　部屋のベルを押すと、藩依林自身が出迎えた。

「お会いできて光栄です。本日はよろしくお願いします」

　水瀬は英語で挨拶すると頭を下げ、観生《みしょう》流師範水樹《みずき》弘穂《ひろほ》と名乗った。

「わざわざありがとうございます」

　藩依林も頭を下げた。

　食道癌だと知っているせいか、少しやつれているように感じる。でも、それ以外は以前写真で見たときと変わらない。権力者や金持ちにありがちな気位の高さも気難しさも、世間から悪い注目を浴びている連中が持ちがちな猜疑心も伝わってこなかった。

「いい匂い」

藩が二台の台車いっぱいの花々の香りを吸い込んだ。

「日本の、いえ、日本と台湾の秋の香りね」

花々の中から赤い虎杖《イタドリ》、黄色い台湾欒樹《モクゲンジ》、白千層《ハクセンソウ》を手に取り笑う。台湾の秋を彩る花なのだろう。

レースのカーテンを通して秋の陽光が射す広いリビング。その中心に置かれたローテーブルに花器を三つ並べて置き、水瀬、いや華道師範水樹弘穂は活けてゆく。

師範が「雪柳」「秋桜」と小さくいうと、沖野は花の束を抱き上げ、差し出した。

藩依林はソファーに座り、出来上がってゆく作品を楽しそうに眺めている。ときおり響く枝葉を落とす鉄鋏の音も心地よさそうに聴いている。

三十分後、予想外に早く呉智偉が戻ってきた。

何が行われているのかスタッフから聞かされていたのだろう。静かにリビングを歩き、藩依林の隣に座った。

中国語で囁《ささや》き合いながら、美しく活けられてゆく花々を笑顔で眺めている。

そして完成した作品は、美しかった。

高さ一・五メートル、横幅も二メートル近い大作で、活け花の知識や美的センスのない沖野が見ても素晴らしい。

呉と藩の夫妻も水樹師範に賛辞を送り、作品の前で記念写真を撮った。

微笑ましい光景。ふたりで苦労を乗り越え、子育ても終え、後半の人生を楽しむ時期に差しかかった資産家夫婦――そう見える。

だが、ふたりのすぐ近くには複数の警護役が立っている。

夫には数々の疑惑がかけられ、国際的な非難も浴びている。優しく穏やかに見えるが、決して善人じゃない。

この夫婦は命を狙われている。

※

またジャケットに着替え、左耳にレシーバーを入れた。

『初任務の感想は？』ヒロが訊く。

「活け花がきれいでした」沖野はいった。

『素っ気ないね』

あれは以前からの水瀬の特技なのか、今回の任務のために習得したのか訊きたかった。が、止《や》めた。任務のために覚えたに違いない。

水瀬を殺人者だと疑い責める気持ちが、少しずつ尊敬にすり替わりつつある。それがいいことか、悪いことなのかわからない。ただ、ひどく苛立つ。自分の中にある正義というものが葛《かっ》藤《とう》しているのだろう。

「しばらく待機」

水瀬にいわれ、ホテル八階の客室に入った。部屋にはひとりだけ。水瀬は隣の部屋で待機している。

『何かあったら声をかけるから、休んでいて』

レシーバーを通してヒロにもいわれた。

慣れない高級ホテルの部屋。でも、まだ父と母が生きていたころは、年に一回はこんな感じのリゾートホテルに泊まり、家族四人で休みを過ごしていたな。

ゆっくりと息を吐き、サイドチェアーに座った。

窓の外、日比谷公園と厚生労働省の先に外務省の庁舎が見える。

父はあそこに勤務する役人だった。そして一家は以前、文京区千石《せんごく》にある外務省官舎で暮らしていた。

父は海外出張が多く、母、沖野、姉の夏都の三人で過ごすことが多かったが、幼いころから予知夢や虫の知らせのようなことを口走っていた沖野を、母はどこか気味悪がっていた。

虐待されたり嫌われていたわけじゃない。愛情を持って育ててもらったと思う。

ただ、この不可思議な感覚のことは、向島で料亭を経営していた父方の曽祖母・祐子《ゆうこ》だけが唯一の理解者だったと沖野は思っている。

ひいばあちゃんは、沖野の感覚を「兆《きざ》し」と呼び、亡くなった高祖父や、その母（沖野の五代前の祖母）も持っていたものだと教えてくれた。

「お前のひいひいおじいちゃんも凄かったけど、そのひいひいおじいちゃんを産んだ五代前のおばあちゃんはもっと凄かったんだよ。失せ物を見つけ出したり、人の考えていることをぱっと読み取ったりして、あんまり見事だってんで陸軍や海軍の研究者も何度も調査に来たんだから」

力は五代前の祖母から継承したもので、いずれもっと強くなると喜んでいた。

逆に沖野の母は、元々夫の実家と折り合いが悪かったのに加え、沖野の「兆し」を褒める曽祖母の言葉に宗教めいたものを感じるようになり、沖野をなるべく近づけまいとした。

そして沖野が九歳、三年生から四年生に上がる春休み。

父はその日も海外出張で家にはいなかった。沖野は朝から妙に落ち着かなく、くり返し母に「変だよ」と訴えていた。母は家の戸締りやベランダ、官舎の共用廊下などを確認してくれたが、おかしなところはなかった。けれど沖野の両腕には鳥肌が立ち、ひどく不安になって「近所の家にも訊いて」と言い出した。母はまた「悪い癖が出た」と叱り、そんなに家にいるのが怖いなら外へ行っていなさいといった。

見かねた姉の夏都に連れられ、沖野は官舎と隣のマンションとの境界にある小さな公園に出かけた。そして不安が消えないまま二重跳びの練習をはじめた。

瞬間、二車線道路を挟んだ向かいにあるクリーニング店が爆発した。

偶然バイクで前を通りかかった郵便配達の男性、自転車の少年、散歩の老人、そのすべてを吹き飛ばした爆風は、周囲のマンションの窓ガラスも粉々に割り、砕けた細かなガラス片が沖野と姉に雨のように降り注いだ。

怖さで涙を浮かべた姉と家まで逃げ帰る途中、沖野は、吹き飛ばされ血まみれで呻《うめ》く少年を見た。他にも数人が血を流し、路上にうずくまっていた。

あとで聞いたが、爆発したクリーニング店の一家四人と郵便配達員が死亡。クリーニング店の四人の中には、沖野と同じ小学校に通っていた女の子も含まれていた。血まみれだった少年は一時重体となったものの回復。ただし後遺症が残った。他にも歩行者、近隣の住人に多数の負傷者が出た。

だが、沖野の姉は左まぶたの上を少し切っただけ。沖野自身はまったくの無傷だった。

直後に行われたクリーニング店の家族の葬儀で、沖野は両目を光らせた人たちを、はじめて、しかも数多く見ることになった。

爆発は、心を病んでいた店の主人がガス栓を開き、無理心中のために故意に起こしたものだった。

葬儀に集まった近隣の人々は、表面上は道連れにされた子供や郵便配達員を憐れみ、悲しみを装っていた。しかし、裏では店主が身勝手に起こした惨劇に巻き込まれた怒りを滾《たぎ》らせていた。九歳の沖野は光る目の人々に囲まれ、ただ怖かった。大人は心に思ってもいないことを口にできること、悲しくもないのに涙を出せることをはじめて知った。

沖野は光る目のことを、父にも母にもいわず、曽祖母の祐子にだけ告げた。

すると慰《なぐさ》めてくれたあと、こういった。

「その光る目を見られる力、大事にとっておくんだよ。周りの嫌な気配を感じられる力もね。いつかたくさんの人を助ける力になるから。でも、他の誰にもいっちゃだめだよ。たくさんの人に傷つけられることになるから」

一年後に曽祖母は亡くなった。

沖野は怒りや憎しみで目を光らせている人々を何度も見るようになった。

ときにはその怒り、憎しみが沖野自身に向けられていることもあった。だから人と争わないようになった。

サッカーが好きで幼稚園のころから続けていたが、人の闘争心を浴びる競技を避け、小学五年から陸上の短距離走をはじめた。

それでも光る目からは逃げることはできず、ただ慣れるしかなかった。そして、ようやく光に——人の放つ悪意というものに慣れはじめたころ、両親が死んだ。

沖野が出場する陸上競技会を観るため、父の運転する車でスタジアムへ向かう途中の事故だった。

でも、あんなものは自動車事故とは呼べない。

高速道路の追い越し車線を走っていた一台が、横に並んだ瞬間、強引に車線変更し、横から突っ込んできたのだから。両親が乗っていた車を含む三台が巻き込まれ、炎上し、五人死亡、ふたりが助かったものの障害が残った。

突っ込んできた車の運転手も死亡。偽造パスポートで半年前に入国した女で、二十代のアジア系という以外不明。車は盗難車だった。薬物の使用や飲酒の痕跡はなし。ＤＮＡ鑑定で日本人と東南アジア系の混血とわかったが、国籍の断定までには至らなかった。

あれは事故じゃない。テロだ。

しかし警察は事故だと譲らなかった。だから自分が警察官になって再度調べ、覆してやろうと思った。真実をどうしても知りたかった。

だから陸上も辞めた。沖野の生きる支えは、走ることから、両親の死の真実を突き止めることに変わった。その過程で自分が忌み嫌っていた「特質」が捜査に役立ちそうだと気づいた。

実際に事件捜査に使って検証もした。

そしてわかった。この「特質」は武器になると――

陽が暮れてゆく。

その夜、呉と藩夫妻はホテルの部屋に友人を迎え、食事をし、外出することなく来日一日目を終えた。

水瀬が藩に教えたアドレスに、藩から「素晴らしい花と香りをありがとう」と英文でメッセージが届いたと、ヒロから連絡があった。

沖野は夜に変わってゆく街を眺めていた。

6

呉と藩夫妻の日本滞在二日目。ふたりは予定通り賛友電機会長・塚田の社葬に参列した。青山の斎場前ではＢＢＣやＣＮＮなど複数の海外メディアのカメラが待ち構えていたが、日本のマスコミで見かけたのは、純粋に塚田の社葬を経済ニュースとして報道するためにやってきたテレビ東京スタッフの姿だけだった。

話し合いの末、条件つきで警視庁警護課の身辺警護を受け入れた夫妻は、十数人の警護役に囲まれ会場に入った。他の参列者たちは一斉に視線を向けたが、ＶＩＰでも有名芸能人でもない台湾を追われた鴻明薬品工業の元社長だと気づくと、すぐに顔を背けた。

沖野と水瀬も斎場内にいたが混乱もなく、葬儀はしめやかに進んでいった。呉は塚田の遺影を見つめ涙を落としたが、それが本気の涙だったのかどうかはわからない。

最後、「中国と取引した呉は、台湾の裏切り者です」と日本語のカードを掲げた台湾人の一団が、斎場を出た呉たちの車に卵を投げる騒ぎが起きた。しかし、卵は車まで届かず、アスファルトの上で砕けて割れ、呉たちは無事ホテルまで戻った。

その午後、動きがあった。

『入院場所は、江東区内、秀怜会《しゅうれいかい》豊洲《とよす》病院』

レシーバーを通じてヒロがいった。

藩依林自身が天城課長に直接電話で連絡してきたそうだ。

沖野には知らされていなかったが、天城と国枝は昨夜ホテルに呉と藩夫妻を訪ね、面談していた。警視庁警護課による警護を条件付きで受け入れたのも、その話し合いの成果だった。

呉は警護団を引き連れ、外国人記者クラブとの懇親会に向かい、一方、藩依林は友人宅を訪れるという名目で長年雇っているメイド、警護官ら四人とバンに乗り、ホテルを出発した。

沖野と水瀬も車であとを追った。

民間警備会社と警視庁警護課の覆面車の両方に守られながら、藩を乗せたバンは湾岸の江東区豊洲方面へと進んでゆく。

江東区内の病院を選んだのは血液の運搬を考慮してのことだろう。

食道癌手術の際に使用するため集められた、藩と同じ型のバーディーバー（―D―）型希少血液は、江東区辰巳《たつみ》の日本赤十字社関東甲信越ブロック血液センターに保管されている。この移送を妨害し、希少血液を奪うか、使用不能にしてしまえば、手術は延期、最悪中止となる。

運転する沖野のレシーバーからヒロの声が聞こえた。

『国枝係長も病院に向かうから』

「合流する？」助手席の水瀬が訊いた。

『いえ、ふたりは独自に動いて。今、一係が血液運搬車の警護についてる。状況次第で一係《そっち》と合流してもらうかもしれない。国枝さんのほうは、病院長と折衝に入るって。例の上川衆議院議員の口利きで、病院側は手術室と特別病室を空け、執刀医も待機させてたんだけど、あの議員、藩の名前を伏せてカルテだけ事前に渡してたんだよ』

「病院側は当然期待するね」

ＶＩＰの入院は病院の信用度を上げ、医療技術の大きな宣伝にもなる。特に国会議員の仲介で、直前まで実名を明かせないほどの入院患者であれば、病院側は厚遇して富裕層への口コミを期待しただろう。

『でも実際来るのは、世界中から非難されている呉智偉の妻で、しかも、警備関係者をぞろぞろ引き連れてくるとわかって、院長は今になって相当ゴネてる。日本癌学会の定めたガイドラインから外れた、タイトなスケジュールの中での手術がマスコミに知られて、悪意を持って報道されるんじゃないかって』

「私たちの任務に非協力的ってことはわかった」

水瀬がいった。

有名私立病院らしい対応だと沖野も思った。所轄での実習の経験から、病院が想像以上に閉鎖的で非協力的であることは知っている。

その秀怜会豊洲病院が見えてきた。

東京湾からすぐの運河沿いに建ち、隣には児童公園と区立図書館がある。

藩を乗せたバンが地下駐車場に入り、看護師たちに出迎えられた。

藩が警護役とともにエレベーターで上がってゆく。これからまず造影ＭＲＩ検査や麻酔科の受診があるはずだ。

沖野と水瀬は病院内の配置と構造を再確認した。

十二階建てビルの平面図や各部の画像は頭に入っているが、それを目視して確かめる。

待合室の大きな窓から夕暮れの空と、豊洲市場、晴海《はるみ》の高層マンション群が見える。診療終了時間間際で、外来患者はもうわずかだった。代わりに、仕事や学校を終えて入院患者の見舞いに来た人たちの姿が目立つ。

「多少不穏な状況になっても手術をすると思いますか」

沖野は訊いた。

「するでしょうね、今夜か明日午前には。時間がないもの」

滞在五日というリミットは政府が来日の条件として決めた。それ以上居られては困るということだ。

「集めた希少血液を一緒にカナダに持ち帰るか、別便で空輸して、現地で手術を受けることもできると思いますけど」

「検疫はどうする？　血液製剤じゃなく、そのまま輸血できる非加熱のヒト血液だよ。特例扱いなんてしたら、ただでさえ非難されている県の一家に対する風当たりがさらに強くなる。同じ理由でカナダで手術用に蓄えておいた藩の自己血を、日本に持ち込むこともできない。それに夫妻が無理をしてまで日本での手術を望んだのは、カナダでの入院と治療に大きな不安を抱えているってことだと思うけど」

『面倒なことになってきた』

ヒロがレシーバーを通していった。

『病院《そこ》に今さっき爆破予告があった』

状況が一気に動き出した。悪い方向に——

※

暗くなった運河沿いに停められた2トントラックの後部ハッチを開け、スクリーンを上げると、モニターや機材が並んだ移動司令室になっていた。

国際交流課二係の所属になってから見た、一番スパイらしい光景。

「久坂部《くさかべ》真奈《まな》です。よろしく」

モニターの前に座っていた女がいった。一係の係長。歳は三十代半ば。作業着姿で黒髪を結い上げている。

沖野は彼女の顔を見た。

「ん？　ああ、私が名前をいったから」

「何個かある偽名のひとつだよ。半年もすれば別の名前に変わっているから」

水瀬がいった。

「それでも教えてもらえただけありがたいです。他の人たちと話すとき、相手をどう呼んでいいかわからなくて困っていたので」

「状況はどうですか」水瀬が久坂部に訊いた。

「警備部の処理班と一係《うち》で院内を見て回っている。八割方終わったけど、今のところ何も出ていない。これから出てきたとしてもダミーでしょうね。呉智偉のほうも同じだと思う」

呉と外国人記者クラブとの懇親会場となった丸の内のビルにも爆破予告があり、懇親会は開始早々中止されていた。

「どちらもその予告で、こっちの反応と対応を探るためのものだった。逆にいえば、今夜以降本格的な動きがある。そういうことですか？」水瀬が訊いた。

「でしょうね。それでも手術の予定は変わらず？」

「はい。明日午前十時開始です。爆破予告がうそで爆発物も見つからなければ、延期する強い理由はなくなりますし、病院側も予告があったと公表するのを嫌がっています」

「下手に動いて全入院患者の一時転院なんて大ごとにはしたくないわけか。国枝さんの話し合いのほうはどうなった？」

「患者や看護師を装い、こちらの人員を院内に配置させることには、院長もどうにか同意しました。ただ、爆破予告をしてきた向こうの連中は、職員の風貌も事前に調べているでしょうから、ウチの者をスタッフに紛れ込ませても部外者だと見抜かれる可能性は高いと思います。直前に爆破予告で探りを入れてくるのも、よほど自信がなければできないことですし。私と沖野も、製薬会社の営業になって院内を回るつもりです」

「製薬会社の大卒新入社員にしちゃ、見た目が幼すぎない？」

花屋の店員と同じく、製薬会社の営業マンの『扮装・演技』のレッスンはこのためか。

久坂部が沖野を見た。

「会社の先輩後輩っていうより、具合の悪い弟と一緒に病院についてきた心配性の姉って感じだけど」

「彼には相応のメイクをさせますから。製薬会社社員でだいじょうぶです」

水瀬が憮然としながらいった。

「あの、さっきの話に出てきた『向こうの連中』って、アメリカの関係者のことですか？」

沖野は白々しく訊いた。

水瀬は何もいわない。この無言はやはりイエスの意味なのだろう。

「馬鹿と無知を装って訊くのがいつも通用するとは思わないでね」久坂部がいった。

少しの間のあと、水瀬は並ぶモニター画面に目を向けながら口を開いた。

「向こうははじめ静観を要求してきた。我々のやることに賛同し、黙って見ていろという意味。政府内でも意見が割れていたけれど、国枝さんが明確に拒否し、天城さんもそれを支持した。そして呉と藩の夫妻を護り、無事なまま国外に送り出すという日本の方針が固まった。無謀な選択だと思う？」

沖野は首を横に振った。

アメリカの奴隷でいれば最低限日本の平和は守られるという幻想は、もう何年も前に破られている。二〇一九年、当時の安倍首相がアメリカとの緊張緩和のための仲介役としてイランを訪問して以降、日本もアラブの過激派たちのテロ目標のひとつとなってしまった。

気になったのはそこよりもむしろ――

「国枝係長が拒否したんですか」沖野は訊いた。

「そう。国枝さん、天城さんは、国際交流課内では係長、課長だけれど、その肩書きだけに捕らわれないで。ふたりの一部でしかないから。国枝さんも天城さんも、他の場所では高い地位を持ち、それ相応の権限を持っている。久坂部さんと私も同じ。そんな各部門のエキスパートたちの集合体が国際交流課。見かけ上は内閣府の下部組織だけれど、実態はまったく違う」

水瀬がこちらを見た。

「正直に話したのは、お願いがあるから」

「僕への依頼という意味ですか」

「そう、命令じゃない。明日、藩の手術開始直前にもう一度院内を回る。不快さや嫌な気配を感じたら、目の輝いている人物を見つけたら、すべて報告して。君の能力を使わせてほしい」

沖野は黙った。わかってはいたが、実際にいわれてみるとすぐに言葉が出てこない。

「返答は？」

「答える前に教えてください。どうやって知ったんですか」

「それを教えられる立場に、私はいない」

「拒否したら僕はどうなります？」

「その瞬間に解雇され、二係の一員ではなくなる」

「解雇されたあと、また所轄の警察官に戻れますか」

「戻れないでしょうね」

一度息を吐き、下唇を軽く嚙んで沖野は言葉を続けた。

「嫌な気配は僕の単なる思い込みで、光る目も幻覚かもしれない。客観的に測りようがないのに、重要な局面でそんなものを信用できますか」

「一定の信用ができるものだというデータは取ってある。そうでなければ君を呼びはしない。逆に過信もしていない。多角的に判断する材料のひとつにさせてもらうだけ。ホテルで会った五係の太った眼鏡、それにヒロ。ふたりがカメラを通した体温と心拍の変化、瞳孔の収縮、そうした身体変化を元に分析する。他にも対象者を絞り込むための複数の測定を並行して行なっている」

「そんな特技があったんですね」レシーバーを通してヒロにいった。

『ええ。私の担当は経理と通信だけじゃない』ヒロが返す。

「絞り込んだあとはどうするんですか」

沖野は水瀬に訊いた。

「そこからは一係《うち》と六係の仕事」久坂部がいった。「六係は資料や情報の回収担当、盗み役ってこと。一係は手荒い仕事専門」

「要注意人物の大まかな絞り込みはできているはずですよね。リストを見せてください」

「見せられない。君に先入観を持たせたくないから」

「フラットな状態で、どれだけ識別できるかテストしたいからじゃないですか」

「もちろんそれもある。本当に嫌なら、今ここでいって。そうしたら私と君はもう二度と会うことはないから」

「やるつもりです。他に選択肢はなさそうですから。でも、すごく嫌な気分です」

「わかる。私も経験があるから」

水瀬はいった。

※

病院の地下駐車場に置かれたセダンの中、沖野は待機していた。

水瀬は新たに到着した二台目の2トントラック内で、国枝、久坂部と明日に向けたミーティングを行い、そこで待機するそうだ。

ひとりにされた。

ヒロもレシーバーから話しかけてこない。

だが、その気遣いが胸の中の不快感をよけい増幅させる。恥ずかしさ？　怖さ？　不安？　悔しさ？　不快な感情の正体がわからない苛立ちが、さらに気持ちをざらつかせる。

午前零時を過ぎ、日付が変わった。呉と藩の滞在は三日目に入った。

目を閉じる。だが、気持ちも体も休まらない。

休めないまま朝が近づいてくる。

7

病院の職員通用口を出て、陽射しを浴びると沖野は大きく息を吐いた。

右手にビジネスバッグ、左手に製薬会社の社名が入った紙袋。涼しい秋の風が吹いているのに、スーツの下の脇や襟首は汗で湿っている。

「よくやった」

スカートにヒールの水瀬がいった。

藩依林の食道癌手術がはじまる一時間前、午前九時から製薬会社の営業に扮した沖野と水瀬は院内の捜索をはじめた。

外来診療時間の開始直後で、各科の待合室はどこも人で溢れていた。人種構成は錦糸町や大森の食堂「ゆたか」とあまり変わらない。日本語だけでなく、中国語、韓国語、マレー語、タガログ語、ロシア語が飛び交い、空港の出発ラウンジのようだった。

医師や看護師の名札にも、李、凱、タムサチャナンなどと書かれ、職員食堂にはハラール認証付きの弁当が売られている。

そんな院内をくまなく回り、水瀬という猟師に連れられた猟犬のように、体を走る不快感と浮かぶ鳥肌を頼りに、光を浮かべた目を追い続けた。

そして七人の対象者を見つけた。

その七人すべてに、すでに入院患者や外来患者、搬入業者などに扮した一係のメンバーが張り付き、動きを注視している。同時に六係のメンバーはその七人の携帯やタブレットのデータ、ロッカー内の持ち物などの回収作業に入っている。

沖野は額の汗を手で拭った。

水瀬が運河沿いの歩道を歩きながら、ハンカチを差し出した。

「ありがとうございます」沖野はそのハンカチでまた額を拭ったが、顔の幼さを消すために使ったファンデーションがべったりついてしまった。

まだ汗は止まらない。体は熱くない、むしろ寒いのに。

意識的に、そして長時間、自分の「特質」を使うことが、こんなにも神経と体力をすり減らすものだとわかっていなかった。

2トントラックの後部ハッチを開けると、国枝と久坂部が笑顔で出迎えた。

司令室に並ぶモニターには、病院内にあるすべての監視カメラと同期させた映像、さらに一係と六係のメンバーが身につけているカメラの映像が映し出されている。加えてメンバーたちの着衣につけられたマイクを通した音声も流れていた。

モニターに映る手術室内の映像から、藩依林の手術がまだ続いていることもわかった。

「お疲れさん。ま、座って」国枝がいった。

「たいしたものね」久坂部がいった。「天城課長や国枝さんが無理をしてまで、君を引き入れた気持ちがわかる」

国枝は缶コーヒーを啜っている。

沖野は何も返さず、水瀬の横に座りモニターを眺めた。

七人の対象者から回収したデータや私物を、六係のメンバーがもう一台の2トントラックのほうに次々と転送、または運び込み、それらが即座に解析されてゆく。

解析が続き、四十分ほど過ぎたころ。

「全問正解。こういう言い方をされるのは嫌い？」

久坂部がいった。

沖野の見つけた七人全員がクロ、藩依林に危害を加える意図を持った人間だった。

「僕だけの力じゃありませんから」沖野はいった。

――こんなものを「僕の力」といっていいのか？

『私は褒めてあげる』ヒロがいった。『水瀬からも何かいってあげたら？』

「まだわからない。まだ終わっていないから」並ぶモニターを見つめながらいった。

「そうだ。終わってない」国枝もいった。

「では、六係は撤収してください」

久坂部がヘッドセットを通して命令した。

「手術終了予定時刻まであと二十分。一係は行動準備に入ってください。それ以前でも危険を感じたら、各自の判断で行動を開始することを許可します。情報漏洩を防ぐため、警視庁公安部員や警備部員、病院スタッフへの通達は行いません。我々だけの作戦行動です。総員、民間人・部外者の安全第一でよろしく」

そして二十分後、藩の手術が終了した。

「行動開始」久坂部が号令する。

病院各所で対象者たちが、声を出す隙も与えられず一係のメンバーに捕獲されてゆく。ある者は気を失ったままリネン袋に詰められ、ある者は入院患者用の食事配膳カーに押し込まれ、誰にも気づかれぬまま院外に連れ出された。対象者の中には、七年前から勤務している看護師や、同じ病院内に妻が勤務しているレントゲン技師もいた。

どんな背景を持った連中かはわからない。だが、恨みに駆られての行動ではないようだ。ということは金で雇われたのだろう。

一係のメンバーは一切抵抗させることなく、次々と処理してゆく。

同時に、モニターには警視庁警備部員や民間警護員に護られながら手術室を出てゆく藩のベッドも映し出された。

無事に食道癌の患部切除を終え、病室に戻ってゆく藩。反対に拘束された対象者たちは、これからどこへ連れて行かれ、何をされるのだろう。

「少し休憩してくれれば」

国枝が沖野と水瀬の前に缶コーヒーを置いた。

「任務遂行中ですが」水瀬がいった。

『じゃあ、病院周辺を巡回してきて』ヒロがいった。

「そうしなさい」久坂部もいった。

彼女の言葉に背を押され、缶コーヒーを手にふたりでトラックから出た。

「これ、すみませんでした」

　沖野は自分の汗とファンデーションの染み込んだ水瀬のハンカチを出した。

「新しいのを買って返しますから」

「気にしないで」水瀬が白く大きなレースのハンカチを沖野の手から奪ってゆく。

「せめて洗って返します」

「そのままでいい」

　これが彼女なりの慰労なのかもしれない。

　水瀬がハンカチをポケットに入れ、代わりにタバコを出した。一本咥《くわ》える。

「何？」沖野の視線に気づき水瀬がいった。

「今どきライターで火をつけるフィルタータバコなんて珍しいなと思って」

「吸うのは任務中だけ」

「昂りを抑えて冷静になるためですか」

「そう。君も吸うの？　あ、まだ十代か」

「僕じゃありません。死んだ父が喫煙者で、昔よくいっていたんです。タバコは命を削る代わりに、気持ちを鎮め、目の前の難題を的確に処理させてくれるって」

「いいことというね」

「でも江東区内は条例で歩きタバコ禁止ですよ。しかもすぐそこが児童公園だし。喫煙場所はあっちです」

　沖野は病院の正面玄関から少し離れた場所にある「指定喫煙場所」の表示を指さした。

「じゃ、喫煙場所周辺を警戒してくる。二十分後にまたトラックで合流」

「はい」

水瀬のうしろ姿が離れてゆく。あの夜の錦糸町のように。

沖野も病院の正面から児童公園に沿って延びる歩道を、缶コーヒーを握りしめながら歩き出した。

気持ちは晴れない。けれど、後悔はない。これが任務なんだとどこかで納得しはじめている。納得なんて、とても卑怯な言葉に聞こえるけれど。

「何だ？」

ふいに悪寒が走った。どんどん強くなる。腕から手首にかけてまた鳥肌が浮かんでいた。胸の中の個人的な逡巡など一瞬で消え去り、全身を動揺が包む。

沖野は慌てて周囲を見回した。

すぐ横の車道を通り過ぎてゆく白いワゴン車の運転席。ハンドルを握る若い男の両目が爛々《らんらん》と輝いて見えた。その隣、助手席の若い女の目も輝いている。

吐き気を催すほどの不快感で体が包まれる。

次の瞬間、考える前に走り出していた。

ワゴン車を追った。必死で駆け、病院正面玄関の車寄せに入ろうとウインカーを出して減速したところに追いついた。職質をかける？　あ、警察の身分証ねえじゃん。

——なんとかなる。いや、どうにかする。

息を切らしながら運転席の窓を叩く。

運転手は少し驚きながらもワゴン車を一時停止させた。そして窓を開けた。車内には三人。後部座席にもうひとり若い男が座っている。

「あの、車の下。オイルみたいなものが垂れてます。漏れていますよ」

沖野は慌てた顔でいった。

「えっ」運転席の痩せた若い男が窓から顔を出し、下を覗き込む。

その瞬間、離れた病院内のロビーから複数の悲鳴が漏れてきた。

『院内停電』沖野の耳に入れたレシーバーを通してヒロが叫ぶ。

突然、ワゴン車が発進した。

――停電でセキュリティが一時的に無効になった隙をついて、複数箇所から多人数で突入する気だ。

沖野は開いた運転席の窓の中に飛び込んだ。下半身を外に出したまま、運転している若い男の体にしがみつく。なぜこんな無茶をしたのか、自分でもよくわからない。

「止まれ」叫びながら、男の顔を二度殴った。が、男は動じない。自分の非力さに悲しくなる。下半身をばたつかせながら、男の首を摑み、目を手で覆う。「痛い」その手を逆に嚙まれた。しかし、視界を遮られ男が速度を緩めた。車体がふらつく。

止められると思った直後、助手席の女がナイフを出した。

やばい、どうする？

必死で考える沖野の目の端に、正面玄関の先にある喫煙場所から駆けてくる水瀬が見えた。四角く細長いものを振り上げている。何だ？　喫煙場所の灰皿？

直後に激しい音が響き、フロントガラスが割れた。

走ってくるワゴン車の正面を水瀬が灰皿スタンドで横から殴りつけた。亀裂の入ったガラスは白く曇り、その隙に沖野はハンドルを両手で掴み、思い切り右に切った。

ワゴン車は大きく曲がり、車止めの金属ポールに激突した。

エアバッグが膨れる。沖野も衝撃でハンドルを掴んでいた手が滑り、離れ、路上に転がった。すぐに立ち上がったが、運転していた若い男と助手席の女はすでに車外に飛び出し、沖野に目もくれず病院の正面玄関に駆けてゆく。

その男の横顔を水瀬が何かで殴りつけた。よろけた男に、手にした白いものを振り回し、何度も叩きつける。缶コーヒーを包んだ、あの沖野の汗が染みた白いハンカチだ。男が膝から崩れ落ちてゆく。女も病院職員に扮していた警察官にタックルされ、路上に倒れた。

「追って」水瀬が叫んだ。

ワゴン車の後部座席にいた男が逃げてゆく。

沖野はいわれた通り追った。そう、足には自信がある。歩道を逃げる男の背にみるみる近づいてゆく。あと少しというところで、男が立ち止まり、振り返った。

抜いたナイフを構え、睨んでいる。沖野も身構える。こちらも何かないか？　ポケットを探り、自分も缶コーヒーを使おうと思ったが、見つからない。落としたようだ。

何もない。困ったな。首のネクタイを抜いて、両手で掴んでみたけれど、うまく使える気がしない。応援も来ない。でも、逃げるわけにはいかないよな。

男が斬りつけ、沖野はどうにか避けた。

――めっちゃくちゃ怖い。

圧倒的に不利だが、銃器を向けられるよりましか。

倒す手はないか必死で考える。まずは攻撃を避けないと。相手の武器がナイフ一本でまだよかった――いや、おかしい。よくない。

停電と同時に車で突入しようとしていた奴の携行武器がナイフ一本。藩の病室のある十階まで強行突破してゆくには軽装すぎる。それは、なぜ？　はじめから病院の正面玄関周辺だけをワゴン車で破壊したら逃走するつもりだったからだ。

こいつらはただの攪乱《かくらん》役。

沖野は一瞬迷ったものの、手のネクタイを投げ捨て、男をその場に置き去りにして病院へ駆け戻った。

「ヒロさん、水瀬さんはどこですか」

『院内三階』

「水瀬さん」沖野は呼びかけた。「水瀬さん、無事ですか」

『黙ってて』レシーバーから水瀬の声がした。『今戦闘中』

玄関前で停止しているワゴン車の周辺にはすでに警護課が駆けつけ、爆発物が搭載されていないか確認をはじめていた。若い女が拘束されている。男のほうは手錠で車体につなぎ止められていた。

あの手錠、水瀬さんの？　警察関係者なのか？

いや、今はそんなことはいい。院内に入ると電気は復旧していた。だが、多数の外来患者が動揺しながら床に伏せ、壁際にうずくまっている。職員たちが外に誘導しようとしているが対応が追いついていない。

　沖野は非常階段を駆け上がった。

　向かう先は水瀬のところではなく、藩の病室。

「状況を教えてください」ヒロに訊いた。

『停電直後、四つの出入り口から九人の不審者が侵入し、五人は一係に制圧確保された。水瀬のところを含め三地点で格闘状態が続いている。現時点では、医師や患者などの一般人への被害報告はなし』

「藩の病室も変わりないですか」

『ええ。変わりなし』

　――おかしい。

　十階まで上がったが、エレベーターホールで警視庁警護課の私服警察官と病院の警備員の両方に止められた。

「通すように交渉してもらえませんか。時間がありません」沖野はいった。

『時間がないって、何の――』

　ヒロの言葉を遮り、国枝の声が聞こえた。

『俺が交渉する。行ってくれ』

　進もうとする沖野の腕を警護課の男が掴んだ。が、すぐに力が弱くなった。男もレシーバーを通して誰かと話している。

待っている余裕はない。もう悪寒が背中を駆け上がってきた。何かある。

沖野はＶＩＰ用の特別病室が並ぶ廊下を進み、少し前を歩いていた年配女性に声をかけた。

「すみません、緊急事態です。協力していただけませんか」

女性が手にしていた大きな花束を借りた、というか奪い取った。

「本当にごめんなさい」

驚き、状況を飲み込めずにいるその人にいった。

「危険だから離れてください」

１０１５号室。

ドアの前に立っていた警護課の男女ふたりの警察官は不快な顔で沖野を見たが、止められはしなかった。国枝係長の交渉の成果だ。

ノックをしてドアを開ける。汗が浮かんでいるのに寒さはおさまらない。

「先日はありがとうございました。東銀座花壇でございます」沖野は笑顔でいった。

室内には女が三人。ベッドの上のまだ麻酔から醒めきっていない藩依林。横ではメイドの女性が椅子に座り、うたた寝をしている。

いや、メイドは気絶させられたか、薬物を使われたのだろう。

「お見舞いでございます。観生流の水樹弘穂師範からお届けするようにと」

藩に花束を見せると、小さくうなずいた。藩とメイドの他にここにいるのは、沖野、そして三十代半ばの看護師の女。

大きな点滴のバッグをふたつ持ち、交換しているところだった。が、彼女の両目は太陽が強く射し込む病室の中でも霞むことなく、ひときわ赤く輝いていた。

この看護師だ。でも、何が狙いなのかわからない。

もし武器で殺そうとしても、病室に入る前に女性警察官の入念なボディーチェックを受け、刃物や鈍器など露骨な凶器は持ち込むことができない。

この病室にあるものを使う？　いや、それでは殺すことはできても、この看護師の犯行だとすぐに発覚し、自分が逃げられなくなる。

「花瓶をお借りします」

沖野はいった。頭の中では必死で考え続けている。

では薬殺？　遅効性のものを使えば、自分は逃げられるが、ここは病院だけに解毒治療されてしまう可能性があり、確実な殺し方とはいえない。逆に即効性のものでは、道具を使ったときと同じように、すぐ自分の犯行だとばれてしまう。

自分の命を惜しまず、はじめから刺し違える気で来た？　いや、彼女の落ち着き払った態度からは、最後まで生き延びようとするプロのしたたかさを感じる。

沖野は花瓶に花を飾ってゆく。

うつろながらも藩の視線は花に向けられている。と思ったが、違った。藩は看護師が替えたばかりの点滴バッグふたつと、そこから管がつながれた輸液入量自動調節器を見ていた。

彼女も薬学博士号を持ち、以前は鴻明薬品工業に勤務していた専門家。見慣れぬものや、違和感があれば、すぐに気づく。

そうか。

薬液と混合器――極小型のサーモバリック《燃料気化》爆弾。

この病室程度なら軽く吹き飛ぶ。ここから自分が離れたあとで起爆させる気だ。

「動くな」沖野は看護師にいった。

が、彼女はうしろに大きく飛び退いた。と同時に、水瀬が病室に駆け込んできた。

「起爆させる気です」沖野は叫んだ。

それだけで水瀬は理解し、拳銃を取り出した。看護師も白衣のポケットに手を入れた。

水瀬が構えるオートマチックの銃口は看護師を狙っている。

「ポケットから何も持たず、ゆっくり手を出して」

水瀬はいった。

「ここで全員一緒に死ぬ気はないでしょ？　私もない。よく考えて。雇い主について素直に話せば、罪はかなり軽くなる。あなたの知っていること次第では、懲役も免れて、どこかで別の名前になって静かに生活できるかもしれない。それともここで吹き飛ぶ？」

看護師が考えている。

その目は水瀬に向けられ、水瀬の目も看護師の顔を真っすぐに見ている。

睨み合う、いや、見つめ合うふたり。

そして、看護師がゆっくりとポケットから出した手には――何も握られていなかった。

水瀬が近づき、ポケットから起爆装置の携帯を静かに抜き取ってゆく。

直後に、男女ふたりの警察官が看護師に飛びかかり制圧した。

「乱暴にしないで」水瀬はいった。「貴重な証人だ」

「ありがとう」

うしろから声が聞こえ、沖野と水瀬は振り返った。

「本当にありがとう」

藩が麻酔の残る体で、もう一度小さくいった。

8

沖野は国際交流課二係のオフィスに戻ると、自分のフィッティングルームに入り、ジャケットを脱いだ。

体中が痛む。肋骨と鎖骨のヒビが入った部分に貼った湿布をずいぶん替えていないのに気づいた。そういえば、もらった痛み止めも飲んでいない。

私服に着替える。

秀怜会豊洲病院とその周辺の一時的な停電は、江東変電所と葛南《かつなん》変電所の鉄塔電線がドローン攻撃により同時に切断されたために起きたものだった。

しかし、事故として処理された。

病院の正面玄関への車両突入未遂も、運転者のアクセル・ブレーキ踏み違いによる事故と報道された。

多くの疑問があるが、あまり考えないようにしよう。それでも夫の呉智偉ではなく、妻の藩依林が暗殺の標的になった理由が気にかかる。

自分が殺されるより、最も愛する人を無残に殺されたほうが、遥かに辛く苦しむことになるから――でも、こんな言い訳めいた説明では納得できない。

はじめから藩が標的だったんじゃないか。

鴻明薬品工業と中国との裏取引、違法かつ不道徳な研究、アメリカへの密かな研究成果提供、そしてカナダへの帰化という名の亡命。それらすべてを主導していたのは藩で、呉は社長という肩書きを与えられただけの傀儡だったのでは？

いまさら考えても、意味のないことだけれど。

フィッティングルームを出ると、国枝だけがオフィスに残っていた。

「労いの言葉をかけたくて待っていたんだ。よくやってくれた」

「いえ、ひとり取り逃がしてしまいました。容疑者は目の前にいたのに」

「ワゴン車から逃げた男か。いや、いい判断だった。目の前の出来事に捕らわれず、最も為すべきことを見極め、目的を達成した。とはいっても、気持ちのいいもんじゃないよな」

国枝は笑った。

「ええ。すごく気持ち悪いです。これでもほんの少し前までは警察官でしたから」

「そのうち慣れて、楽しめるようになるよ。逮捕ばかりが事件解決の手段じゃないから」

「なるかな、楽しめるように」

沖野は小さく笑い、そして続けた。

「でも……これだけ有能な人たちが揃い、有機的に機能している組織があることには正直驚きました。今回の任務も、達成できるとは思っていなかった」

「なかなかやるもんだろ、日本も」

「はい」

「疲れているのにすまないが、明日明後日とまた呉と藩のお守《も》りだ。でも、あの夫婦が日本を出てったら、ゆっくり休もう。それからこれ――」

ＩＤカードを渡された。

「天城課長からだよ。インターン第一段階終了だそうだ。それがあれば政府機関の機密データベースに第一深度までだけどアクセスできる。今後の頑張り次第で、第二深度、第三深度と深く潜っていける褒美を渡すってさ」

――狩猟犬に与えられる餌だな、本当に。

それでも、国枝と天城は部分的ではあるが約束を果たしてくれた。

「そんじゃ先に帰るから。遅くなったら、官舎まで近くてもタクシーで帰れよ。暗がりを気を抜いて歩いていると、殺されたり拉致られたりするから」

沖野は冷ややかに笑った。

が、国枝は「本当だよ」と残し出ていった。

ひとりになるとすぐにパソコンを立ち上げ、カードをリーダーに通し、虹彩認証をしてデータを検索した。深夜になってもオフィスで検索を続け、そして外務省職員だった父の名を、なぜか防衛省関連機関の機密資料の中に見つけた。

※

二日後の夜、呉智偉と藩依林夫人は予定通りの滞在を終え、日本を離れた。

だが、九日後——

カナダ、オンタリオ州の州道で呉の運転する車が、スリップして中央分離帯を越えてきた対向車と衝突、同乗していた藩とともに死亡が確認されたというニュースが届いた。

Case 2
マインド・ベンター
——捻じ曲げる者——

1

「栗おこわ炊いたの、あんたも食べるでしょ」

着物姿の祖母がいった。

「いらない」

沖野《おきの》は口の中でパイン味のグミを転がしながらいった。積み上がった段ボールはどれもずしりと重い。もう寒い時期なのに、抱えていると薄く汗が浮かんでくる。

「どうして？　あんた好きじゃない」

「昼食べたばっかだし、時間ないよ。夕方五時半から会議なんだ」

段ボールを畳の上に置くたび、細かな埃が舞い上がる。

——一年半でこんなに積もるんだ。

都内墨田《すみだ》区向島《むこうじま》にある父方の実家の一室。以前は沖野の部屋だった。

祖母も姉も「そのままにしておくね」といっていたくせに、どんどん無関係な荷物が運び込まれ、半年もたたずに物置にされてしまった。

ただそれは祖母と姉の安堵の証《あかし》なのかもしれない。

高校を二日で辞めた引きこもりの少年が、いきなり全寮制の警察学校に入っても、きっと耐えられず、すぐ辞めて戻ってくると思っていたのだろう。

だが、実家に戻るのは今年に入ってはじめて。祖母はなかなか顔を合わせる機会がなくなったことを、どこか喜んでいるようでもある。

「会議って今日代休じゃなかったの？」

祖母が舞う埃を手で払いながら訊いた。

「呼び出しがかかった」

「警護課なのに殺人事件担当の刑事みたいだね。異動になってから、ずいぶん不規則になったみたいだし。そんな時間から会議なんて、一昔前の広告代理店とかマスコミみたい」

実家の料亭「織利《おり》はら」は江戸末期の創業で、馴染《なじ》みの客は政財界の重鎮から、怪しげな健康食品会社の社長、芸能プロダクションやＩＴ企業のオーナーまで幅広い。そのせいで大女将《おおおかみ》の祖母も、さまざまな業種の内情に詳しかった。

「相手に合わせなきゃならない仕事だもん。しょうがないよ」

「だけど、あんたまだ十代じゃない。中身がどんなに利口でも、そんな子供みたいな見た目じゃ、警護される方だって不安になるよ。体だってひょろひょろだし、護る前に、あんたがやられちゃいそうだもの」

孫に対してでも遠慮なく辛辣なことをいう。昔からそういう人だ。

「こんな見た目だから、怪しまれずに警護できる場合もあるんだよ」

沖野は目を合わせずにいった。

祖母と姉には警視庁本庁・警備部警護課第四係に移ったと伝えてある。内閣府国際平和協力本部事務局分室の国際交流課二係所属になったことも、そこで実際はどんな活動をしているのかも、もちろん話していない。

服務規程で家族にも事実を話すことは禁じられているし、仮に話したとしても、信じてはもらえないだろう。はじめに呆れられ、それから「この子は頭がおかしくなった」と泣かれるに決まってる。

──だってスパイだもんなあ。

確かにまるで似合ってない。三十代や四十代で、スーツの上からでも筋肉質の体がわかるような男ならまだしも、十九歳で色白痩せ型、高学歴でも外国での生活経験があるわけでもない。これといった技能があるような感じもない。

生意気なヒョロガキにしか見えないと自分でも思う。

ただ、国際交流課二係で働くようになって、一部を除きスパイ活動をしている人間たちが、普段はどれだけ平凡に振舞っているかを思い知った。国枝《くにえだ》係長なんて、虎《とら》ノ門《もん》の街をカバンを抱えて歩いている姿は、誰がどう見たって中小企業の中間管理職だもの。

「ほんとに食べないの？」

祖母がしつこく訊く。

「いらない」

「じゃ、持って行けば。折り詰めにするから職場の人に配って。ね、それがいい」

「よくないよ。迷惑だって」

と言い返したあとで、ふと思った。

スパイ機関の人間も、同僚が差し入れたものを普通に食べるのか？　危機管理の点からはどうなんだろ？　やばいな、最近こんなことばかり考えている。

「それより、辰乃《たつの》さんと、徳造《とくぞう》さんのこと書いたもの、見つかった？」

父方の五代前の祖母と高祖父のことだ。「天眼《てんがん》」とか「神通力」とかいわれる力を持っていたという。有名人で、大正初期に「織利はらの方術使いの女将と跡取り」と呼ばれ、向島から浅草一帯に名が知られていた。調べてみると、東京帝大や陸軍などの研究対象にもなっていたと当時の記録に残っている。ただし、実際にどんな研究が行われたのかはわからない。東大に直接訊いてみたけれど、「個別の問い合わせには回答できないし、戦前のものでは資料の大半が焼失してしまった」といわれた。

実家に記録や手記のようなものが残っていないか、祖母に調べてくれと頼んでいたのに。

「それがさ、店と関係ないものは蔵のずっと奥に入っちゃってるみたいなんだよ」

庭にある古い土蔵のことをいっている。

「は？　探してないの？」

「見るには見たんだけど。どこに何があるのか、よくわかんなくて」

「大女将のくせに」

「店に出す皿とか花器とかならわかるよ。よく使うものは手前に置いてあるし。でも大昔のものはねえ」

「自分の店だろ？」

「私だって途中から嫁に来たんだから、全部が全部わかってるわけじゃないよ」

「いいよ。俺が探すから」

「だめ。古伊万里《こいまり》とか九谷《くたに》もしまってあるんだから。まかり間違って割られたら大損害だよ」

「じゃ、姉ちゃんに頼むよ。若女将なら、蔵のもの少しぐらいいじってもいいだろ」

「それもだめ。夏都《なつ》なんか私以上におっちょこちょいだし、第一やりたがらないよ、そんな面倒なこと」

「だったら、せめてここに積んである段ボールもあとで蔵に運ばせてよ。これじゃ俺の部屋まで完全に倉庫じゃん」

「だから蔵はもういっぱいなの。入らないんだってば」

祖母の携帯が鳴った。

「どうもお世話になっております」

祖母の声のトーンが二段階くらい高くなる。得意客か稽古事の知り合いだ。

携帯片手によくわからないジェスチャーをしたあと、祖母が部屋を出ていった。栗おこわを折り詰めにするから帰りに持って行きなという合図だろう。

ひとりになり、部屋の窓を開けた。

冬のはじめの冷えた風が流れ込み、代わりに漂っていた埃がゆっくりと外へ出てゆく。

赤松や犬柘植《いぬつげ》、辛夷《こぶし》の木々に混じって赤い寒椿《かんつばき》の咲く料亭の庭の向こうには、首都高速六号線の高架が見える。隅田川《すみだがわ》のすぐ近くだが、川の流れも岸辺の桜の木も見えない。高速を走る車の音だけが絶えず聞こえてくる。

両親が死んで外務省の官舎を出てから、警察学校に入校するまで、ここで過ごした。高校を辞めて以降は、昼はずっと部屋にいて、人通りが少なくなる夜になってから外に出た。

そう、光る目から逃げて、ここにこもっていた。他人の怒りや妬みや恨みの感情を見ずにすむよう、ずっと隠れていた。知らない誰かの負の意識に気づいてしまうことは、たとえそれが自分に向けられたものでないとわかっていても怖かった。

沖野は段ボールをひとつずつ開いてゆく。

中には両親の遺品が入っている。

ふたりが不可解な死に方をした直後から、父と母の持ち物だった携帯やパソコンや手帳や残されていた手紙を、しつこいほど見返し、調べた。でも、何も見つけられなかった。

それでももう一度調べずにはいられない。

外務省職員だった父の名を、防衛省関連機関のひとつである防衛科学研究所が制作した「２ー２１研究」というレポートの共同執筆者一覧の中に見つけた。さらに父は、防衛省所管の一般財団法人防衛リサーチセンターの非常勤研究者も務めていた。

父がそんなことをしていたなんて、まったく知らなかった。

しかも、なぜかどちらも一般人では決して見ることのできない、国によってプロテクトされている機密情報として扱われていた。

父は複数の省庁が進めていた何らかの作業に関わっていたのだろう。そして、それは沖野自身にもつながりがあるかもしれない。

――自分の持つ特質は、本当に偶然の産物なのか？

そんな疑いが頭に浮かび、離れなくなっている。

もうすぐ午後四時。仕事に行かないと。まだ遺品の三分の一も見ていないのに。

沖野は窓を閉めると部屋を出た。

2

水瀬《みなせ》響子《きょうこ》主任がおこわを一口食べた。すぐに肩までの黒髪をシュシュでまとめはじめたので、折りひとつ、しっかり食べ切る気のようだ。

「この栗、甘《あ》っま」

「えっ、料理もあるの」

ブロンドの髪をドレッドにしたヒロ・エルビルバンも、別の折りの蓋を開け笑顔になった。

「おこわも料理も全員分あります。でも、無理に食べてもらわなくてもいいですから」

沖野はいった。が、ふたりとも聞いていない。

「この塩焼き、カマスか。へえ、今が旬なの」

ネクタイを緩め、いつものようにぼんやりした顔の国枝係長も箸を握った。

「俺の分はないのかい？」

白髪混じりの髪をきれいに整え、仕立てのいいピンストライプのスーツを着た天城《あまぎ》課長が遅れて入ってきた。

「ありますよ」

沖野ではなく、ヒロが答えた。

国際交流課二係のオフィス内、ミーティングルーム2のテーブルに料亭「織利はら」の料理が並ぶ。

「持って帰ってもらおうと思ったんですけど」

沖野はいった。

「いつ食べたっていいじゃないか」天城がいった。

何か想像していた反応と違う。

——ピクニックかよ。

思ったけれど、もちろん言葉にはしない。代わりに訊いた。

「あの、仕事と——」

言葉の途中で、水瀬が「内容による」と口を挟んだ。

「は？」沖野は水瀬を見た。

「それ、あんたの常套句だから。仕事と直接関係のないことを質問したいんでしょ？　若いくせに持って回った言い方が身についちゃってる。よくないよ。会話のパターンが決まっていると、相手に先読みされやすいし、逆に誘導されやすくもなる。この仕事には明らかなマイナス要素だから」

「じゃ、水瀬さんのぶっきらぼうな話し方は？　それもワンパターンだと思いますが」

「口答え？」

「いえ、職務のための純粋な質問です」

「まだ不慣れなあんたを混乱させないため、あえて統一したキャラクターを装っているの。少しがさつに感じるくらいのほうが、そんなふうに反論もしやすいでしょ」

天城と国枝は「零余子《むかご》の甘辛煮がいいね」「この平茸《ひらたけ》、天ぷらじゃなくてフリットだ」と他人事のように話している。

「で、どんな質問？」ヒロが沖野に訊いた。

「聞かなくてもわかる」

水瀬が栗おこわを口に運びながらいった。

「差し入れを警戒せず食べるんですねとか。安全性はどうやって確かめているんですかとか。そんなことでしょ」

「全然違います。最近ずっと尾行されているんです。今日も向島の実家から近くまで姉の運転する車で来たんですが、首都高を走っている間、車三台に代わる代わる張りつかれました。公安の連中でしょうけれど、うっとうしくて」

「やっぱ気づいてた？」国枝が訊いた。

「素行を調べられるのも仕事上の義務ならしかたないですけれど、撒《ま》いたり振り切ったりしてもいいのなら、今度からそうさせてもらおうと思って」

「それは指導係に訊いてよ」

国枝が水瀬のほうに首を振った。

「撒けるものなら撒いてみれば。トレーニングになるし」

水瀬が目を合わせずにいった。

「好きにしていいということですか？」

沖野は訊いた。

「ええ。でも、何かあっても助けないから」

お茶を啜りながら水瀬が答える。

「あんたたちの会話って、最高に馬鹿っぽい」

ヒロが笑いながら沖野と水瀬にそれぞれタブレットを渡した。

「こっちはまだ食べてるから。ゆっくり見てくれ」

天城がいった。

間抜けな試食会のようだけれど、緊急招集だった。新たな任務についての解説がはじまる。

沖野はタブレット画面の『グラフトン《Grafton》・ケース《Case》』と書かれた動画を開いた。

精神科医の治療記録のようで、スーツ姿の精神科医と、入院服で手錠をかけられた被疑者らしい中年男が映っている。会話はアメリカ英語。精神科医が穏やかな口調で質問をしているが、テーブルを挟んで座るふたりの話は、あまり嚙み合っていない。

『六月十一日の晩、タングルウッドにあるケルソーさんのお宅を訪問した際――』

精神科医の言葉を中年男が遮る。

『いや違う。担当刑事にも弁護士にもいったけど、俺たちはケルソーなんて家には行ってない。友達のダグの家です。親の代から、奴はもう三十年以上もあそこに住んでいる』

手錠をかけられた中年男は困惑した顔で、自分は四人の仲間たちと野生化したフェレットを退治しに行ったのだと説明した。

『家の周りや裏庭に出て悪さをして困ってるって、ダグにいわれたんです。飼い切れなくなったどこかの馬鹿が捨てて、繁殖したようでね』

『その野生化したフェレットを狩りに行ったわけですね』

　精神科医が訊く。

『ええ。ダグの裏庭のベリー畑を荒らしたり、娘の自転車のタイヤを齧《かじ》るようになってね。誰かが咬《か》まれて重い感染症なんかになる前に駆除したほうがいいってことになって、俺たち五人で猟銃を持って行ったんですよ』

『これが、あなた方の仕留めたフェレットですか？』

　精神科医が一枚の写真を男に見せる。

　男はうなずいた。

　だが、写っているのは地下室の床に並べられた一家の射殺死体だった。

『あなたの携帯に記録されていた画像です。もう一度訊きますが、これはあなた方の仕留めたフェレットですね？』

　精神科医が別の写真も出した。子供を含む六人分の死体をさまざまな角度から撮ったものがテーブルに並べられてゆく。

『そうですよ。またそのくり返しですか？　刑事にも何度も訊かれた』

　男は写真を横目で見ながらいった。

『すみません、とても大事な点なもので。一緒に駆除をしたご友人たちの携帯からも同じような画像が見つかっています。撮った記憶は？』

『ええ、ありますよ。確かにあまり趣味のいいものじゃないが、もし後々、文句をいわれたときのために記録しておいたんです。駆除のための発砲で、犯罪のために撃ったんじゃないという証明にね』

そう語る男の顔はうそをいっているようにも、精神に問題があるようにも見えなかった。

自分がなぜこんな質問を受けなければならないのか、その状況に純粋に困惑している。六人の死体が本当に駆除した害獣に見えているようだ。

見入っている沖野の前にヒロが緑茶の入ったカップを置いた。

「あ、ありがとうございます」

「何の映像かわかった？」

「はい」

この男、『グラフトン・ケース』の加害者のひとりだ。

十四年前、アメリカのバーモント州にある街で、引っ越してきたばかりの一家が、五人組に銃で撃ち殺され、自宅地下室に掘られた穴に埋められた。

五人が起こした事件は一件だけではない。

その三ヵ月後の九月七日、ウォルマートの駐車場で六十代の夫婦が乗るピックアップトラックを銃撃し、夫婦を殺害している。五人の男たちは現場から立ち去り、近くの川に釣りに行こうとしていたところを警戒中の警察官に逮捕された。

『そもそも五人はどうやってお知り合いに？』

映像の中の精神科医が訊く。

『地元の同じジュニアハイ（中学校）に通っていた同級生ですよ』

『こちらで調べたところでは、地元のアルコール依存症患者のための断酒サークルで知り合ったようですが』

『俺が依存症？』

『ええ。フェレットを駆除したのも、この日、釣りに行こうとしていたのも、そこに通っていた五人です。禁酒は続けていたようですね。このウォルマートでも、あなたたちはアルコール類は購入していません。買ったのは銃弾です』

『またかよ、冗談じゃない。俺は依存症じゃないし、断酒サークルにも行ってない。あんた本物の医者か？　どうして俺を陥れようとする？　そんなことして何になる？』

男は強くいうと、自分を含む五人の「同級生たち」の思い出話を語りはじめた――

「緻密でしょ」ヒロがいった。

偽の記憶が丹念に作り込まれているという意味だ。

「はい。この男、今も？」

沖野は画面から視線を上げた。

「監視病棟にいる。他の四人も同じ。この事件については？」

「ずいぶんあとになってからですけれど、ネット内の情報で知りました」

「どの程度の情報？」

「当初は集団狂言が強く疑われたが、ポリグラフでも何の反応も出なかった。五人の宗教的・思想的な背景も、悪魔崇拝者の可能性も含めて徹底的に調べられた。一方で薬物を使った心理誘導についても詳しく調べられたけれど、加害者たちの体から薬物反応は出ず、自宅からドラッグ使用の痕跡も出なかった。ニューズウィークのような雑誌や、ディスカバリーチャンネルのようなケーブルテレビ局まで、『グラフトン・ケース』として特集を組んでいましたから」

「洗脳による殺人、しかも殺した人間は自分の行動を正確に認識していないし、罪の意識もない。誰かを操って何かの任務や作業に使いたいと思っている人間たちには、恰好の技術でしょ。だからアメリカだけでなく、各国機関からの関心も引きつけることになった」

聞きながら、沖野は思わず小さく笑った。

「何か変？」ヒロが訊く。

「すみません。いつもの水瀬さんのときと違うんで。ヒロさんはすぐに何でも話してくれるから」

「私じゃ物足らない？　水瀬みたいに意地悪く焦らそうか？」

「いえ、このほうがいいです」

即答した。遠くから水瀬が横目で睨んでいる。

「続けるよ」

ヒロが笑いながらいった。

「ＦＢＩやＤＩＡ（アメリカ国防情報局）が追い続けた結果、アメリカ国内で『グラフトン・

ケース』と類似している事件が、その後三件見つかった」

「公表は？」

「されてない。でも、類似事件が判明したことで、犯人もかなり絞られた。この資料見てくれる。三件の中のひとつ」

十三年前、アメリカ国内カンザス州のタコスのファーストフード店、タコベルに勤めていた五人の男女が、馴染みの客の家に押し入り、一家四人を射殺した。五人の中にクラック販売の前科を持つ者がいたこと、押し入った家の現金が奪われていたことで、当初はただの強盗殺人として捜査されていた。

「でも半年後、隣のコロラド州の山中で五人の死体とともに、互いに殺し合う最後の姿を収めた携帯の動画が見つかり、そこから事件が動き出した」

ヒロが新たな画像を開く。眼鏡をかけ、少し髪の長い中年男が映っている。

「マックス・レイナード。強盗殺人をした五人と同じタコベルで、同時期にパートタイムとして厨房《ちゅうぼう》で調理をしていた男。こいつがグラフトンの事件にも絡んでいた」

『タコベル』は日本でもチェーン展開しているタコスのファストフード店のことだ。

ヒロが先ほどの『グラフトン・ケース』の映像の入院服を着た中年男を含む、男女十数人が笑顔で写っている新たな一枚を出した。断酒自助サークルの集合写真。その中でマックス・レイナードという名の男も微笑んでいる。

ふたつの異常殺人の犯人たちが、この男を通じてつながった。

「カンザスでは調理のパートタイマーだったけど、こっちのグラフトンの場合、レイナードはボランティアのカウンセラーに扮していた。しかもレイナードは本名で、ジョンズ・ホプキンス大学医学部出身。バージニア州発行の本物の精神科医師免許を持っていた」

「エリートだ」

「ええ。三つの州での短期間の病院勤務経験もある。一方で、医師の身分を偽って、断酒自助サークルのボランティアを一年、タコベルでのパート勤務も一年続けていた。残りのふたつの事件でも、一年以上の時間をかけている」

十二年前、ミネソタ州の『トイザらス』で働いていた男ふたりが、店の顧客データから知った家を襲い、住人を殺害。現金とクレジットカードを奪って逃走したが、途中、互いに撃ち合って死んでいる。このふたりが勤務していたのと同時期にマックス・レイナードも同じ店で商品管理や品出しのパートタイムをしていた。

さらに十年前、ジョージア州の大手ＤＩＹ小売チェーン『ホームデポ』に勤務していた男女が強盗殺人事件を起こし、逃走中に交通事故死したが、このときもレイナードは犯人たちと同じ店で約一年同僚として働いていた。

「時間をかけて洗脳してゆくタイプだね。事件を重ねることで自分の技術と、マックス・レイナードという名前を売り込んでいる」

ヒロがこちらを見た。

「自己ＰＲのために事件を起こしたってことですか？」

沖野が訊くと彼女はうなずいた。

ハッキングやクラッキングの犯罪者を国家機関がスカウトするように、こういう技術を持つ人間は大きな災厄にもなるが、取り込めれば大きな戦力にもなる。だからアメリカを含む各国の機関は、今もレイナードを追い続けているのだろう。

「『グラフトン・ケース』の加害者、あ、被害者なのかな？　ともかく殺人の実行犯になったあの映像の男は、このレイナードのことを覚えているんですか」

「それはこれを見て」ヒロが画面をタップした。

精神科医による中年男への聞き取り動画の続きがはじまる。

『マックス・レイナードです。この名前を覚えているのですね』

精神科医が訊いた。

『覚えています。いや、あのどうかな……知ってるのか、知らないのか……眠いな』

男は独り言を口にしたあと、目を閉じ、実際に眠り込んでしまった。男の穏やかな寝顔を最後に動画は終わった。

「マックス・レイナードという名前を聞くと、何らかのロックか、安全装置が作動するよう脳に仕掛けられているんでしょうか」

沖野の質問にヒロが再度うなずく。

「そうか。だとしたら、この中年男はやっぱり被害者なのかもしれませんね。他の場合と違い、『グラフトン・ケース』の五人は殺し合いで自滅させずに、意図して生き残らされたのかもしれない。レイナードの洗脳の完璧さをＰＲするための宣伝材料として」

「ええ。私たちもあなたと同じように見ている」

「このレイナードのプロフィールはわかっているんですか？」

沖野は画像の男を指さした。

「生まれはバージニアで、両親は病死、兄弟も事故死していて血縁者はなし。最後の十年前のジョージア州の『ホームデポ』のパートタイムを辞めて以降、足取りが一切摑めなくなった。社会保障番号から追っても、クレジットカードの使用歴や携帯端末の契約履歴から探っても何も出てこない。ＳＮＳへの登録や書き込みもなし。ＦＢＩが『マインド・ベンター』ってニックネームをつけて追いかけているけれど、足取りはわかっていない」

「姿をくらましたのは、スポンサーが見つかったからでしょうか？　それとも殺された？」

「いえ、死んでない」

ヒロが緑茶を一口飲んで、国枝を見た。

「以上で私からの経過説明は終わり。あとはお願いします」

「あ、もう交代？」

国枝がいった。

「折り詰め、本当に美味《おい》しかった。腹が落ち着いたら、気持ちも何だか落ち着いちゃったな」

「ごちそうさま。こんな差し入れなら、いつだって大歓迎だよ」

天城もそういったあと、一服してくると喫煙所に行ってしまった。

「じゃ、本題をはじめますか」

国枝が軽く伸びをした。

沖野は自分がこの職場に慣れつつあるのを感じた。上司ふたりがこんな態度を取るのは、特に面倒な案件のときだ。

「その『ドクター・マインド・ベンター《心をねじ曲げる医者》』が二日前、関空から日本に入った。出発地は、ドイツのミュンヘン」

　国枝は大きく引き伸ばされた写真をテーブルに並べた。

3

　写っているのは大柄な中年女性だ。

　ただしメイクをした顔は、断酒自助サークルのカウンセラーや『タコベル』のパートタイマーだった、あのマックス・レイナードに似ている。

「入国時の名前はアンゲラ・マレーネ・ギーガン。女性名で、ドイツ政府発行のパスポートの性別も女性になっている。年齢四十五歳。国籍もドイツ。ちなみにパスポートは本物だった。トランスジェンダーか性転換したのかはわからないが、ドイツ国内では完全にギーガンという女性として認識されているってこと」

「本当にレイナードと同一人物ですか」

　当然の疑問を訊いた。

「入国管理用の顔認証データベースと行動認証データベースがそう断定して、より高度なＡＩで再鑑定させたところ、九九パーセント以上の確率でアンゲラとレイナードは同一人物だという結論を出した。外務省データベース局のお手柄だよ。現在、京都市内のホテルにいる。三日かけて京都奈良巡りをして、有名な禅僧と対談もしたらしい。公安がすでに張りついているけど、今のところ普通の観光旅行だそうだ。で、えーと、このファイルを読んで」

国枝がタブレットの画面に報告書を開いた。

この元マックス・レイナード、現アンゲラ・マレーネ・ギーガン――面倒だな、以降ギーガンと呼ぼう。

ギーガンの肩書きはミュンヘン大学（正式名ルートヴィヒ・マクシミリアン大学ミュンヘン）の心理学部客員教授。東京にある智英《ちえい》大学から、明後日から一週間にわたって行われる創立九十周年記念の各種学術イベントとシンポジウムに招待された。京都奈良周遊はそのシンポジウム前に、大学側が用意したフィールドワークという名の接待旅行だった。ギーガンだけでなく、イタリアの神学者やタイの仏教学者も一緒に禅宗寺院や神社を回っている。

報告書には、ギーガンの博士号取得時や、その後に出された心理学に関する論文、講義風景の画像なども添付されている。論文をざっと読んでみたが、案の定、沖野にはまったく理解できなかった。ただ、ギーガンが執筆した一般向けの最新著作は、心理学用語が多用されているにもかかわらずEU圏内で百万部を突破し、日本でも『考えすぎる葦《あし》――思考過剰がヒトを苦しめる』というタイトルで訳本が発売されていた。

「この経歴は事実ですか？　それとも偽装？」

「今はまだどちらともいえない。偽装の線が濃厚だけれど、少なくとも著作に関しては自分で書いた可能性が高いそうだ。それに要注意人物ではあるけれど、警察的な言い方をするなら、現段階では重要参考人なんだよね」

「その犯罪者未満の危険人物の動向を、当面探るわけですか」

「そういうこと。でもさ、どう考えても怪しいんだよ。津久井遼一《つくいりょういち》って知ってるよね」

「『ベリーグッズ』の津久井？」

　国枝がうなずく。

　インターネットショッピングサイト『ベリー《V》グッズ《G》・マーケット《M》』を出発点に、オンライン金融や株式、保険、クレジットカード事業まで展開する企業に成長したグループの代表取締役会長兼最高執行役員。最近、三年後に試験運用を開始する、国交省所管の一般道までを含めた全国規模の自動車全自動運転サービスに参入すると発表して注目を集めている。

　津久井は自分から進んでメディアに出て行くタイプの経営者ではない。しかし、強引な企業買収や非情な人員削減、そして悪いうわさでネットニュースをときおり賑わしている。

　二年前には、ネット通販利用者の消費動向だけでなく、資産状況や日常の行動パターンまで不正に情報を入手し、詳細に分析していたことをウィキリークスに暴露された。次いで、日本を含むアジア圏の有名企業の、違法行為やインサイダー取引を証明する内部文書を入手し、逆にそれを使って各企業に自社に有利な取引や融資を強要——早い話が恐喝——しているという証拠もウィキリークスにより公開された。

　さらについ一週間前。津久井は自身が取締役を務める、ＶＧＢ《ベリーグッズビット》トレードという仮想通貨証券会社を通じて、中国国内の共産党幹部と広東《カントン》省の行政官に、数年前から贈賄を続けているという記事が、フランス、オーストラリアの新聞三紙の電子版に一斉に掲載された。

「な、一気にキナ臭くなってきただろ」

　国枝がいった。

「その津久井もシンポジウムに参加するんだよ。ドクトル・アンゲラ・マレーネ・ギーガンとふたりでの対談やパネルディスカッションも予定されている。ギーガンはシンポジウム終了後も数日東京に残って、ふたりでいろいろ話すらしいよ」

「心理学の教授と何を？　ベリーグッズグループって教育産業でもはじめるんですか？」

「独自の財団を立ち上げて、研究機関を創設するらしいんだ。量子コンピューターの研究とか、より高度な対話型ＡＩの開発とか、ＩＴに利用するための人間の行動分析とか。たださ、その一方で将来的には本格的な医薬品開発もするようなんだよね。その一環なのか、二週間後に鴻明《ホンミン》薬品工業との資本提携を発表するらしくてさ」

　沖野たちが護った藩依林《バンイーリン》が以前研究者として所属し、その夫・呉智偉《ウーヂーウェイ》が社長を務めていた会社だ。

　人を殺戮に駆り立てるドイツ人心理学者。違法なことをしてまで人の行動を分析・数値化しようとし、しかも中国の官僚への贈賄のうわさまである日本人ＩＴ経営者。中国と密かに提携し、ヒトクローンやゲノム編集の研究開発を進めている台湾の総合医薬品メーカー。

　その三つが合わさるなんて、偶然とは思えない。

「そんで、明後日から大学生になってもらうから」

　国枝が肩を叩いた。

「潜入しろってことですか」

「うん。シンポジウムの運営の手伝いとか、各国教授の助手として、智英大学が自分のとこだけじゃなく他の大学からも学生インターンを募集したんだよ。一週間もイベントが続く創立九十周年の催しだろ、人手も足らないし、ウチは広く門戸を開いてますってアピールもしたいんじゃないの？　で、そのインターンのひとりになって」

「同じ大学の学生がいたら、すぐにバレますよ」

「そのへんは上手く工夫してあるから。あ、それからさ、これにも目を通しておいてよ」

大学潜入のための資料――じゃないな。新しい講義科目のようだ。

「へ？　格闘・護身ですか？」

「うん。水瀬から君の身体的な安全に大きな不安があるって意見が出てね」

悔しいけれど、正しい判断だ。水瀬が遠くで自慢げにうなずいている。

国枝が続ける。

「護衛をつけることも考えたけど、それよりまず自分で強くなってもらうほうがいいと思ってさ。優秀な講師に依頼したから」

「今日これから初回の講義ですか？」

「うん。早いほうがいいだろ？　あ、早速講師がいらした」

会議室のドアを開け、女性が顔を見せた。

「久坂部《くさかべ》さんですか」

沖野が訊くと、国際交流課一係係長・久坂部真奈《まな》は笑顔でうなずいた。

「だいじょうぶ。入院とか重篤なケガは避けるように頼んであるから」

国枝係長も笑顔でいった。

※

翌朝出勤すると、『扮装・演技』レッスンの講師・倉木《くらき》が待っていた。

「痛そうだね。久坂部さんに？」

倉木が訊く。

沖野は痣《あざ》のついた頰でうなずいた。

「その程度ならメイクでどうにでもなるから。厳しくやってるんだね」

なぜだか倉木が嬉しそうなのが腹立たしい。

その倉木の隣にもうひとり、沖野と同じ歳くらいのきれいな女性が座っている。名前は志《し》村《むら》。彼女がどうしてここにいるのかは、訊かなくてもわかる。この人を相手に、学生インターンに見えるよう、大学生らしい会話や行動の実地トレーニングをやらされるんだ。元引きこもりの沖野には、地獄以外の何物でもない。

「だいじょうぶだよ」

沖野の渋い表情を見て、倉木がいつもの気楽な声でいった。

「東京の大学生なんて、八割は大学デビューの元陰《いん》キャ。少し前まで半引きこもりみたいなサエないやつらだったんだから」

何を根拠にいってるんだろう？　陰キャって言葉も微妙に古いし。

今回の任務で沖野は、「中山《なかやま》」という名の十九歳の学生になる。

邦清《ほうせい》大学文学部の通信教育課程を履修していて、普段はネット経由で授業を受けている。だが、通信教育課程でもスクーリングという、大学生活を体感するために実際に通学し、一般学生に混じって学べる制度があるそうだ。中山はその制度を利用し、尊敬する津久井社長が参加するシンポジウムのインターンに応募、見事選ばれた。

中山は高校一年の夏に交通事故で母親を失う経験もしている。そこに同級生からのいじめも加わり、高一の冬以降、不登校になった——

沖野自身の体験を断片的に流用しているところは腹立たしいが、実話に近いので、誰かにプロフィールを訊かれても無理なく話せるのは確かだ。それに事故死なんていうデリケートな話を突っ込んで訊いてくる奴は、そうはいないだろう。

「いや、大学生は厚顔無恥だからね。図々しく訊いてくるぞ。しかも、中山が引きこもりだと知ったら見下してくる。あいつらはクソ生意気な上に差別的だからね」

倉木がいった。この人の捉え方も相当に歪んでいる気がする。

そしてはじまった実習は、やはり地獄だった。

志村が同年代の女子でも変に意識はしなかったし、それは問題じゃなかった。ただ単純に話が噛み合わない。聴いている音楽とか好きな本とかの趣味嗜好以前に、言葉として何をいっているのかわからなかった。本当にこんな人種が、大学には普通にいるのか？

志村は同情めいた笑顔を浮かべてくれた。彼女も同じようにインターンとして例のシンポジウムに参加するそうだ。

「まあ思った通りだ」

倉木がいった。

「流行《はや》りの言葉を知らないのは、とにかく覚えればいい。問題は君の顔。自分の感情を表に出すなといってるだろ。君が今風の大学生を馬鹿みたいだと思っていたって構わないし、君自身も馬鹿な大学生になり切れともいわない。ただ、これは仕事なんだから、頭で感じていることとは無関係に、表向きだけは笑顔で楽しげに話すんだ」

志村も横でうなずいていた。


その午後、水瀬にランチに誘われた。

国際交流課二係の同僚と外で食事をするのも、仕事以外の場面で水瀬とふたりきりになるのもはじめてだった。

虎ノ門ヒルズ近くにあるイタリアンレストランの、店内ではなくテラス席に座る。

近くに他の客がいないので遠慮なく話せるし、冷たい風が吹いているものの、すぐ横にある大型ストーブのおかげで寒さも感じない。

「どうしたんですか？」

沖野は誘った理由を訊いた。

「昨日の折り詰めのお礼。本当に美味しかったから」

彼女の顔をじっと見た。

「そう、うそ。だからそんな目で見るな」

水瀬が気恥ずかしそうにしている。こんな顔、今まで見たことがない。まあ、演技なのかもしれないけれど。

「あの、僕からいうのも変ですけど、とりあえず心配してくれてありがとうございます」

「一応教育係だしね」

インターンを装っての潜入は、沖野にとって初の単独任務になる。水瀬のほうは別任務に就くようだ。たぶん津久井遼一社長のほうに張りつくのだろう。

前菜の皿が下げられてゆく。

はじめからぎこちなかった会話が途絶えた。何を話していいのかわからない。単独任務を心配してくれていることも、ありがたいけれど、嬉しくはなかった。

今も沖野は彼女に対し強い疑念を抱いている。

ドイツ人ドナードを事故に見せかけて殺したのは、この人しかいない。沖野個人による捜査の結果で、誰も賛同者はいないし、物証もない。けれど、間違いない。

メインのトリッパの煮込みが運ばれてきた。少し離れた歩道をコートを着込んだ人々が通り過ぎてゆく。

「だいじょうぶだよね？」

水瀬に訊かれた。

「はい。駄目です、できませんといったら、その瞬間にクビにされますから。無理やりにでもできるようにしないと」

心配されているというより、やっぱりどこか子供扱いされている気がする。実際ガキだからしょうがないけれど。

「難しいことは求められていないから」

フォークでトマトの赤色に染まった牛のハチノスを刺しながら水瀬がいった。

「今回は運んだり《警護》、整理したり《窃盗》、点検したり《破壊》することが目的じゃない。求められるのは、違和感なくその場にいること」

沖野はうなずいた。こんな隠語だらけの会話にも耳が慣れてきている。

「それからさ、あのパインのグミはやめて。匂いであんただと判別される可能性があるから。今後は任務中、グミ禁止。あと私がいつもいっていることを、ひとりのときも忘れないで」

水瀬は食後のコーヒーが運ばれてくる前に席を立った。コートを着た彼女の背中が外堀《そとぼり》通りを進み、小さくなってゆく。気づかないうちに、水の入ったグラスの下にふたり分の食事代が敷かれていた。

水瀬のいつもの言葉――〈今のあんたは警察官じゃない。そして逮捕だけが解決方法じゃない〉

国枝係長もよく同じことを口にする。

わかっている。

元マックス・レイナード、現アンゲラ・マレーネ・ギーガンはアメリカで起きた殺人事件への関与が疑われる重要参考人に過ぎない。容疑者ですらない。

たぶん、アメリカ国内に彼女が戻ったとしても、正式な手続きを踏んで逮捕・起訴することはできないだろう。どうやってあれだけの人々を、あれほど深く洗脳したのか、まったくわかっていないのだから。

今来日中の彼女は、日本にとっても善良な旅行者のひとりでしかない。

ただ、注意すべき人物であることは間違いない。だからスパイが動かなければならない。

沖野はふと今の状況を振り返った。

現実なのに、まだどこかすべてが作り事のような、空想のような感覚が残っている。でも、それじゃだめだ。ぼんやりしていると、次の瞬間には拉致されているかもしれない。殺されるかもしれない。

ひと月前、秀怜会《しゅうれいかい》豊洲《とよす》病院で起きたことを思い出す。

病室に仕掛けられた極小型のサーモバリック《燃料気化》爆弾。看護師に化けた女の白衣のポケットには、起爆装置が隠されていた。あの場で自分が吹き飛ばされていた可能性は十分にある。

ガキだろうが、頼りない外見だろうが、自分は間違いなくスパイで、死と隣り合わせの任務についている。

そんな仕事を続けるスパイの存在意義も、沖野は少しずつ認めはじめていた。

ギーガンは五つの異常事件（グラフトン・ケースの加害者は二件の殺人を犯している）の加害者たちと接点がありながらも、決して自身は犯罪者と呼ばれない。けれど明らかに犯罪者以上に危険な存在だ。誰かが対処し、その問題や危険を取り除かなければならない。

この世の中には、警察や軍隊では駆除できない脅威が確かに存在する。

運ばれてきたエスプレッソに砂糖とミルクをたっぷり入れて、一口飲んだ。たまらなく甘くて、たまらなく苦い。

——中山尚人《なおと》。

胸の中でくり返した。

沖野は今夜からこの名前の人物になる。


東京都東部、葛飾《かつしか》区。

JR新小岩《しんこいわ》駅北口から歩いて十七分。新小岩レジデンスという民泊用に改装されたワンルーム・マンションが当面の沖野の家となる。

沖野は自分の存在を一時捨て、中山尚人という十九歳の邦清大学文学部哲学科通信教育課程の学生になっていた。

尚人の実家は栃木県足利《あしかが》市で、実家は建築内装業を営んでいる。母は四年前に事故死し、父方の祖父母と父との四人暮らし。尚人は一人っ子で、地元の県立進学校に通っていたものの、不登校となり、大学も通学ではなく通信制を選んだ。

だが、大学のスクーリング制度を利用して、憧れていた津久井遼一社長が後援する智英大学創立九十周年記念シンポジウムの学生インターンに応募することを決意。『IT・AIとの共存の先にある、人の意識の拡張』というテーマにも興味があった。

この新小岩レジデンスは、尚人の死んだ母の兄である伯父の持ち物だ。伯父夫婦は五年前の会社定年を機に、三階に大家の自宅、一、二階が貸出用のワンルームになっている中古マンション一棟を購入し改装、外国人観光客向けの民泊施設をはじめた。

伯父はここ数年ほとんど栃木の実家を出ることのなかった甥・尚人の、この大きな決断を喜び、東京でインターンとして過ごす一週間のために部屋を用意してくれた——

もちろんすべて設定で、真実はひとつもない。

ただ、ここに着いて伯父夫婦のところに挨拶に行くと、伯父役の男性は沖野を本当の甥のように迎えてくれた。ドアを閉めて、外の視線が一切届かなくなった瞬間、工作員と通信員に戻ると勝手に思っていた沖野は、ちょっと不思議なような不気味なような感覚にとらわれた。

伯母役の女性も、当然本物の妻ではなく役柄に過ぎない。なのに夫婦のように見えたし、お茶を出してくれたときの少しよそよそしさが混じった笑顔も、本当に親戚のおばさんが見せるもののように思えた。

用意された二階のワンルームの一室に入り、鍵をかける。

ベッドにクローゼット、テレビ。見渡してみるが、特にこれといったものはない。持ってきたボストンバッグを開き、衣類を確かめる。

一週間分には少し足らないな。最低でも下着類は自分で買って追加しないと。今回も私物は一切ない。いつも通り、虎ノ門の国際交流課二係のオフィスに預けてきた。沖野個人の携帯に入る留守電やメッセージは、ヒロが毎日チェックし、伯父役の男性を経由して伝えてくれる。プライバシーはないということだ。けれど二係に移ってまだ一ヵ月ほどなのに、もうプライバシーが何かを忘れかけている。どうせこの部屋も、最低限盗聴されているだろうし。

〈見る者は常に見られてもいる〉

これも水瀬からくり返しいわれている。

洗濯物は出してくれれば洗うと、伯母役の女性は話していた。朝食や夕食も、基本的に三階の伯父夫婦の家で食べることになる。

——中山尚人か。

明日、十二月四日から学生インターン生活がはじまる。

都内在住の学生たちは、もう先に顔合わせを済ませて、何回かミーティングもしているそうだ。大学生か。警察学校時代や所轄勤務のときとは違う、妙な緊張を感じている。

支給品の携帯が鳴った。国枝係長から。

『住み心地はどうだい？　頼まれていた本を送ったよ。明日には届くから』

盗聴対策も防音も十分にできている。それでも係長は暗号を使った。

今もＦＢＩが行方を追っているマックス・レイナードが日本に入国したことを、明日一番でアメリカ大使館に伝える。そういうメッセージだった。

当然、アメリカの息のかかった人間たちもシンポジウムに加わってくることになる。短い電話の最後、係長は暗号ではなく自分の言葉でこういった。

『ヒトラー・ユーゲントにはなるなよ』

ナチスドイツのヒトラー青少年団のことだ。感化され、取り込まれるなという意味だろう。

「わかりました」

短く答えて通話を切った。

たぶんだけれど、だいじょうぶだ。

他人に殺人を犯させるほどの洗脳にも、津久井遼一社長にも、『ＩＴ・ＡＩとの共存の先にある、人の意識の拡張』というシンポジウムテーマにも、本当はまるで興味がない。

明日からのインターン活動の概要、津久井社長のプロフィール、そしてギーガン教授の著書

『考えすぎる葦』に目を通したあと、転校生のような気分で眠りについた。

4

時計のアラームが鳴り、目を開いた。

十二月八日、午前六時。

学生インターンに扮した生活をはじめて今日で五日目。ワンルームのベッドから這い出ると喉が痛い。寒くて、エアコンをつけっぱなしで寝たせいだ。

一昨日から東京には一月下旬並みの寒波がやってきている。だが、頼んだ加湿器はまだ届かない。自分で買おうとしたけれど、私的に購入した電化製品の持ち込みは一切禁止だといわれた。下着類は個人購入ＯＫなのに。こういうところで公的機関の不自由さが顔を出してくる。

とにかくシャワーを浴びよう。

素直に認めなきゃならないことがある。『扮装・演技』レッスンの講師・倉木は正しかった。東京の大学生はクソ生意気で差別的だ。個人的偏見に満ちた感想だけれど、事実だからしょうがない。

四日前の十二月四日、はじめて参加したミーティングで、かすかに瞳を赤くし、少しばかりの敵意と警戒心を抱えた六十人の学生インターンたちに迎えられた。

半分近くがアジア各国からの留学生で、髪や肌、目の色も微妙に違う。その何人かに通っている大学と学部、住んでいる街、趣味や所属サークルなどを細かく訊かれた。事前に全員分の簡単なプロフィールを受け取っているはずなのに、そこには書かれていない何かを、話しぶりや表情から探られ、ミーティングを終えるころには、よくわからない基準で選別されていた。「中山くん」こと沖野は、最下位もしくは問題外にランクづけされた。周りの学生たちの瞳から赤色が消えた代わりに、ほんの数人を除いて誰からも話しかけられなくなった。

自意識が高い自称エリートたちの、驚くような変わり身と無関心を見せつけられ、唖然とした。倉木と一緒に事前レッスンをしてくれた、あの「志村」も、今までのところ他の学生インターンと同じように「中山」を扱っている。端的にいうと無視されている。

今回の任務に目立つことは必要ない。だからこれでいいと思いながらも、やっぱり少し腹が立つ。周りの奴らの、あの根拠のない自信はどこから湧いてくるんだろう?

パジャマ代わりの上下スエットで部屋を出て、三階の伯父夫婦のところへ。

朝食を食べさせてもらいに行くふりで、定時連絡と今日の行動確認をする。伯母役の女性が毎日洗濯をしてくれるのも、本来の理由は身につけているカメラとマイクの状態確認、そして逆に盗聴器や発信機が知らない間に仕掛けられていないかを点検するためだった。

「ちょっと面倒なことになったよ」

伯父役の男性がテレビに目を向けながらいった。

「津久井社長への殺害予告があった。『ベリーグッズ・ホールディングス』の本社と智英大学に、津久井の中国政府に対する贈賄を糾弾する文章と実弾の入った封筒が届いたそうだよ。一昨日の消印で、差出人は令《れい》和《わ》清《せい》紀《き》塾。ただ、この名前での政治団体の届け出はない。右翼を騙《かた》っているだけの可能性が今のところ強いとのことだ」

今日は津久井社長とギーガン教授による対談形式のシンポジウムが行われる。

「大学構内に警察が入るんですか」

沖野は訊いた。

「ああ。警視庁警護課が。国際的なイベント期間というのもあって、公安も介入する。それから君の行動はＰ２に移行と指示があった」

対象の監視・観測から、監視しながらの警護に変わった。ギーガン教授を護る必要が出てきたということだ。何のために護るのかは、もちろん沖野にはわからないが、それでも任務に従うしかない。

六時四十分にはワンルームを出て、駅に向かう。

新小岩駅から総武線に乗り、もう混みはじめている車内でつり革を掴み、イヤフォンをつけ、目を伏せる。乗客の半分は瞳の中に小さな赤い光を浮かべている。ごく普通の顔をしながら、今この瞬間も、皆それぞれが誰かに向けたかすかな怒りや憎しみを感じている。

水道橋《すいどうばし》駅まで乗車時間は十九分。

両国《りょうごく》駅を出て、隅田川を渡るころになると、もう何年も自分はこんな朝をくり返している気分になる。

それでいい、と国枝と水瀬にいわれた。習慣のように頭が感じ、体が動くことが大事なのだと。ただ、本当に大学生になった気分に浸り切ってはいけない。

イベント期間は四日前にはじまり、基調講演やいくつかの講座も行われた。偶然か作為かはわからないが、「中山」こと沖野は元マックス・レイナード、現アンゲラ・マレーネ・ギーガン教授の担当チームに配属された。

「帰国子女でもなく、留学経験もないのに、あなたはきれいな英語を話しますね」

初対面での挨拶のとき、ギーガン教授にいわれた。

教授の服装はロングスカート。顔には化粧をし、金色の髪を伸ばしている。遠目には女性のようだが、近づくと肩幅が広く、喉仏も目立っていた。その担当チームのインターンたちとの挨拶の最後、ギーガンの性自認がどちらかわからず戸惑っていた男子学生が質問をした。

「教授をミス、ミスターどちらで呼べばいいですか」

失礼、デリカシーがないという非難の声がすぐに沸いたけれど、教授は笑顔で周囲の声を制し、こう答えた。

「どちらでも構いません、あなたが感じたように呼んでくだされば。でも今、私は日本に来ています。日本には性別にかかわらず使える、『さん』という素敵な呼び方がありますよね。『ギーガンさん』と呼んでくだされば嬉しいです。私も皆さんを、『緒方《おがた》さん』『田中《たなか》さん』とお呼びしますから」

緊張していた空気が解けていった。教授は終始穏やかで、その両目には沖野を警戒させるあの赤い光は灯っていなかった。

他人の心を歪ませ、捻じ曲げる要注意人物――そんな正体は微塵も感じさせない。ただそれも巧みな演出なのだろうけれど。

少なくとも表面上は和やかな笑顔に包まれ、初対面の時間は終わった。

以降、今日まで特筆すべきことは起きていない。

連日、インターン二十人による担当チーム全体で、講座会場の設営の手伝いや、ギーガン教授の移動時の誘導など雑事をしている。だが、教授と個人的に話す機会はなかった。「中山」が尊敬する津久井社長も、遠目に一度見ただけで話はしていない。学生インターンなんて名ばかりで、実態は体のいい無料奉仕じゃないかと思いはじめている。

水道橋駅から徒歩十分。

昨日と同じように入校証をつけて智英大学春日《かすが》キャンパスに入ったときは、特に大きな違いは感じなかった。しかし、シンポジウムのメイン会場である記念講堂や控え室のある通称E棟と呼ばれる校舎の前まで行くと、民間の警備員以外に制服の警察官が立っていた。

そしてインターンたちは作業開始前に学生ホールに集められ、大学職員から、津久井社長への不穏な通達があったことと、それに伴う警備強化について説明された。

ただし、職員は最後まで殺害予告という言葉は使わなかった。

何人かがざわついただけで、表面上はインターンたちに動揺はない。強がりなのかもしれないけれど、皆の様子は昨日までと変わらなかった。

むしろ職員や警備員たちのほうが浮き足立っているように見える。今日のシンポジウム開催の是非について警察と揉めている様子で、インターンたちはとりあえず待機を命じられた。

皆、学生ホールに散らばり、突然できてしまった時間をそれぞれに過ごしはじめた。

沖野もイヤフォンをつけ、隅の椅子に座った。

携帯を出し、小説を読んでいる振りをしながら周囲に目を配る。特に警戒すべき相手もいないのに、こんなふうに行動することが習性になりつつある。

まあスパイだもんな、当然か——まだ見習いだけれど。

インターンたちは皆、表面上は和やかに数人のグループで話したり、携帯をいじったり、パソコンのキーを叩いたりしている。だが、登校途中の電車内と同じように、多くの目には周囲のライバルたちに向けられた赤い光が灯っていた。

日本を含むアジア各国の学生たちが、大半が自分は優秀だという自覚を抱き、このインターン期間中に能力の高さを証明しようと競り合っている。沖野はインターン参加後に知ったのだけれど、優れた人材だと認められれば、津久井社長が主催しているケンブリッジ大学やボローニャ大学との交換留学プログラムへ参加できるらしい。

もちろん偽大学生の沖野にはどうでもよかった。

今の自分の仕事とも将来ともまったく関係ない。だからなのか、学生たちの赤く光る目を見ていても、いつものような不快さをそれほど感じない。

コップの中の嵐を、自分だけ別の場所から眺めているような気分。大学に来たら劣等感を持つかと思ったけれど、実際は逆だった。

——だめだ、こんなの。

緩んだ気持ちを引き締めていると、『扮装・演技』の講義でパートナー役をしてくれた志村の姿が目に入った。このイベント期間中に知り合った他のインターンの男女四人と笑顔で話している。彼女を囲む四人の目には、四ヵ国語を話し、顔もスタイルも整った志村への羨望なのか、かすかに赤い光が灯っていた。逆に、真ん中で笑う彼女の目に赤い光はない。

この仕事を続けてゆくのなら、彼女を見習ってどんな集団にも溶け込めるようにならないと――ぼんやり考えている途中、ふと思った。

今自分の顔を鏡で見たら、この両目はどんな色をしているのだろう？　自分は今、周りの皆をどんな感情で眺めていたのだろう？

そんなこと、これまで一度も考えなかったのに。

学生ホールに背広の一団が入ってきた。

公安の連中。以前、夜の錦糸町《きんしちょう》で沖野をゴム弾で撃った、鼻の横にホクロのある男とその部下も混じっている。

インターンたちに聴取のようなことをはじめた。大学周辺の路上や構内で不審な人物、車両を見なかったか？　見知らぬ人物から声をかけられたりしていないか？　型通りの質問をして反応を探り、学生たちの中に要注意人物が紛れ込んでいないか炙り出そうとしている。

沖野の前にも、あのホクロの男が立った。

「お名前は？」

初対面のようなふりをして訊かれた。

沖野は中山尚人の身分証を出し、質問に答えてゆく。

「何か気づいたことがあれば、ここに連絡してください」

ホクロの男が名刺を出した。「笹路《ささじ》」と書かれているが、本名かどうかはわからない。

「あまり調子に乗らないように」

去り際に囁くような声で笹路がいった。

秀怜会豊洲病院で藩依林を救った際の水瀬と沖野の「活躍」を、警視庁警備部と公安部が快く思っていないという話は、天城課長から聞いた。古臭いセクト主義、本当に馬鹿ばかしい。苛立ちが、緩んでいた気持ちをよけいに引き締めてくれた。

午後二時を過ぎたころ、ようやくシンポジウムの予定通りの開催が決まった。

いろいろな意味で話題の津久井社長が登壇し、ギーガン教授とディスカッションする予定だったため、六百人ほど収容できる記念講堂の席は予約で埋まり、ＮＨＫや海外メディアのテレビカメラも入る予定になっている。

記念講堂の開場は午後六時。インターネットでライブ配信もされるため、沖野を含むインターンという名の無料の労働力たちは、その準備を手伝うことになった。よくわからない大人たちの命令で、よくわからない機材や書類をあちこちに運んでゆく。

キャンパス外に出たインターンの話だと、津久井社長や警備下での開催となったシンポジウムの取材にマスコミが集まり、正門近くはちょっとしたパニックになっていたという。

準備をどうにか終え、予定の時間に記念講堂は開場した。

が、騒ぎが起きた。

入場者のひとりのバッグの中に数本のナイフが見つかり、警備員が取り上げようとすると暴れ、結局公安に取り押さえられた。

一時エントランスは騒然となり、インターンたちにも緊張が走った。

ナイフを持ち込もうとした男は、警備の状況を確かめるための囮《おとり》だろう。ただし、予告が愉快犯的なものではなく、隙があれば本当に危害を加える気なのだとわかった。

緊張の中でギーガン教授と津久井社長、進行役の女性司会者だけが登壇し、シンポジウムははじまった。それは沖野が想像していたよりずっと辛辣なものだった。

教授と社長の対話だけでなく、事前にインターネットを通じて集められた一般からの質問・批判にふたりが答えていくという構成になっている。

質問・批判は、内容を知らないまま司会者がランダムに選んでゆく。

だが、シンポジウムの中盤、聴講者のひとりが挙手して「津久井氏とギーガン教授が答えやすい質問ばかり選んでいる」と批判し、客席の半分ほどがそれに同調した。会場の一番うしろに立って見ていた沖野も、開始時点からあまり好意的でなかった会場の空気が、さらに冷たくなってゆくのを感じた。

社長と教授は「でしたら、今この会場にいる皆さんからの質問に直接答えましょう」と返し、急遽挙手制の意見交換会となった。

質問者たちは、まるでマスコミ関係者のように、津久井社長と中国との関係や数々の疑惑について露骨に批判的な質問を投げかけてゆく。津久井はそれに対して怒るでもなく、余裕ある態度を変えず回答してゆく。

ギーガン教授のほうにも、著作『考えすぎる葦』の内容について、「中身がない」「単なる自己啓発本では」などの否定的な意見が出された。

途中、司会者が質問はこのシンポジウムの内容に即したものに限るといったが、教授自身が「だいじょうぶ、何でも訊いてください」と言葉を遮った。

沖野にとって印象的だった教授の発言がある。

「私は守銭奴心理学者と一部でいわれていますが、あながち間違った指摘ではないと思います」
自身の学説に対する『greedy miser』という英語の批判を、教授自ら『守銭奴』と日本語に訳してみせた。

「私が女性や性的マイノリティーを支持するのは、フェミニズムや人道意識に基づくものではありません。同胞意識でもない。単に有効な人的資源を無駄にしたくないからです。そこに崇高な理念はありません。戦争行為に強く反対するのも、それが財産的な意味でも心理的な意味でも、あまりに割に合わないものに成り下がってしまっているからです。戦時において人ひとりの死と引き換えに得られるものが、今日ではあまりに少なすぎる」

会場からの非難と否定を避けることなく受け止め、笑顔と冗談を交えながら自説の有意性を語ってゆく。

沖野は気持ち悪かった。

善人を装っているギーガン教授に対する嫌悪じゃない。客席から質問を投げかける聴講者たちが不快だった。聴講者たちの目に怒りの赤い光は灯っていない。むしろ厳しく辛辣な質問をぶつけている自分に喜び、酔っているようだった。

薄暗い会場のうしろで考えていると、ずっと中山こと沖野を無視していた志村が近づいてきた。

「顔が殺気立ってる」

彼女が口元を緩めながら、他の誰にも聞こえない小さな声でいった。

感情がそのまま顔に出てしまっていたようだ。意見交換型のシンポジウムってもっと知的なものだと思っていたのに、この状況そのものが無性に腹立たしい。

――まずいな。直さないと。

彼女から『扮装・演技』講師の倉木に報告され、また嫌味な注意を受けることになる。

真摯に答えを返す津久井社長とギーガン教授に感心しているふりをした。でも、上手くできていなかったようで、スニーカーの踵《かかと》を志村に蹴られた。

彼女の態度を見ていると水瀬主任を嫌でも思い出す。

スパイ任務についている女って、皆どこか似てくるのか？

またいつの間にか沖野は不機嫌な顔をしていたようだ。志村が、薄闇の中で呆れたように首を横に振った。

※

寒い夜の六本木を、コートの襟を立てた男が携帯を片耳に押し当てながら歩いてゆく。

以前、横浜の貿易会社にいた、短い髪を整髪料できっちりと整えたあの細身の東洋人。男は通話を切ると、並んで歩いていた水瀬にいった。

「承認が取れたよ」

「よかった。以降、連絡は二係のヒロを通して」

それだけいうと水瀬は振り向いた。片手を上げ、タクシーを止める。

その背中に男が再度声をかける。

「沖野くんは上手くやっているかい？」

「ええ」

水瀬は素っ気なく返した。

「ずいぶん可愛がっているようだね。彼は神津《こうづ》くんほど怖くないからかな？」

訊かれても答えることなく、水瀬はタクシーに乗り込んだ。

5

シンポジウム終了後、沖野たちギーガン教授の担当チームのインターンは、津久井社長と秘書、ギーガン教授と専属通訳とともに小教室4－Dに閉じ込められた。

津久井への殺害予告に加え、シンポジウム開始直前の刃物持ち込み騒動を取材しようと、構内のE棟前までマスコミが無断で入り込んでいるという。退出時の安全確保のため、警察の警備や公安から一時待機を指示されていた。

時間は午後十時を過ぎ、一日中働かされていたインターンの大半は疲れた顔をしている。人身事故で止まってしまった電車の乗客のように、皆、苛立ちを隠せない。携帯で帰りが遅くなることを自宅に連絡している学生もいる。心配して電話をかけてくる親もいた。ネットニュースでは、刃物を持ち込もうとした男は前科三犯の右翼構成員だと報道している。

「お疲れではないですか」

インターンのひとりが、緑茶の入った紙コップを出しながらギーガン教授に訊いた。外のマスコミの騒ぎではなく、辛辣な意見が飛び交ったシンポジウムのことを心配している。

「ありがとう。だいじょうぶですよ」

教授はいつもの笑顔でいった。

「ああしてときおり非難に晒されるのも、研究者にとって必要な業務であり、ある種のフィールドワークでもありますから」

「その必要な業務について、もう少し具体的に教えてもらえますか」

別のインターンが訊いた。

「まず招聘に応じて、遠く日本まで来て厳しい意見を浴びせられることに耐えると、新たな研究費を獲得できる」

教授の言葉に、皆の中にかすかな笑いが漏れる。

「もうひとつは研究室や教室にこもっていると、忘れがちになることを再確認させてもらえます。今日の客席に集まった方々の半数以上は、津久井さんと私に対してある種の興味や関心を抱いているというのが大前提にあります。ただ、そうした本来はポジティブな感情であり、大きな意味での愛情や好意が、相手を慈しみ受け入れるという行動となって現れることは、むしろ少ない。幼稚園児や小学校低学年の児童が、好きな同級生に嫌がらせや意地悪をする心理に近いものですが、もうちょっと複雑です。相手の間違いや、自分にとっての相手の理想の姿と現実とのズレを、厳しく否定し攻撃することで、自分がいかに相手を理解しているかを訴えようとする。これはドイツ人でも日本人でもアメリカ人でも同じです。一方的に抱いている過度な愛情や興味は、多くの場合、攻撃性となって現れる」

言葉を終えると、教授はふいに沖野を見た。

「中山さん、わかっていただけましたか？」

訊かれた中山こと沖野は正直に答えた。

「いえ、あまりよくわかりません」

インターンたちが馬鹿にしたようなため息を漏らす。だが、沖野の言葉をきっかけに張り詰めていた小教室の空気が緩みはじめた。

「ギーガン教授は研究者の見解を示してくださいましたけれど、同じく登壇された津久井さんは、起業家・経済人の立場からどう感じていらしたのか、教えていただけますか」

インターンからの新たな質問に津久井が答える。

「攻撃的な意見にはいつも伝統的な方法で対処しているよ。金持ちケンカせず」

小教室にさざ波のように笑いが起こり、そして津久井も沖野に訊いた。

「僕の見解は理解してもらえたかな？」

「はい、よくわかりました」

沖野が答えると、さらに明るい笑い声が広がった。

まだ外に出る許可は警察から下りていない。インターンの多くが、「せっかくだから何かレクチャーを」とせがんだ。

「大したことはできませんが、皆さんに参加してもらう、ちょっとしたゲームをしませんか」

教授は津久井社長を見た。

「よろしいですか？」

「もちろんです」社長がうなずく。

「ここには現在二十四名がいます。これをちょうど半分、十二名ずつのグループに分ける分配の基準を、皆さんそれぞれに示していただきたい」

ぴったり半分の人数に線引きするものは何かと訊いている。

インターン二十人は外見的には男女半数の十人ずつ。それに津久井社長と二十代の女性秘書、ギーガン教授に中年女性の専属日本語通訳。でも、性別で分けることはできない。

最初の挨拶のとき、ギーガン教授は自分の性自認をはっきり語らず曖昧《あいまい》にした。それに他にも外見上と違った性自認を抱いている人が混じっているかもしれない。

「インターンの皆さん全員の意見を順に聞かせてください。どうか気負わず、思ったことを話してくださいね」

「誕生日が偶数か奇数か」「身長百六十五センチ以上のグループとそれ未満のグループ」「支持政党が保守か革新か」など八人が語ったあと、沖野に順番が回ってきた。

「自分の体に今ペニスがついているか、以前ついていたことがある人たちのグループ。一度もついていたことがないグループ。このふたつに分けます」

沖野の言葉が終わると、周りからまたも侮蔑のため息が漏れ、誰かが半笑いで「セクハラかよ」といった。

「いえ、私はいい意見だと思います」

教授が柔らかい声でいった。

「僕もいいと思う」津久井社長もいった。

「中山さんの前の方々の意見が悪いというわけではありません」

教授が続ける。

「ただ先日、私が皆さんにはじめてお会いしたときにした性自認についての発言が、皆さんの意見にある種のバイアス——ここでは自主規制という偏向をかけてしまった。悪意ではなく、善意や気遣いの結果であることは十分わかっています。でも、その『善き配慮』が回答への道を、わざと遠回りさせてはいませんか？」

「まさに『考えすぎる葦』ですね」インターンの言葉に、教授は「ええ」と返し、さらに言葉を続けた。

「それを踏まえた上で、次の方の意見を聞きましょう」

インターンたちの発言が続いてゆく。その間、津久井社長が席を立ち、沖野に静かに近づいてきた。

「中山くん」

津久井は右手を出した。沖野も驚きながら右手を出し、握手する。

——どうしよう。

何かいわないと。中山は津久井社長を尊敬しているという設定だ。津久井遼一は中学時代に不登校となり、高校にもほとんど行かなかったものの、東大に合格。そこから若くして日本のＩＴビジネスの先駆者となった彼に、中山は強く憧れている。

「あの、著書を愛読させていただいています」

慌てていった。本当に緊張している。

「僕も君の書いたものを面白く読ませてもらいました」

沖野はよくわからず、津久井の顔を見た。

「課題作文だよ。応募者の中で君のものが一番興味深かった」

津久井が微笑みながらいった。

学生インターンの募集要項には、選考のための課題作文の提出が義務付けられていた。国際交流課二係で何か用意してくれるのだろうと思っていたら、水瀬から「自分で書く」と命令され、渋々書いた。

〈『勤勉さや正確さにこだわりすぎるあまり、精神的余裕がまったくない』と日本人を見下しているヨーロッパ人経営者に、反論しつつ日本のよさを理解させてください〉

　という課題だった。

「天然資源が乏しい日本にとって、国民の中に潜在的にある勤勉さや正確さへのあくなき探究心こそが資源なのだ。電車が一秒も遅れずやってくる。町工場が０・００１ミリのサイズの狂いもないネジの製作にこだわる。こうした気質は、地下に眠る原油やガスと同じくらい重要な、日本人の中に埋蔵された資源だと思う。これが日本人から枯渇してしまったら、国際競争力は本当に皆無になってしまう」――沖野はたぶんそんなことを書いた。

　とにかく規定枚数を埋めるのに必死で、内容は正直あまり覚えていない。だから突然そんな作文のことを持ち出されて、ひどく慌てた。

「緊張しなくていいよ。今度ゆっくり話そう。社交辞令じゃない、このイベントの期間中に時間を作る」

そして本当に連絡先を交換した。

「楽しみにしています」

津久井が静かに席に戻ってゆく。

沖野は「はい」といって頭を下げ、ふと視線を上げると、周囲のインターンたちの視線がこちらに注がれていた。ギーガン教授と話しているひとり以外、全員が横目で見ている。

問題外だと決めつけられ、必要最低限のこと以外は話しかけられることもなかったのに。

インターンたちの目には、妬みを示す赤く小さな光が灯っていた。


葛飾区の新小岩レジデンスに戻ると、翌日の午前一時近くになっていた。

伯父役の男と伯母役の女も起きて待っていた。

キッチンテーブルに座った沖野の前に、伯母役が作った夕飯が並ぶ。ごはんに甘辛く煮たカジキマグロ、豚汁、おひたし、漬物。どれも美味しくて、食べていると大森《おおもり》にあるフォンさんの店「ゆたか」を思い出す。

山王《さんのう》警察署の待機寮を追い出される前の晩を最後に、国際交流課二係に移ってからは一度も行っていない。あの店のカラマンシー《四季橘》のフレッシュジュースが恋しくなった。

食後のお茶を飲みながら任務報告をし、部屋に帰る。

シャワーを浴びながら、今日大学で起きた出来事と自分の変化についてもう一度考えた。

不思議な気分。

数時間前、ギーガン教授に評価され、津久井社長と連絡先を交換した直後から、インターンたちの妬みで輝く赤い目に囲まれるようになった。

不快さは感じなかったものの、逆に嬉しさもなかったし、優越感もない。

ただ自分は——周りから注がれる赤い光を平常心で受け止めていた。

以前とは確実に変わりはじめている。

小学五年生のとき、六年生に混じって唯一サッカーチームのレギュラーに選ばれた瞬間、同級生たちの目が赤く光りはじめたのは怖かった。その子たちの親の目がもっと赤く輝いているのに気づいたときは恐ろしかった。

中学二年のとき、陸上の百メートルで十一秒〇六の記録を出して以降、同じ部活の友達だと思っていた皆の目が赤く光るようになったのは悲しかった。東京都大会で二位入賞してからは、笑って話していても部活の友達の目は強く光り輝くようになって、とても辛かった。

これまでいい記憶なんて何もなかったのに。

所轄警察の仕事に、そしてこの国際交流課二係での任務に、自分の「特質」を使うようになってから、赤い目に対峙したときも、心の中は前ほど嫌悪や恐怖で波立たない。

ずっと悩まされていたものを克服しつつあるのかもしれない。

しかし、素直には喜べずにいる。とても大切なものが、知らないうちに削ぎ落とされているような、そんな気がしてならない。

変に考え込んでしまう。もしかしたらギーガン教授の、そして津久井社長の仕掛けた罠にかかりはじめているのかもしれない。

ふたりへの警戒心は変わらず解いていない。けれど、任務開始前に抱いていた嫌疑と敵意は確かに薄まってしまっている。善人ではないが、純粋な悪人とも思えなくなっていた。

でも、こんなガキで半人前のエージェントを心理誘導の罠にかけて何のメリットがある？

まあいいや。

今日一日、自分の見たものも話したことも、極小カメラとマイクを通して、すべて国際交流課五係の担当者がモニタリングしている。録画・録音され、国枝係長と水瀬主任もチェックしているはずだ。気になることがあれば、あのふたりがすぐ連絡してくるだろう。

――いや、本当に連絡は来るだろうか？

重大なミスを犯したら、あっさり切り捨てられるかもしれないのに。国際交流課二係や水瀬たちを信用しかけている自分が少し怖くなった。

髪と体を拭き、スエットを着て、相変わらず乾燥している部屋のベッドに横になった。

頼んでいる加湿器はまだ届かない。イベント期間終了まで、あと二日なのに。

灯りを消し、目を閉じた。背中がむず痒い。乾燥で肌荒れしているのかと思ったけれど、違うようだ。危険が近づいているときに背中を走るあの感触のごく弱いものが、腰のあたりを這い回っている。

――こんな感触ははじめてだ。

なかなか眠れず、ベッド脇にある小さなライトの光を見つめていた。

6

沖野たちインターンは昨日と同じ午前七時半に集合し、昨夜できなかったシンポジウム会場のかたづけをしたあと、学生ホールで待っていた。

予定の時間に、カメラマンと取材担当者は到着した。

ギーガン教授は午前中、智英大学出版局や、沖野が社名を知らない専門誌系出版社数社の取材を受けることになっている。講義風の場面を撮影したいといわれ、沖野たちインターンはまたも無料のエキストラとして駆り出された。

教授は午後も、津久井社長、智英大学学長との鼎談の動画収録。夜には、今回のイベントにタイの著名な仏教学者が参加している関係で、タイ大使館の主催するパーティーに参加する。沖野たちインターンも招待されているが、正装が義務付けられているせいで着替えのスーツをわざわざ持ってきた。

ギーガン教授はかなり忙しいスケジュールをこなしているものの、来日からこれまで大手テレビメディアなどへの出演はない。ＥＵ圏で百万部以上著作が売れていても、日本での扱いはこんなものなのかと、沖野は少し不思議に感じている。天城課長や国枝係長が手を回しているのかもしれない。昨日、津久井社長への殺害予告や刃物を持った暴漢騒ぎで多くのマスコミが集まったものの、あくまで知名度の高い津久井に関連した事件として報道されただけで、テレビや新聞に津久井の対談相手であるギーガン教授の名は一切出なかった。

取材は沖野たちも聴講した。

ただ、心理学の基礎知識のない沖野には、インタビューの内容は何をいっているのか半分もわからない。でも、他のインターンたちは何度もうなずきながら、興味深げな顔で聞いている。皆、学部はまちまちで心理学専攻の学生は少なかったはずだ。自分と同じように、それほど詳しくはないのに。本当に理解しているのか？

ひとつ目の取材が終わったあと、ギーガン教授のほうから沖野に近づいてきた。

「退屈でしたか？」

そう訊かれたので、素直に「はい」と答えた。

「でしたら、無理に聞いていなくてもいいんですよ。教室の外でコーヒーでも飲んでいてください。学生役が必要なのは、撮影のときだけですから」

教授は微笑んだ。

また他のインターンたちの視線が沖野に集まる。空気と同じくらい皆にとって透明だったはずの「中山」の位置付けが、昨夜の出来事で大きく変わったようだ。

教室を出てゆく沖野を追う皆の瞳は、またかすかに赤く染まっていた。

午前中に予定していた取材が終わり、十二時半に昼休憩に入った。ギーガン教授が控え室に戻ってゆく。インターンも昼食の時間になった。

学生ホールの隅の席にひとりで座ると、何日も着信がなかった支給品の携帯が震えた。

送信元のアドレスは非常時連絡専用。来た――

『津久井が自宅で死亡　自殺を偽装された可能性あり』

読んだ直後、文章が消えた。七秒後に自動消去される仕様になっている。

津久井が殺された。

沖野は軽く息を飲んだ。

ただ、まだわからない。誤報や第三者からのニセメールである可能性もある。

いや――事実である可能性が高くなった。

メールの内容を裏付けるように、ドアを開け、公安ふたりが学生ホールに入ってくる。

あの鼻の横にホクロのある笹路とその部下だ。ホールを見渡し沖野を見つけると、笹路が真っすぐに歩いてきた。部下のほうは志村に向かって進んでゆく。

警察の身分証を見せながら笹路が目の前に立った。

「学生課の柴山《しばやま》さんから君と志村さんが鍵の保管担当だと聞いたんですが、もうすぐ増員が到着するので控え室用の教室のドアを開けてもらえますか」

「あ、はい」

沖野はうなずいた。「柴山さん」という名が緊急時の共有コードになっている。

「確認の電話をさせてもらえますか」

携帯から非常時専用番号にかける。笹路は少し苛立っているが、それでも国際交流課二係の手順を尊重し、待っている。笹路の部下に連れられ、志村も横にやってきた。

コールが一回、すぐに二係のオフィスで待機しているヒロが出た。

「中山です。今、警察の方から控え室の鍵を開けてほしいといわれたのですが」

『メールでの通達は事実。対象をＣＦ７まで誘導して』

「はい。これから開けにいきます」

通話が切れた。

四人で学生ホールを出てゆく。

人のいない廊下に出ると、笹路がすぐに口を開いた。

「君たちが誘導しろ。残念だが我々はバックアップに回る。理由はわかるな」

「はい」沖野は返した。

「通訳は私が抑える。説得は君が適任だと思う」

志村がいった。

「我々も異論はない」

笹路がうなずき、沖野に確認する。

「イベント期間中はE棟内への一般学生の出入りは禁止されている。インターンも学生ホールに留めておく。だから君が誘導途中で出会うのは、警察の者か、大学の一般職員か、そのどちらかに扮した危険人物だ」

「わかりました」

「では行動開始。車両０６はＣＦ７で待機、我々もそこで待っている」

笹路たちが別れ、廊下を進んでゆく。沖野たちはエレベーターに乗り込んだ。

四階へ。昨日夜、沖野たちが待機させられていた小教室４－Ｄがギーガン教授の控え室になっている。

沖野は周りに気づかれぬよう拳を握った。今回は水瀬がいない。インカムを通じてヒロもサポートしてくれない。志村からの援護もないと思っていたほうがいいだろう。

――ひとりきりの退避誘導任務。

エレベーターのドアが開いた。

通路の途中のトイレ前に、清掃員に扮した警視庁警護課の女性警官がひとり。他に人の姿はない。すぐに小教室4－Dのドアをノックし、開いた。中にはギーガン教授と通訳の日本人女性のふたりだけ。女性通訳を志村が半ば強引に外に連れ出した。

「どうしました？」

ギーガン教授が座ったまま訊いた。

「あなたに危険が迫っています」

小教室のカーテンを閉めながら沖野はいった。

「今すぐ僕と一緒に逃げてください。安全なところまでお連れします」

「それは警察や警護の方がいう言葉ですよね。中山さんはインターンの学生だったはずですけれど」

教授が沖野を見た。

沖野も見返す。数時間前までの、学生に扮していたときのどこか自信なさげな目とは違う。水瀬に教えられた通り、警護対象に不安を感じさせない余裕と確信を視線に込める。

教授は少しの間沖野を眺め、また口を開いた。

「違うのですね。本当の身分は？」

「僕は日本国政府の諜報機関に所属しています」

「普通のインターンではないと思ってはいましたけれど、諜報員というのは意外でした。とてもそうは見えませんから。まだ十代ですよね？　日本はよほど人材難なのですか？　それとも見た目と違って実年齢は三十歳を超えているとか」

「会話を続けることで真偽を探り出そうとしているのはわかります。でも、時間がありません。津久井社長の死亡が先ほど確認されました。自宅で自殺したということですが、現時点では他殺の可能性が大きいと思われます」

「いいがかりのようで申し訳ありませんが、あなたが語る津久井社長の死が事実かどうか、今の私にはわかりません。ネットで調べさせてください」

「いえ、まだ公表はされていません」

「では事実だと確認しようがありませんね」

「疑っている間にも、あなたが瀕している危険は大きくなっていきます」

「仮に死が事実だったとして、津久井さんの次に私が狙われる理由は何ですか」

「それはあなたがアメリカ人、マックス・レイナードだからです」

その名前を聞いた瞬間、教授の目に一瞬だけ赤い光が強く灯った。

沖野の体を、それまでとは違う種類の緊張が駆け抜けてゆく。

「今、私に何かしましたね」

教授が鋭い声で即座にいった。赤い光を見た沖野のわずかな動揺を、表情の変化から読み取ったようだ。

「カメラですかセンサーですか？　赤外線での体熱測定？　視線と表情の分析？」

「どれも違います」

心情を極力探られぬよう、静かに返した。それも無駄な抵抗かもしれないけれど。

――こいつは他人に無意識の殺意を植えつけることができる。

　湧き上がってくる恐怖を抑えながら、沖野は言葉を続ける。

「それより『グラフトン・ケース』をご存知ですよね」

「ええ。心理学研究の世界に身を置くものですから。そのマックス・レイナードと関連があるというのですか」

「『グラフトン・ケース』を主導したのがレイナードであり、あなただということです」

「よくわかりませんが、私がその人物だという根拠は？」

「あなたが入国された際、関空のカメラ認証装置が類似性を警告し、その後のＡＩによるさらに詳しい分析で同一人物だと断定しました」

　外からドアを叩く音がして、志村が「まだ？」と叫んだ。

「先に退去してください」沖野は答えた。

　ギーガン教授、いや、マックス・レイナードが言葉を続ける。

「映像解析だけですよね。ＤＮＡや指紋などの生物学的な一致は一切ない。それでも断言できるほど、日本の解析精度は正確なのですか」

「日本だけではありません。あなたが来日したという情報をアメリカに伝達しました。そして津久井社長が突然自殺し、あなたの身も危険だという情報が入った。アメリカもあなたをドクター・マインド・ベンターだと確定したということです」

「アメリカが動いている。だからあなたが迎えに来たのですね」

「はい。公安や警護課の職員は、ほぼ全員アメリカに顔を知られていると思って間違いありません。彼らがあなたを誘導すれば、その瞬間に計略が発覚したと襲撃者に気づかれてしまう。

もし、あなたひとりの命を狙うのではなく、不特定多数の犠牲が出るのを承知の上で爆発物でも仕掛けられていたら、学生たちや職員が巻き添えになります」

「アメリカの海外情報機関がどれだけ非情かは、私も知っています。でも、しつこいようですが、あなたは私をレイナードだと断言できるのですか。まったくの別人かもしれないのに」

「いえ。ついさっき、僕自身のやり方で、あなたがレイナードだという確証を得ました」

レイナードがじっと見ている。その瞳にはもう赤い光は浮かんでいない。

「やはり何かしたのですね。教えてください」

「知りたければ一緒に来てください。安全な場所にたどり着けたら、必ずお教えします。僕がうそをついているのでないことは、あなたならわかるはずです」

「そんなに簡単にわかるなら、苦労はありません。もっと長い時間がかかるものです、他人の心を見抜くのも、他人に望むように動いてもらうのも」

レイナードは口元をかすかに緩め、言葉を続けた。

「私を保護したあと、日本政府はどう扱うつもりでしょう？」

「僕にはわかりません。でも、アメリカに捕らえられるよりはいいと思います」

「正直ですね。では、あなたへの興味のために一緒に行きましょう。どうやって確証を得たのか、安全な場所まで行けたら教えてくださいね」

沖野がうなずくと、レイナードは立ち上がった。

「信じますよ。あなたは若いのにとても悲しい目をしているから」

ふたりでドアを開け、廊下へ。

他に人がいないのを確認し、十二メートル先の階段まで歩き出す。

「僕が窓側を進みます。外から死角になるよう、僕のすぐ横を重なって歩いてください」

「外から撃たれる可能性があるということですか？　でも、銃弾があなたを貫通したら、私も死にますよね」

　レイナードは歩きながらいった。

「窓は開閉不可で耐震防火用のガラスです。弾丸はガラスを破ったあと、僕の体の中でたぶん止まるはずです。あなたにまでは届かない」

「自分を盾にするなんて、勇気がありますね」

「ありません。ものすごく怖いです」

　実際、膝が軽く震えている。

　どうにか撃たれることなく階段にたどり着き、三階まで下りてゆく。廊下に出たところで、向こうから歩いてくる学校職員の男性が見えた。

　何事もないようにこちらに向かってくるが、両目には敵意の赤い光が浮かんでいる。

「教授すみません、忘れ物です」

　沖野は白々しくいって、また急ぎ階段を上りはじめた。レイナードも早足でついてくる。

　学校職員の男も追ってくる。

　四階を通り越し、五階へ。途中、「階段の手すりに触れないでください」と沖野は小声でレイナードにいった。

　六階まで上がった時点で、階下から「いっ」と小さな呻《うめ》き声が聞こえ、それから何かが転がり落ちていった。

「何を？」息を上げながらレイナードが訊いた。

「手すりに電気を流しておきました。摑んで感電し、階段から転げ落ちてくれたようです」

「いつ、そんな仕掛けを？」

「『取材が退屈なら外でコーヒーでも』といってくれたので、その間に。ずるいことをしないと生き残れそうになかったので」

「もし間違って無関係な人が触れていたら、大騒ぎになっていましたよ」

「そのときは誠心誠意謝ります。捕まったり殺されたりするより、頭を下げるほうがいいですから」

「あなたが本当に十九歳か、また疑わしくなりました。英語も上手だし、優秀だから、その若さで諜報員に抜擢されたのでしょうけれど」

　気の利いた軽口で返したかったが、余裕がない。心理誘導が得意な犯罪者に褒められるなんて、貴重な経験だろうけれど、やはり嬉しくはなかった。

　さらに階段を上る。

「下ではないんですね」レイナードがいった。

「はい、最上階の七階は体育館になっています。その体育館内を突っ切ってＥ棟の端まで行き、別の階段を下ります。バドミントンやバスケットボールの試合の妨げにならないよう、窓のない構造になっていますし、この時間帯は学生も使用していません。大きな窓の並んだ廊下を歩くよりは安全なはずです」

「何も遮蔽物のない体育館を進むのは危険ではありませんか？」

「照明をすべて消し、暗闇にします。電源に細工をしてオン・オフはリモートでできるようにしておきました」

大きなドアを開き、照明が消えたままの体育館を進んでゆく。触れることに少し躊躇《ちゅうちょ》したけれど、沖野は暗闇の中でレイナードの手を握った。動悸の早さやひどく緊張していることを手を通して知られるのが嫌だったが、しかたない。

背後でまたドアが開き、逆光の中にふたりの人影が一瞬浮かんだあと、ドアが閉まる音とともにすぐに消えた。

――追ってきた。

その直後、バスッという小さな音に続きバリンという大きな音がした。

レイナードの体を体育館の床に押し倒す。

銃弾で壁が破れた？　銃声は響かなかった。サプレッサー《減音器》？　たぶんそうだ。ただ、暗視ゴーグルはつけていないようだ。つけていれば、もうレイナードも自分も撃ち抜かれている。

――銃撃してくるなんて。

暗闇の中でも、猫の瞳のように赤く光る敵の目が見えるかと思ったけれど、だめだった。

息を整え、水瀬に教えられたことを頭の中でくり返す。

どんな状況でも冷静に考えることができれば、必ず活路は見出せる。下手に工夫しすぎるより、人間の本能を操れ。見えない状況で人は何に一番頼ろうとするか？

沖野はポケットを探り、小銭を取り出すと何枚か遠くに投げた。

床を打つ十円玉の音が響き、またバスッというごく小さな射撃音が聞こえた。射出発火は見えないが、あの射撃音を頼りに相手の位置を探ることができる。体育館の中にどんなものが置かれていたかは覚えている。

小銭を投げながら、レイナードを連れ、ハンドボール用のボールが入っている鉄カゴの裏まで早足で進んだ。

「もう一度移動します」レイナードに耳打ちする。

鉄カゴを倒す。無数のボールが床を弾み、その音に紛れて体育館の隅まで進んで身をかがめた。そしてポケットの中に入れたまま携帯の画面をタップした。

暗闇の体育館にガガガガと大きな音が響き、両側の壁がせり出し動き出した。広い床の上を畳と階段式の客席スタンドが覆ってゆく。

そのスタンドを盾にして、沖野はレイナードとともに反対側のドアから外に出た。

「ジュードー」レイナードがいった。

「はい、柔道の試合会場に変形させました」

警戒しながら、階段を駆け下りてゆく。このまま地下二階まで下りれば、そこは合流地点ＣＦ７の駐車場。笹路のいっていた車両０６が待機している。

だが、まだ安心できない。むしろ鼓動は一歩階段を下りるたびに早く強くなってゆく。五階、四階、三階。

「もしかして、あなたもＳＳＰ？」

息を切らしながらレイナードが訊いた。が、何の意味かわからない。今は訊き返す余裕もない。さらにもう一階下りたところで、沖野のポケットの携帯が震え出した。

こんなときに——同時に廊下の陰から知っている声が聞こえた。

「沖野くん」

——水瀬さん？

一瞬沖野は動きを止めた。

直後、人影が飛び出し、沖野の横をすり抜けると、レイナードを組み伏せ、床にうつ伏せにした。背中に馬乗りになり、頭を押さえつけたのは、見覚えのある黒髪を結い上げた長身の女。一係係長の久坂部真奈。

久坂部は抵抗する余裕を与えず、レイナードの首に何かを突き立てた。

瞬時にいくつもの考えが沖野の頭をよぎってゆく。久坂部の裏切り？　もしくは久坂部に扮した別の誰か？　いや、それとも、はじめからこれが狙いだった——

「やめろ」

沖野は叫んだ。レイナードの体が震えている。

「やめ——」

もう一度叫ぼうとした沖野の腕を、うしろから誰かが掴む。

「静かに」

水瀬だった。沖野が振り返る間もなく、首に腕がからみつき、背中から抱きしめられた。

「いいから、静かに」

彼女が再度囁いた直後、首に何かが触れた。かすかな痛みが走る。

――やられた。

水瀬の髪と肌の匂いを感じながら、沖野は意識を失った。

7

目を開けると国枝係長がいた。

「お疲れさん」

国枝は椅子に座っている。

「念のため、今夜と明日はここで過ごしてくれ。仕事には明後日から出てくれればいいよ」

「ここ、どこですか？」

沖野はベッドに寝かされていることに気づき、部屋を見回した。

「知ってるだろ？」

その通り、知っている。秀怜会豊洲病院の十階、ＶＩＰ用特別病室。

沖野と水瀬が藩依林の命を救った、まさにあの１０１５室だった。ベッドサイドのスタンドに吊るされた点滴バッグの情報欄には、血液型や年齢とともに、沖野とも中山とも違う「能《の》瀬《せ》」という偽名が書き込まれている。

「今回もよくやってくれた。これ、水瀬からのお見舞い」

沖野がいつも食べているパイン味のグミが、コンビニの袋の中に大量に入っていた。任務が終わったので、好きなだけ食べろという意味らしい。

「本来ならここでまた新しいＩＤカードを渡したいところだけれど、何分《なにぶん》にも機密事項につながるものだから、オフィス外では安易に渡せなくってね。次に出勤したときに渡すよ」

政府機関の機密データベースに第二深度までアクセスできるカードのことだ。

インターン第二段階を終了した狩猟犬に対する褒美。いや、今回は馬鹿な咬ませ犬に与えられる餌のほうが近い。

——自分はレイナードを油断させる道具に使われた。

「僕は水瀬さんに何を打たれたんですか？」

国枝は少し口元を緩めたが、何もいわない。

「自分の体の中に得体の知れないものを入れられたんです。知る権利があると思いますが」

沖野は訊きながら自分の声が怒っているのに気づいた。

「降圧剤と睡眠剤の混合液。強いから多少体に負担がかかるが、命にかかわるようなもんじゃない」

「僕はなぜその液体を打たれたんですか？」

「説明の必要はあるかい？」

あの状況を混乱なく収めるには、沖野に細かく説明をするより眠らせてしまったほうが手っ取り早いからだ。それはわかっている。

「僕にはなぜ知らせてくれなかったんですか」

「それに対する答えも、さっきと同じだよ。説明する必要はあるかい？」

ない。そう、それもわかっている。

でも、沖野は自分が一切何も教えられなかったことへの不信を拭えなかった。割り切れないし、納得できない。いや、納得したくない。

「レイナードは、今どこにいるんですか」

「東京第一病院で胸部大動脈瘤破裂の緊急手術を受けているよ」

うそだ。そんな症状は出ていなかった。

「手術をしたものの、レイナードは回復せず死亡するんですね。きっと明日の朝ごろに。そういう筋書きがはじめからできていたんですね」

沖野はベッドから上半身を起こした。語気が強くなる。まだ頭がふらつき、吐き気もするが止められない。

「もう死んでいるんですね。かたちばかりで救命処置など一切されず、あの注射の直後に殺されたんですね」

もしまたレイナードに会えたら、訊いてみたいことがいくつかあった。なぜ日本に来たのか？　正体を気づかれないと思っていたのか？　気づかれる可能性があっても、どうしても日本に来るべき理由があったのか？　あの人は、なぜ他人を洗脳し、殺人を犯させたのか？

国枝は少し間を置いたあと、沖野を真っすぐに見て言葉を続けた。

「こういう会話につき合うのは、これが最初で最後だ。わがままにはもう応じないってことだよ。任務について正当な理由なく異論を挟んだり、拒否すれば、君は罪に問われることになる。水瀬からも聞いているだろ。実刑を受けて服役するか、外出不可の医療施設に長期間隔離される」

「いつまで閉じ込められるんですか」

「改心するまで」

「改心って何を？」

人のいい中年男に見えていた国枝の顔が悪魔に見える。

――組織的殺人に加担してしまった。

レイナードに対する犯罪の疑いは確かにあった。でも、法的には疑惑であって、確定はしていない。僕も水瀬さんと同じだ。任務という言い訳で、人の命を奪った。

こんなときに自分を抑えられるほどの経験を積んでいない。だから思いを隠さず訊いた。

「心が痛まないんですか。罪の意識を感じませんか」

「痛むし感じるよ。でも、すぐ忘れる」

「忘れてしまっていいんですか？　レイナードは殺されなければならないことをしたんですか？　他人の心を操る危険な存在だったかもしれない。でも、弁明や説明の機会を一切与えられずに、こんな違法な手段で殺してしまうなんて、許されるんですか」

病室に声が響く。

「あいつはさらに危険なことをしようとしていたんだよ」

国枝が静かに返す。沖野は強い声でまた反論した。

「それは本当に危険で悪いことだったんですか？　そもそも誰にとっての？　単に日本にとって都合の悪いことではないんですか」

「悪いなんて俺は一言もいってない。言葉遊びをするわけじゃないけれど、俺は平和と安全の護り手でありたいと思ってる。まあそれも相当に恰好つけた言い方だけどさ。でも、俺には真実も法もルールもどうでもいいんだ。日本が平和で安全でありさえすれば。で、訊きたいんだけど、平和は崇高で美しいものだと思うかい？」

沖野は黙った。そして黙った末にいった。

「いえ、思いません」

「俺も同じだよ。平和も安全もタダじゃないし、祈れば手に入るもんでもない。卑怯な行いや血に塗《まみ》れた作業を重ねた末に、ようやく手に入るもんだ」

感情的にはまったく納得していない。だが、理性的にも理論的にも言い返す言葉が出てこない。

「日本人もそのことにようやく気づきはじめたけれど、まだまだ足らないし、自分から進んで穢《けが》れ仕事を引き受けようとする人間も少ない。だから俺たちが、血と罪で手を汚しながら護るしかないんだよ。引き換えに、相当な給料をもらってもいるけどさ」

沖野は考えている。それでも反論するのにふさわしい言葉が浮かばない。

「安全と平和が血生臭く薄汚れたものだってことを、君は若いのによくわかっている。たぶん亡くなったお父さんから無意識のうちに教えられたことだろうけれど。それももちろん君を採用した理由のひとつだよ。経験豊富な三、四十代でも、警察や治安維持の任務に清浄さや高潔さを求める人間がいるからね。でも、清く美しいことなんて必要ないんだ」

今回の任務はまさに卑怯で汚らしい仕事だった。

何も知らなかったのは沖野ひとりだけ。それ以外の周囲の者は、仕組まれたものだと知っていた。すべてはギーガン教授ことレイナードを急病に見せかけて殺すための舞台装置だと。

——そして僕は大きな仕掛けのひとつのピースとして完璧な仕事をした。

わかっている、知らなかったからこそ、できたことだ。

それでも頭に渦巻く矛盾は消えない。どこに向けていいのかわからない怒りもなくならない。どうしていいのかわからず、苛立った目で国枝を見た。

そんな沖野の視線を国枝は逸らすことなく受け止めている。こんな場面をこれまでにも経験しているのだろう。たぶん何度も。

「ま、今夜はゆっくり眠ってくれよ。まだ頭も体も辛いだろうし。警護をつけてあるから安心していいよ。明日もゴロゴロしてれば？　そんですっきりした気分で、明後日また出てきてよ。そしたら今回の作戦の意図と目的を説明するから。もちろん話せる範囲でだけど」

国枝が椅子から立ち上がった。その両目に怒りや憎しみを表す赤い光は灯っていない。係長は感情ではなく、信念で語っている。だから怖かった。

「俺たちが護るのは、法でも、個人の命や財産でもない。社会の、この日本の平和だよ。そのためには自分を含めた誰かの命を犠牲にすることも厭《いと》わない。その覚悟を君も持ってくれ。持てなければ消えてもらう」

「でも——」

沖野は問いかけた。

「法律を遵守しろなんていう気はありません。ただ、法もルールも、真実さえも外れてしまって、無視してしまっていいのなら、何を拠《よ》り所にすればいいんですか？　独善と自分勝手な権力の乱用に陥るのを踏み止めるものは、何ですか？」

「それは他人に教えられるものじゃない。自分で見つけなけりゃ」

　背を向け、国枝はドアの外へ出ていった。

※

　ひとりになった病室は静かで、カーテンのわずかな隙間から晴海《はるみ》のマンション群と東京湾の光が見える。

　眠れない。眠れるわけがない。

　この１０１５室を爆破しようとした女は、その後どうなったのだろう。素性を知らないままだし、逮捕や収監されたという話も聞かない。あのとき水瀬がいっていたように、証言と引き換えに懲役を免れ、どこかで別の名前になって生活しているのかもしれない。

　罪とは、罰するとは何だろう？

　両親の死の真相を知りたくて警察官になった。でも、真相に辿り着くには遠く、もっと近道があると教えられ諜報員になった。だから今、迷っている。

　そして怖さも感じている。

　レイナードを組み伏せ、注射したときの久坂部の目は赤く光っていなかった。沖野を抱きしめたときの水瀬の目も普段のまま、瞳は黒かった。敵意も殺意も抱かず、大きな感情の揺れもなく、あのふたりはレイナードの意識を失わせ、拉致した。

さっき平和と安全は血に塗《まみ》れたものだと語ったときの国枝係長の目も同じだった。

起き上がり、ベッドの上に座る。無性に悲しくて、涙がこぼれそうになる。でも泣くのは悔しい。なぜ怖くて、悲しくて、何を悔しく感じているのかもわからないのに。

午前二時を過ぎても眠れず、津久井社長のニュースを検索してみた。

確かにネットニュースのヘッドラインには津久井自殺の記事が並んでいた。昨日「午後二時過ぎに自宅で発見された」と書かれている。遺書のような走り書きも見つかったが、ネット内は「そんなもの信じない」という書き込みで溢れている。

本当に死んだ？　一昨日の夜に津久井社長自身から渡された連絡先に電話してみた。深夜だけれど、構うものか。でも、誰も出ない。教えられたプライベート用のＳＮＳや個人アドレスにも送信してみたが、何も返ってこない。

自殺のはずはない。でも、本当に殺されたのか？

レイナードがいっていた「ＳＳＰ」も検索してみたけれど、無数に候補が出てきてよくわからない。意味がわからないので、絞り込む手立てもなかった。

ぐうっと胃が鳴った。不信と疑念で眠れなくても、空腹にはなるんだな。国枝が置いていったグミの袋をひとつ開き、口に放り込む。

一家六人を惨殺した『グラフトン・ケース』の実行犯たちと、自分に違いはあるのだろうか？　自分を操った国枝たち国際交流課二係とマックス・レイナードの間に隔たりはあるのだろうか？

わからない。

――いや、わかっていることを認めたくないのかもしれない。

かすかにノックの音が響き、ドアが開いた。

新しい点滴バッグを手にした看護師が入ってくる。

「起きていらしたんですね。そのままで結構ですよ。点滴の交換と、腕の留置針の具合の確認、それから検温をさせてください」

ベッドサイドランプだけが照らす薄闇の中で作業をはじめた。交換されたバッグから新しい輸液が針を通して左腕に流れ込んでくる。

「お熱はないようですね。痛みや不快感などはありませんか、沖野さん」

看護師が本名を口にした瞬間、沖野は左腕の針につながっていた点滴のチューブを引き抜いた。すぐにベッドからも飛び起きる。

「落ち着いて。薬液に変なものは入っていない。本当に君のために用意されていた点滴バッグを持ってきたんだ」

叫ぼうとしたが、その前にボールペンを向けられた。

「先が針になっていて飛び出すんだ。でも、静かにすると約束してくれるなら、こんなものすぐにしまうから」

年齢は二十代前半。声も外見も女性のようだが、本当の性別はわからない。他に仲間がいるのかも、まだ確認できない。

「誰だ？」

「神津だよ」

その看護師の服装をしている相手は素直に名乗った。

「僕を知っているかな？」

少し考えてから、沖野は「ええ」と答えた。

国際交流課二係で沖野の前任者だった人物。ただし、本物かどうかはやはりわからない。国枝や水瀬からは容姿や人となりについて何も教えられていないし、むしろ語りたがっていない様子だった。

国枝係長のうそつき。「警護をつける。今夜は安心していい」といったくせに。

でも油断していたのは、係長の言葉のせいだけじゃない。

この看護師に扮した神津が病室に入ってきたとき、目に赤い光は浮かんでいなかった。今も赤くはない。ライトの光を小さく反射している瞳は、黒と茶の東洋人らしい色をしている。不穏なときに感じるあのいつもの悪寒も走らなかったし、鳥肌も立たなかった。

危機の察知を赤い目の色ばかりに頼っていたせいで、油断した。反省しないと。ただ、次に生かせる機会があるとすればだけれど。

「二係を辞めて看護師に再就職されたんですか」

沖野はいった。

「面白くないな。諜報員の資質はあるけれど、笑いのセンスには欠けているみたいだね」

神津がいった。

こんな状況でもつまらないとはっきりいわれるのは嬉しくない。

「でも、そんなことを指摘するために、わざわざ来たんじゃない。君に警告するために、そして助けるために来たんだ。君は能力をいいように使われた末に、いずれ使い捨てられる」

「いいように使われるって？」

「前回この病室に来たときの任務や、今回の任務のようにってことだよ。こんなことが続いて、君が精神的に消耗し切って使い物にならなくなったところで、異動という名目の、死ぬまで続く緩やかな監禁状態に置かれることになる」

「緩やかな監禁状態なんて、曖昧な言い方ですね。わざわざ会いにきたのなら、もっと詳しく教えてくれてもいいのに」

「今はまだ具体的には話さないよ。君が僕を警戒しているように、僕もまだ君を警戒しているから。秘密を対価なしですべて教えてあげられるほど、信用もしていないし」

神津は自分を「僕」と呼んだ。声や外見は女性だが、女っぽくないその言葉を聞いていると、確かに自分と同い年くらいの同性と話している気分になる。

「どうして使い捨てられると言い切れるんですか」

「僕自身が使い捨てられる前に、二係を抜け出したからだよ」

沖野は神津を見つめた。冷静さを失わないように、深くゆっくりと息をしながら。

「他人が本当のことをいっているか、うそをついているか、僕の耳は聞き分ける。より詳しくいうなら、その言葉は本心で語っているのか、虚偽なのかで声が違って聞こえるんだ」

沖野は黙った。

「信じられない？」

神津に訊かれ、うなずいた。

他人の敵意や悪意を瞳の赤い光から感じ取る自分がいうのも変だけれど、疑わしかった。

「じゃ、試してみてよ。どうしようかな——」

神津はベッド脇に置いた沖野の携帯を手にすると、携帯に並んでいたニュースヘッドラインの中から、往年のハリウッド女優に関する記事をタップした。

「これがグレース・ケリー、こっちがオードリー・ヘップバーン。知ってる？」

「名前くらいは」

「どっちがタイプ？」

「グレース・ケリーかな」

「うん、君はうそをついてない。次は、どうしよう？　そのグミ、両手を背中に回して、どっちかの手にひとつ握ってよ。僕が一度だけ質問して当てるから」

いわれた通り、背中に手を回し、グミを隠した。頭のどこかで、誰かもわからない相手と真夜中に何をやってんだろうと思いながら。

今この場で襲われて、殺されてしまうかもしれないのに。

「右手に隠した？」神津が訊く。

沖野はうなずいた。

「ごめん声に出して。表情から読み取る力はないんだ、声を聞かなきゃわからない」

「右手に隠しました」と沖野はいった。

「違う、うそをついてる。左だ」

正解だった。

それから続けて五回同じことをしたけれど、すべて当てられた。

「まだマジシャンズ・セレクトみたいなことかもしれないって疑ってるよね。だから今度は君が問題を作ってよ」

「へ？」

相手のペースに乗せられている。わかっていながら沖野は問題を考えた。

「あっとじゃあこのグミ。僕はパイン味をよく食べてるんだけど、実はこれより好きな味が他にもうひとつあって――」

「一番好きな味は別ので、パインは二番目ってこと？」

「そう」

「いや、違うよ。うそをついてる」

神津は薄明かりの中で座り直すと、言葉を続けた。

「少し詳しくいうと、パイン味が一番好きな味って意味じゃない。声の感触からすると、むしろ好きじゃない。君の一番嫌いな味。それを臥薪嘗胆《がしんしょうたん》のように食べてるんだね。意外と精神論者みたいなところがあるんだな」

「臥薪嘗胆って？」

「意味わからない？　それは後で調べてよ。大ざっぱにいうと、痛みや悲しみを忘れないために、あえて嫌いなものを食べ続けてるってこと。この先は想像だけど、あるとき君は、好きでもないパイン味のグミを食べさせられていた。食べていた理由自体は、いじめとかの深刻なものじゃない。たぶん罰ゲームとかそんなの。問題はその嫌いな味を舌に感じているときに、君は両親が死んだことを知らされた」

その通りだった。今だってこのパイン味は好きじゃない。美味しいと思ったこともない。でも、食べ続けている。

——見抜かれた。いや、聞き分けられた。

「少しは僕の言葉を信じる気になってくれた？」

神津の問いかけに、沖野は首を縦にも横にも振らなかった。ただ、言葉は続けた。

「どうしてそこまでわかるんですか」

「自分じゃわからないよ、君もそうだろ？　ただ君と同じで、この特性は高祖母や曽祖母から引き継いだものらしいよ」

「引き継ぐって？」

「ごめん、もう行くよ。時間がないから。警報を押したよね。そこの毛布の下」

見抜かれていた。だから話を引き延ばしていたのに。

「どうせ水瀬が、そのコンビニのビニール袋の中にグミと交ぜて入れておいたんだろ？　あの薄くて小さい警報装置、僕も前に使ったことがあるもの」

ベッドから降りようとした沖野を、神津が制する。

「僕が武器を持ってるのを忘れないで。また会って話そう。僕も簡単に警備を排除して君に近づけるわけじゃないから、次はそうだな、大晦日《おおみそか》、十二月三十一日の午後十一時に。緊急事態でなければ、二係ももう休暇期間に入っているはずだよ。場所は君の実家の近く、浅草寺《せんそうじ》の裏手の影向堂《ようごうどう》」

「すごい人出で、見分けがつかないよ。会えっこない」

「だいじょうぶ。会えるよ。僕は君を見つけるし、君も僕を見つけられる。ただし、尾行の公安の尾行はちゃんと撒いて振り切ってきて」

白衣の神津が静かに出てゆく。

沖野はその背中を見送った。捕らえようとしなかったのは、また会って話したかったから？

それも少しある。でも、一番大きいのは、追えば本当に殺されると感じたからだ。

ベッドに座ったまま息を吐く。自分がひどく緊張しているのに、ようやく気づいた。手は汗ばみ、口も渇いている。緊張は消えない。

そのままドアを見つめていると、三分後にまた開いた。

「何があった？」

水瀬だった。

「神津さんが来ました」沖野はいった。

険しかった水瀬の顔が、悲しげで切ない表情に変わってゆく。

しかし、彼女が浮かべたその陰りと憂いが、真実なのか、演技なのか、沖野にはわからなかった。

Case 3

レス・ザン・ヒューマン
——人間未満——

1

「津久井《つくい》社長は本当に死んだんですか？」

沖野《おきの》は強い口調で訊いた。

「いや、たぶん生きている」

濃紺のドレープラインのスリーピースを着た天城《あまぎ》課長が答える。

「たぶん？」

「我々もわからないんだ。より正確にいうなら、逃げられ、今現在消息が掴めていない」

「逃げられなかったら、ギーガンと同じように処分するつもりだったんですね」

天城はうなずいた。

「何のために？」

「言葉で説明する前に、これを見てくれ」

沖野は手渡されたタブレットの画面に視線を落とした。

つるりとした滑らかな表面の白い塊《かたまり》が、飼育場のようなところに並んでいる。海洋生物？　小型のイルカやジュゴン？　いや違う。場所は医療施設らしい。白い塊はただ並べられているのではなく、大型のベビーチェアーのようなものに一体ずつ座らされ、透明なチューブをつながれていた。

さらによく見ると――沖野は驚き、小さく顎を引いた。

肉の塊にはごく小さな手足がついている。尾やヒレではなく手足、しかもそれはかすかに動いていた。ＣＧや合成画像じゃない。アート作品でもない。

「人なんですね」

わかりきったことだけれど、確かめずにいられなかった。

「ああ。これを作り出した中国、湖南《こなん》省の機関はＬＴＨ・人間未満《Less Than Human》の通称をつけていたそうだが、我々は人間だと認識している。元になった各部の組織も、すべて人から採取された。ただし、目も耳もない。あるのは小さな脳と口と鼻と排泄器官、それに心臓や肺、肝臓などの臓器だけだ」

言葉が出ない。沖野の中に怯え、そして吐き気が込み上げてくる。

「私たちの任務は、これを使った新たな人体医療ビジネスを企んでいる連中を潰すこと」

クラシカルなフリル襟のブラウスと黒のロングスカートを身につけた水瀬《みなせ》主任がいった。

――話の先を聞くのが怖い。

正直、そう感じた。望んだのは自分なのに。

「一度座ったら？」

水瀬が言葉を続ける。

「いえ、だいじょうぶです」

「意味のない強がりはいらない。座りなさい」

今度は穏やかな声で命令された。十九歳のガキのつまらない虚勢なんて、諜報の最前線で働いてきた人間たちには簡単に見抜かれてしまう。

座った沖野の前に、ヒロがコーヒーを運んできてくれた。

「生命倫理を云々《うんぬん》するつもりはないけれど、まあ、気色のいいもんじゃないよな」

国枝《くにえだ》係長がネクタイを緩め、コーヒーを啜《すす》りながらいった。

十二月十一日。

内閣府国際平和協力本部事務局分室内、国際交流課二係。

午前中に退院した沖野は、自分の官舎に戻ることなく、そのまま虎《とら》ノ門《もん》にあるこのオフィスに出勤した。呉智偉《ウーヂーウェイ》・藩依林《バンイーリン》夫妻の警護からはじまり、自分がこれまで遂行してきた任務の本来の目的を詳しく聞くために。

けれど今は言葉が出てこない。

沖野は目の前のコーヒーカップを両手で包み、その温もりで気持ちを落ち着かせた。

タブレットの画面に並んでいる白い塊。光を反射した表面は白く磨かれたように輝き、現代美術館に並ぶオブジェのようにも見える。けれど、これはクローン技術で作られた人間への移植臓器生産用の肉体で、内部には心臓や肝臓などの各種臓器が詰まっている。

――そしてこれは生きている。

オフィス内にチャイムが響く。エントランスに誰か来たようだ。こんなときに二係に来客？

迎えに出たヒロと一緒にドアから入って来たのは、見覚えのある東洋人だった。

水瀬とはじめてふたりで外出したとき、横浜の貿易会社で会った、短い髪を整髪料できっちりと整えた三十代の男。

「関係者なので彼にも来てもらったよ」

天城がいった。

「崔《チュイ》だ」

男は前回と違って名乗ったが、本名ではなくコードネームだろう。

沖野は崔に軽く頭を下げると、すぐにタブレットの画面を見せ、訊いた。

「これは中国――」

「待ってくれ」

崔が遮る。

「ちゃんと答える。そのために来たんだから。でも、その前にコーヒーをもらいたい」

ダークグレーのスーツを着た細身の崔が窓際の応接ソファーに座り、脚を組む。

国枝係長が差し出したコーヒーのカップを受け取ると、まず香りを確かめ、それから少量を口に含んだ。

「美味《おい》しい。どなたが淹《い》れたんですか？」

「俺だよ」国枝が答える。

「素晴らしい。あなたにも他人を喜ばせるような特技があったのですね。この味なら店を出しても十分にやっていける。今すぐにでも二係を辞められますよ」

冗談めかしてはいるけれど、崔がお世辞をいっているようには思えない。

そんなに美味《うま》いんだ？　ここに勤務するようになって一ヵ月半。考えてみたら、ペットボトルの清涼飲料と緑茶ばかりで、国枝の淹れるコーヒーは一度も口にしたことがなかった。

「客商売なんて冗談じゃない。そんなストレスの溜まることはできないから、今でもこの仕事をしかたなく続けているのに」

「一日も早くあなたに二係を辞めていただくことが、私たちだけでなく、アジアや世界のためにもなると思ったのですが」

崔が思わせぶりに笑う。

沖野もカップを取り、コーヒーを口に含んでみた。苦味とほのかな酸味が広がり、不味《まず》いとはいわないけれど、決して美味いとも思えない。

――いや、こんなことを考えている場合じゃない。

ただ、崔と国枝のふざけたやり取りが、胸に渦巻いていた臆する気持ちを少しだけ薄めてくれた。

「中国で作られたものなんですね」

沖野は崔を見た。

「そうだよ」

彼がうなずく。

「どこまで話を聞いたのかな？　クローン技術で作られた人間への移植臓器生産用の肉体で、

我々や天城さんたちの間ではOrgan Sac、臓器嚢《ぞうきのう》と呼んでいる。まあ、今私からいえることはその程度だ。またそちらの話を続けてくれ。必要な補足はするから」

崔がわずかにカーテンの開いた窓のほうに目を向けた。

これは国際交流課二係の会議で、彼はあくまでオブザーバーであるという意味なのだろう。

「ではこの臓器嚢は自律的に活動したり、考えたりすることはできるんですか」

沖野は天城はじめ二係一同の顔を順に顔を見た。

「いや」

国枝が首を横に振る。

「循環器や呼吸器を補助している外部機器とのチューブを切断すれば、そこで生命活動も終わる。歯や舌もないから固形物の咀嚼《そしゃく》もできない。さっき話したように最小限の脳はついているものの、思考はしていないそうだ。ま、彼らが何も考えていないと、はっきり立証されたわけじゃないけどね」

彼ら、と国枝は呼んだ。

「だったら、あの――」

沖野はまた口を開いたものの、自分の中にある倫理観が話すことをためらわせる。

「前にもいったけど、ここでは言葉を選ぶ必要はないよ」

国枝に促され、沖野は言葉を続けた。

「この臓器嚢に脳を持たせた理由は何でしょう?」

「オルガノイド（試験管内で再現された極小の臓器。本物とほぼ同等の解剖学的構造を持つ。

ミニ臓器とも呼ばれる）の発展型で済むんじゃないかって？　でも、高校の生物の授業——あ、行っていないんだったな、ごめん」

「二日だけ登校しました。それに、高卒認定試験のために教科書も一通り読んでいます」

引きこもり時代に眺めていたテキストの記憶を探る。そして思い出した。

「ああ。脳の分泌するホルモン」

「うん。複数の内臓を連動して完全に働かせるには、脳が出すホルモンが不可欠になる。まあ、俺も専門家から教わっただけだけれど。ただ、逆にいえば、この臓器嚢はそれだけ人体の機能を精緻に複製、再現したものってことだ」

「これを生み出すための研究を進めていたのが、十八年前、台湾の鴻明《ホンミン》薬品工業、中国の薬品会社、アフリカ南部アンゴラの国営薬品会社が共同で設立した研究所だった。そういうことでしょうか？」

沖野の質問に、国枝がうなずく。

アンゴラ国内で農作物生産試験場を偽装した、通称「緑的家《リュディジャ》（緑の家）」と呼ばれていたラボで研究されていたのは、運動能力を強化したクローン犬や完全な人体クローンではなく、このヒトの臓器を作り出すための技術だった。

研究を主導していた鴻明薬品工業の元社長・呉智偉と妻・藩依林は、その後、臓器嚢を生み出すことに成功。中国国内で量産化に乗り出した——たぶんこんな流れだ。

だが、呉と藩は数々の不正や疑惑により、台湾を追われカナダに帰化したものの、そのカナダで一ヵ月前に自動車事故死した。

「呉と藩が中国と共謀して何をしていたのかはわかりました。あの夫妻がカナダで死んだ理由も。でも、ここには崔さんがいます」

沖野は彼を見た。香港《ホンコン》に本社のある貿易会社の社員を装っているが、実際は中国の国家機関の職員だろう。

「中国人のすべてが悪人なわけじゃない。むしろ善良な人々が大多数だ。日本人のすべてが善人でなく、数多くの悪人がいるようにね」

崔もソファーで脚を組んだまま沖野を見返す。

「あれは我が国の政府全体が望んだものじゃないんだ。一部の不道徳な役人と研究者が鴻明薬品工業と長年陰で結託し、違法な研究を重ね、倫理に反するものを生み出してしまった。だから我々は適切に処置し、すでに中国国内にあるプラントやラボは操業を停止させた」

停止か。破壊はしていないわけだ。

「もっと正確にいうべきじゃない？」

水瀬が口を挟んだ。

「実際は、中国政府はこの研究の事実を知りながら、潰すこともなく、長年黙認していた。どんなに倫理に反することでも、本当に臓器が出荷されるようになれば、爆発的な需要を背景に世界中の世論も味方につくだろうと思って。今この瞬間も、生きるために臓器移植を望み、その順番が回ってくることを待つ患者が何百万人といるわけだから」

「政府は失敗したら断罪し、成功したら利益を享受するつもりだった？」

沖野は水瀬に訊いた。

「ええ。でも幸か不幸か目論見《もくろみ》通りにはいかなかった」

水瀬が続ける。

「臓器嚢は実用段階まで進んで、人への移植も、中国国内や日本を含む外国の患者に対してすでに六十例近く移植手術が行われた。その患者自身から採取したＤＮＡを組み込んだ臓器嚢を使ってね。理論上は拒否反応もほぼゼロのはずだった。でも、四割以上が手術後、二日から一ヵ月の間に、原因不明の多臓器不全を起こし死亡。事前の適合検査では何の問題もなかったにもかかわらず。ざっくりいえば、欠陥商品だったから発表前に慌てて差し止めて、すべてをなかったものにしようとした。武漢《ぶかん》からはじまったウイルス感染のような災厄を、もう二度と世界にばら撒くわけにはいかないから」

「あれは国外から悪意をもって持ち込まれたもので、我々も被害者だ。君たちと同じようにね」

崔が穏やかな口調で反論する。

「この技術や臓器嚢そのものを、津久井社長は日本に持ち込もうと画策した？　もしくは、中国でも日本でもない第三国で、さらに研究を進めようとしたのですか」

沖野は国枝係長を見た。

「画策だけでなく、臓器嚢の受精卵がすでに多数日本国内に持ち込まれてるんだ。それだけじゃない。中国やアメリカ、イタリアの一部の企業や組織から資金供与を受け、研究施設も造られている。日本、中国以外に第三国にも同様の施設がある。だが、今はそれは忘れていいよ」

国枝が一度言葉を区切った。

それを待っていたように、崔が空になったカップを差し出し、国枝が二杯目のコーヒーを注いでゆく。

「で、なぜ我々が動いていたか理解してもらったところで、退院早々悪いが次の仕事だ。はじめに水瀬がいったように、我々の任務は日本国内にあるこの臓器嚢関連の研究施設を制圧、破壊し、研究成果を回収することにある。それに君も参加してもらう」

任務の概要も、次に何をさせられるのかもわかった。でも、まだ大きな疑問がある。

「津久井社長が野心的で、自分の目的達成のためには多少の犯罪行為も厭《いと》わない人なのはわかっているつもりです。でも、発覚すれば世界的に非難されるとわかっている事業――これを事業と呼んでいいのかどうかは、わかりませんけど――こんなハイリスク・ハイリターンの事業に無理をしてまで執着する理由がわかりません。それにこの事業に、ドクトル・アンゲラ・マレーネ・ギーガンことマックス・レイナードが強く必要とされる理由も」

「なぜだと思う？　まず君自身の仮説を提示してくれ」

国枝が訊いた。これも新人トレーニングのひとつだ。

タブレットを見つめ沖野は考える。

学生インターンに扮するために見た、津久井社長とレイナードの著書や数多くの資料を、もう一度頭の中で反芻してみる。

これまでの津久井社長の行動や発言の中に、何か手がかりがあるはず――

「新薬開発」

沖野は顔を上げた。

「思っていたほど馬鹿じゃないようだな」

崔が小声でいった。

「臓器嚢は臨床試験用の素材なんですね」

沖野の言葉に国枝係長がうなずく。

「ああ。生体投薬検査に使うための模擬人体。移植のための臓器を切り取るものというより、むしろそちらに使うことが主眼で研究は進められていた」

誰もが知っているように医薬品の開発には莫大な費用と時間がかかる。

有効性と安全性を立証するため、マウス、犬、霊長類などの生体を使った長い実験を経て、さらに長い時間をかけ人体に投与したデータを収集しなければならない。本人や家族への説明を含む、いくつもの法的な問題をクリアーする必要もある。そして難病といわれる病気になるほど、医薬品開発のための金銭的・時間的コストがより膨大になってゆく。

臓器嚢を使えば、生体実験と人間への臨床実験の期間を大幅に短縮できると、医学の知識がほとんどない沖野にも簡単に想像ができた。

「津久井社長の評伝の中に、祖父と兄を同じ難病・希少疾患で亡くしているという記述がありました」

沖野はいった。

「祖父、兄ともに重度のオスラー病、遺伝性出血性末梢血管拡張症とも呼ばれている病気で亡くなったそうだ」

国枝の言葉を聞きながら、沖野は携帯でオスラー病を検索した。

成人以降に症状が出る場合が多く、体の各所の血管に奇形が生じる病だった。軽度だと鼻血が出るくらいだが、肺や脳、肝臓などに血管奇形が増えると、吐血や激しい頭痛、腹痛が起き、脳膿瘍《のうのうよう》、敗血症、肝性脳症などの重篤な合併症を引き起こすと書かれている。

「津久井本人にもその難病の兆候があるそうだ」

国枝が沖野と崔を見ながらいった。

「自分の命を救うためであれ、祖父と兄の命を奪った病を根絶するためであれ、動機としては十分だろ。数多くの難病患者を救うため、自分があえて禁忌に触れ、罪も罰も背負うという考え方も、津久井の人物像には合っている。ただ、そういう強い信念を持っている津久井のような人間以外の、多くの一般の人々にとって、臓器嚢を扱うことはどれだけ重荷になるか、わかるよな?」

沖野はうなずいた。

Organ Sac・臓器嚢、どちらで呼ぼうとも、LTH・人間未満という通称をつけようとも、小さな口と鼻と排泄器官、そしてごく小さな手足を持つ彼・彼女たちは人間だ。

投与された新薬の副作用で痛み、苦しんでいても、声帯はないようなので悲鳴は上げないかもしれない。でも、あのごく小さな手足を動かし必死で苦痛を訴えるかもしれない。肌を震わせるかもしれない。移植用の臓器を取り出すときは、生きたまま体を切り裂かれることになる。

「脳死状態の人間から移植のため臓器を取り出すときも、執刀医はかなりの精神的負担を強いられるそうだ。ましてや臓器嚢は生物学的には健康体で、間違いなく生きている。それを切り裂いて作業するわけだ。崔くんから提供された中国・湖南省にあった臓器嚢飼育ラボのデータでも、日々直接臓器嚢と接触して世話をし、投薬・臓器切除の作業をしていた医師・研究員・看護師たちの精神のケアが最大の課題とされていたよ」

「いくらモノとして見ようとしても、どうしても人に見えてきてしまう」

沖野は独り言のようにいった。

「そういうことだ。心拍計や呼吸計などのデータを通して、あるいは発汗や皮膚の緊張などの反応を見て、臓器嚢を人だと認識し、苦しむスタッフが数多く出たようだ」

国枝の言葉にうなずきながら、沖野はさらに自分の考えを言葉にしてゆく。

「それを人だと認識させず、モノだと思い込み、平常心で作業をさせるための強烈な心理操作が必要になり、マックス・レイナードが呼ばれた」

「ああ。レイナードの洗脳、いや、精神的な調整及びケアが、今後の臓器嚢実用化に不可欠なものだと、津久井を含む出資者たちは考えている」

そういったあと国枝は振り返り、崔に訊いた。

「医師や研究者たちへの投薬で精神の安定を図ろうとしたけれど、無駄だったんだよね？」

崔がうなずく。

「薬でどうにかしようとしても、精神安定剤や睡眠導入剤の使用量が無駄に増えるだけで、職員はどんどん疲弊していったよ」

「崔くんは画像だけでなく、ラボから押収した長時間の記録映像も見ているんだ」

「職員たちの罪の意識も慣れとともに消えてゆくものだと思っていたが、そうはならなかった。食事などを含む日常の世話をしているときの反応にも臓器嚢ごとの個体差があり、それが個性や人格を職員たちに連想させてたんだろう。それはある意味、人間の善意や情愛の表れとも捉えられなくはないけれど、本当のところはわからない。専門家にも見せたが、実験用動物の飼育員の反応とも、食用の畜産業者の反応とも、まったく違っていたそうだ」

説明を終えると、崔は手にしたカップを飲み干した。

沖野の中で断片的に散らばっていたものが、大きくひとつにつながってゆく。

人を殺す罪の意識を取り除くため、マックス・レイナードという存在が必要だった。レイナードは、時間をかけた洗脳の結果、人に憎しみも敵意も抱いていない相手を殺害させる事例を、何件も成功させている。

しかも、アメリカの『グラフトン・ケース』の加害者たちは、殺したのは人間ではなく、動物のフェレットだと本気で信じていた。

「納得してくれたかな?」

黙っていた天城課長が口を開いた。

「納得はしていません。でも、この任務の必要性は理解しました」

「それでいい」

「もう少しだけ私から沖野くんに質問させてもらいたいのですが」

崔が天城、そして水瀬の順に顔を見る。

水瀬がうなずくと、彼は言葉を続けた。

「僕がここに来た当初、君はひどく動揺しているように見えた。でも今は、もうすっかり落ち着いている」

「あなたが国枝係長と無関係な話をして、一瞬僕の気を逸らしてくれたからです。ただそれは気遣いなんかじゃなく、僕を観察するための手段だったのでしょうけれど」

「まあそういうことだ。でも切り替えが早かったね。それは君が老成しているからかい？　それとも単に強がっているだけなのかな？」

「あの人はどれくらい僕のことを？」

沖野は水瀬に目を向け、訊いた。

「ほぼ知っている」

「そうですか」

沖野は崔を見た。

「他人の感情を嫌でも覗き見できてしまえば、あなただって僕のような人間になりますよ」

「そうかな？　私は君よりもっと嫌なものを数え切れないほど見てきたけれど、君より人生を楽しんでいるよ。たぶんこの国際交流課二係の君以外の皆さんも、君より充実した毎日を送っているはずだ」

「気にしないで」水瀬がいった。「彼なりに品定めをしているだけだから」

「わかっています。だから僕からも訊かせてください。国枝係長と水瀬さんに敵意を持っているのはなぜですか？　天城課長とヒロさんには特に何の感情も抱いていないのに」

「僕の目が光っていたかい？　感情は抑えていたつもりだったんだけどな」

崔が国枝と水瀬を順に見た。

「このふたりには、前に何度か腹立たしい思いをさせられたことがあるんだ。よくある仕事上の恨み、それだけだよ。ただ、君に忠告しておきたいことがある。自分の切り札をこんなに簡単に他人に晒《さら》さないほうがいい」

「以前、横浜ではじめてお会いしたときも、『どんな場所でも、気を抜いていると、うしろから羽交《はが》い絞めにされて連れ去られる』と水瀬さんにいわれたあと、あなたから『本当だよ』とアドバイスしていただきましたね」

「覚えているよ。でも、意味が違う。あのときは君がどうなろうと関係なかった。本当に世間話の延長だったんだ。でも今、私はこうして国際交流課二係と行動を共にする必要に迫られている。君の判断ミスや失敗は、我々の不利益に直結する可能性が大いにあるんだよ。君のせいでこっちまで迷惑を被りたくない」

「アドバイスには素直に感謝します。ですが、この感情を覗く力を、自分では切り札だと思っていません」

「他人にはない能力といい、逆にその素人《しろうと》丸出しの生意気さといい、確かに特異点に適任だ」

——特異点？　何にとっての？

思ったけれど、沖野は口にはしなかった。

「崔さんの国籍と所属はどちらですか？　中国国家安全部第二局？　中国国家外交部国外工作局？」

「実に新人らしい決めつけだね。私は香港生まれで国籍は中国。所属については明言しない。ただ、君たちのように、諜報や破壊活動をしながら、まるで無関係な善人面《ヅラ》して政府機関内の末端に居座っている中途半端なＮＯＣ《Non Official Cover》とは違う」

「私たちは半端な腰抜けで、自分は孤立無援な中で任務を全うする本物のエージェントだってこと。独り善がりな自慢、聞き流して」

水瀬がいった。崔はただ笑って首を横に振っている。

「互いを知る時間は終わったかな？　では本題に入ろう」

天城課長がその場にいる全員の顔を見た。

「我々の次の任務について詳しく説明する」

2

「戸締りよろしくね」

ヒロが一言残して出てゆく。セキュリティ装置をオンにしてから帰れという意味だ。

十二時三十分。

午前中いっぱい今後の作戦に関する詳細な指示と確認が続き、会議が終わると、部外者の崔を含む全員が、すぐにどこかへ消えていった。今日はもう戻らないそうだ。

お昼を少し過ぎたばかりなのに、オフィスに残ったのは沖野ひとり。

自分たちの目的が何であるかはわかったけれど、もっと訊きたいことがあった。でも、どうせ訊いても、答えてはもらえなかっただろう。

アメリカで過去に『ドクター・マインド・ベンター《心をねじ曲げる医者》』と呼ばれていたアメリカ人、マックス・レイナード。ＦＢＩや各国機関に追われながらも姿をくらましていた彼は、国籍をドイツに、名前をアンゲラ・マレーネ・ギーガンに、そして外見と性別も男から女に変え、十一日前、突然日本に入国した。

しかし、学生インターンに扮していた沖野の目の前で、レイナードは水瀬響子《きょうこ》と国際交流課一係係長・久坂部《くさかべ》真奈《まな》によって拘束された。

今どこにいるのか？　まだ生きているのか？　沖野にはわからない。

「来日中のギーガン教授、重体」とネットニュースに短く出ていたが、うその情報を通信社がそのまま記事にしただけだろう。日本国内ではまったく反響がないものの、百万部超のベストセラーを出しているだけあって、ドイツを中心とするＥＵ圏内では、比較的大きなニュースとして取り扱われていた。

だが、そんなこと以前に、あれは本当にマックス・レイナードだったのだろうか？

外務省の入国管理システムやＡＩが本人と判定し、国枝係長も疑っていなかった。けれど、レイナードが自分の外見に近い人間を洗脳し、自身のフェイクに仕立て上げたのかもしれない。何かの企みのため、国枝係長がうそを沖野に吹き込んだ可能性もある。

すべてが疑わしくて、水瀬もヒロも天城課長も、あの崖という香港人も、一昨日の深夜に突然病院にやってきた神津《こうづ》も――周囲のすべての人間が信じられない。

広がる暗闇の中にひとり立っているようで、不安だった。

もっと正直にいえば、怖い。

はじめての任務の途中、刃物を持ったテロリストと向き合ったときに感じた恐怖とは種類が違う。さっき臓器嚢をはじめて見たときの不快感とも違う。自分が卑怯で禍々《まがまが》しいことに加担してしまっているような感触。

デスクに入れてあるパイン味のグミを出し、口に放り込む。全然好きじゃないし、美味しくもない。でも、口に広がる不味さが、少しだけ自分を冷静にさせてくれる。

――やるか。

沖野は右手に新しいＩＤカードを握った。

学生インターンに扮した潜入捜査を成功させた褒美に渡されたものだ。自分では成功させた実感はまるでないけれど。

カードをリーダーに通し、虹彩認証をして、パソコンの画面を見つめる。

これで政府機関の機密データベースに、以前より深い、第二深度まで潜ってゆける。だが、そこに記載されていることが事実だという確証はない。

でも、父と母の死の真相に近づくため、今はそんな信用ならないものを手掛かりに進んでゆくしかなかった。

前回調べたときは、外務省の官僚だった父の名を、防衛省関連機関が制作した「２－２１研究」という諜報・防諜を主題にしたレポートの共同執筆者一覧の中に見つけた。父は生前、防衛省所管の一般財団法人防衛リサーチセンターの非常勤研究者も務めていた。

そして今回、父に「２－２１Ｆ５４」というコードネームがつけられていたこともわかった。さらに沖野実希人《みきと》という本名以外に、名前と旅券番号の違う四種類のパスポートと、三種類のマイナンバーカードを持っていた。

どれも日本国政府が発行した本物で、何らかの理由で使い分けていたようだ。外務省の官僚にはよくあること？　いや、そんなはずはない。

自分の実の父親のことも、よくわからなくなってきた。

ついこの前、墨田区向島《むこうじま》の祖母の家で父と母の遺品を確認していたときも、父の人となりを知るものが極端に少ないことに気づいた。

日記もつけていなかったし、父は自宅には仕事に関係するものも一切持ち込んでいなかった。外務省関連の書類も、仕事についての短いメモさえも残っていない。入省したとき、同じ部署の同僚の結婚式に出席したとき、それに入省後、アメリカに公費で留学していたときの写真が数枚出てきただけで、海外出張先で記念に撮った写真や映像も見つからなかった。

父と母が死んだとき、当時の外務大臣や事務次官から弔電が届き、上司も葬儀に参列していたので、外務省に勤務していたのは間違いないだろう。沖野たち家族が以前住んでいたのも、文京区千石《せんごく》の外務省官舎だった。

父は普通の外務官僚の業務とは違う何かをしていた？

父が生きていた当時から疑問に感じていたことも、確かにいくつかある。海外出張は多かったものの、中長期の海外赴任はなし。姉の夏都《なつ》も沖野も日本で生まれ育った。外務省内のアジア大洋州局に所属していたけれど、実際にどんな仕事をしていたのか知らないし、子供のころに沖野が訊いても、曖昧に返されることが多かった。

物静かで、声を荒らげて怒ることもなく（叱る役はいつも母だった）、服装は地味。日本人としては中肉中背で、他人の印象に残りにくい。休みの日は、昼過ぎまで眠っていて、起きると、家族で外食や買い物に行くことが多かった。だから、沖野が赤く光る目を通して他人の憎しみや妬《ねた》みを強く感じるようになる以前の、小学三年生くらいまでは、父のいる休日が楽しみだった。

工作員や諜報員の緊張した雰囲気なんて、父から感じたことはない。平凡というか、どこにいても風景にすぐ埋もれてしまうおじさん。そんなふうに思っていた。

でも、自分がスパイ見習いになった今、振り返ってみると、父の外見も立ち居振る舞いも、まさに工作員としてふさわしいもののように感じてしまう。

母は何か知っていたかもしれない。いや、知っていたのだろう。だから父と一緒に事故に見せかけて殺された……少し前に新小岩《しんこいわ》で夫婦を演じている中年工作員を見てしまったせいで、よけいに想像が広がってゆく。

データベースに第二深度まで入れるようになり、前回より情報が増えたとはいえ、まだ全然足りない。額面通りには信じられないと疑いながらも、もっと情報がほしかった。

ほしいのなら、国際交流課二係のために働かないと。

本当に犬だな。情報という餌を与えられ、手懐《てなず》けられ、飼い馴らされてゆく。

オフィスのドアがノックされ、視線を向けると、ガラスの向こうに一係係長の久坂部真奈が見えた。モニターを見ながら考えているうちに、もうそんなに時間が過ぎていたのか。

午後二時、レッスン開始の時間。

九日前、智英《ちえい》大学への潜入がはじまる直前に、格闘・護身を久坂部から教わった。

今日はその二回目。講義メニューにこの科目を加えたのは水瀬主任。理由は沖野があまりに弱いからだ。

　ただし、前回と今回ではレッスンに向かう沖野の心情はまるで違う。平気で他人を襲い、拉《ら》致《ち》する久坂部の姿を、目の前で見てしまった以上、これまでと同じようには接することができない。その行為は任務であり、諜報員・工作員としては当たり前の行動だったとしても。

　沖野は二係のオフィスを出て、ドアのロックを確認すると、軽く頭を下げた。

「お願いします」

「体調はもういいの？」

　久坂部が訊く。

「はい。特に痛いところもなかったですし。国枝係長の指示に従って、病院で二日過ごしただけですから」

　ふたりで通路を歩いてゆく。

　沖野の服装はスニーカーにカーゴパンツ、パーカー。久坂部もニットにチノパン、ローヒール。スポーツでも武道でもなく、あくまで実戦を目的としているので、服装は普段着のまま。場所も専用のトレーニングルームではなく、今は半分物置にされているオフィスの一室を使う。

「成長してるね」

　久坂部がいった。

「えっ？」

　沖野には何のことかわからない。

「君、感情があまり顔に出なくなった。よくも悪くも十代らしく、吸収が早い」

——出ない？　今、自分が抱いている気持ちのことか。

講義場所として使っている一室のロックを解除し、ドアを開ける。

「でも、顔に出なくても、思っていることを見抜かれてしまうようじゃ、あまり意味がない気がします」

沖野はいった。

「それ、私に嫌悪感を抱いていると声に出していってるのと同じよ」

「いや、あの」

「だいじょうぶ。慣れているし、気にしてないから」

久坂部が笑う。

「でも、いい機会だから、私が君に感じていることも話しておく。嫌いではないし、持っている技能には関心がある」

沖野の特質のことだ。

「ただ、狡《ずる》さも感じてる。十九歳の子供が、人の殺意や敵意、憎悪までも、見ただけで察知できるなんて。私のように人を殴ったり、撃ったり、制圧したりを主な仕事にしている人間が、長くトレーニングし、経験を積んで、ようやく身につけられるものを、スタート時点から手に入れているわけだから。まあ、妬みだけれどね」

「僕のほうも、こんなものを素質や才能のように見られたり語られたりするのは、心外だし不愉快です。まあこれも、あんな赤い光を見ずに済んでいる久坂部さんのような方への妬みですけれど」

「お互い様ってことだね。ただ、ここじゃいいけれど、外ではそんな言い方はしないように。それこそ歯を何本か折られることになるかもしれないから。たとえば笹路《ささじ》」

都内錦糸町《きんしちょう》で道路に押し潰された沖野に「公安舐めんなよ、小僧」と言い放った、外事三課のホクロの男。

「好きじゃないし、あまりかかわりたくもないけれど、あの男が君に対して抱いている気持ちは、少し理解できる。叩き上げでここまでやってきた奴には、職域を荒らされることがどうしても許せないんだよ」

「忠告してくれているんですよね？」

久坂部はうなずいた。

――敵も、反感を抱いている人間も、予想以上に多く、しかも身近にいる。

そう教えてくれている。

「ありがとうございます」

「君のそうやって行間をちゃんと読んでくれるところは、とても評価している。行間を読むのを嫌って、無駄に意地を張り過ぎる水瀬とは、いいコンビになってくれると思ってる」

沖野は一瞬黙った。

「まだ何かいいたそうだけれど？」

久坂部が訊く。

「水瀬のことを愚痴《ぐち》りたいのなら少しぐらい聞くよ」

「いいたいけれど、今は忘れて講義に集中します。そうしないと――」

「この前以上に痣《あざ》だらけにされる？」

沖野がうなずくより早く、三メートル以上離れていた久坂部が一瞬で目の前まで近づき、足を払った。

体が数センチ宙に浮く。

――痛《い》ってえ。

床に倒された。

「進歩してる。不恰好だけど、受け身が取れたじゃない」

褒められたが、全然嬉しくない。

沖野はすぐに立ち上がった。もたもた寝ていると、腕を取られ、また床に押し潰される。

「安心して、骨折や捻挫はさせない。今回も体中に痣ができるだけ」

久坂部がいった。

※

暖簾《のれん》をくぐり、引き戸を開ける。

「いらっしゃい。久しぶりだね」

店主のフォンさんが声をかけてきた。

大田区大森《おおもり》にある食堂ゆたか。沖野はカウンター席に座った。東南アジア風のアレンジがされた豚の生姜焼き定食、それにカラマンシー《四季橘》のフレッシュジュースを頼む。

久坂部の講義が終わり、虎ノ門のオフィスを出ると、官舎には寄らずまっすぐにここに向かった。来るのは国際交流課二係に移ってからははじめてになる。

足が向いた一番大きな理由は、あの臓器嚢のせいだ。

自分で思っている以上に衝撃を受けたのだろう。今も倫理観と生理的な嫌悪がぶつかり合い、どう表していいのかわからない不快さともどかしさが、胸の内側を漂っている。

それに体中が痛い。久坂部の笑顔と励ましの言葉で騙されてしまうけれど、あの講義って、やってることは立派なシゴキだし、パワハラだよな。

まだ午後六時、それでも店の席の半分は埋まっている。

客層は以前と変わらず外国人が半分以上。カウンター席に座る別の客とフォンさんの話を聞いていると、近所にレジデンスマンションや外国人入居可のシェアハウスが増え、最近、さらに忙しくなったそうだ。

「儲かっていいね」

客がラクサの麺を啜りながら、発音にクセのある英語でいった。フォンさんと同じ中国系シンガポール人らしい。

「俺のほうはだめだよ。東京も面倒な街になっちゃったな」

大田区蒲田《かまた》にあるアジア人風俗店で店長代理をしていたが、「ＮＡ《ナー》」の連中が来て、営業ができなくなったという。ＮＡとはＣＨＩＮＡの最後の二文字で、中国人マフィアを指す東京在住外国人たちのスラングだった。

その風俗店は別の場所にある店の二号店で、開店間もないのに収益は順調だった。でも、突然中国人がやってきて、ここ一帯は自分たちが管理することになったから、出ていくか、毎月法外な額の金を納めろといわれた。店は日本のヤクザが後見（いわゆるケツモチ）をしていたので、その組に仲裁を頼み、一度は話がついたかのように思えた。が、半月ほどしてその仲裁を担当した日本人ヤクザが突然失踪したという。組でも大騒ぎになり行方を捜したが見つからず、三日前、その組の別の者が店にやってきて、「今日でここ閉めろ」と命令された。

日本人ヤクザが中国人マフィアに駆逐されたのだろう。東京で無事に商売をするのに、警察はもちろん、日本人のヤクザももう役には立たなくなっている。

「そんな話をしてだいじょうぶ？」

別の客が訊いた。彼も日本人じゃない。

「構わないさ。どうせ来週には日本を出ていくんだから」

ここに来ると、美味い料理を食べられる代わりに、ときおりこうして見たくもない東京の裏の部分を見せられる。東京はもう安全ではないし、日本人が支配する街でもなくなりつつある。そう遠くないうちに、中南米移民のギャングが支配するアメリカ南部の街のように、ロシアマフィアやトルコ系、アフリカ系移民のギャングに牛耳《ぎゅうじ》られたヨーロッパの地方都市のようになってしまうのだろう。

沖野の前に生姜焼き定食とカラマンシージュースが運ばれてきた。

周りを飛び交っているのは楽しい話ばかりじゃない。自分が置かれているのも、決していい状況とはいえない。だけど、今はずっと食べたかった料理を味わおう。楽しげな映像でも眺めながら。

　ジュースを吸い込み、右手に箸、左手に携帯を握ったところで、メッセージが届いた。

　えっ？　水瀬さんから。しかも、『何してる？』という曖昧な一文だけ。あの人に不審を抱いてはいるけれど、それとは違う意味で、ちょっとビビった。

『食事中です』

　すぐに返した。

『少しいい？』

『はい』

『だいじょうぶ？』

『何がですか？』

『体調とか？』

『普通です。久坂部さんにいわれたんですね』

『うん。あっさりバレたな』

『もう少し気を遣えとか？』

『まあそんなとこ。あとコミュニケーション取れとか』

『久坂部さんには素直に従うんですね』

『悪い？　あの人には借りもあるし』

　——何だろう？　この、痒いところに全然手が届いてない会話。

　そう思いながら返信を続ける。

『ありがとうございます。でも、気を遣わないでください』

『遣われると嫌?』

『はい。気持ち悪いです』

『調子乗んな』

『すみません。本題は何でしょう?』

『今回のことが終わったら、一度ゆっくり話しましょう』

　ギーガンことマックス・レイナードを拉致した件じゃない。あの神津についてだ。

『わかりました』

『それじゃ』

　メッセージ終了。

　生姜焼きを食べながら、午後の講義のあとに久坂部からいわれた言葉を思い出す。

「任務さえしっかりやって、迷惑をかけずにいてくれれば、私たちのことをどう思っていてもいい。ただ、水瀬のことは思い遣《や》ってくれとはいわないけれど、あいつも君と同じぐらい不器用なのは覚えていて。誰かに扮したり、化けたりするのは、ずば抜けて得意だけれど、その代わり自分自身がないから、素の状態で他人と上手く通じ合うことができない。それに一度大きな失敗をしたせいで、パートナーを持つこと自体を怖がっている」

　この失敗——神津のことだ。

　水瀬をやっぱり面倒臭い人だと思ったけれど、自分もあまり変わらないか。赤い目を通して他人の感情が見えてしまうせいで、元々持っていた被害者意識と警戒心が、国際交流課二係に移ってからはさらに強くなった。

水瀬と自分は、「破《わ》れ鍋に綴じ蓋」、「牛は牛連れ馬は馬連れ」ってことか。いや、この場合は「誰《たれ》か烏《からす》の雌雄《しゆう》を知らん」、それとも「鍋が釜を黒いという」かな?

この前、病室で神津と話し、臥薪嘗胆《がしんしょうたん》の意味がわからなかったことがきっかけで、ことわざの勉強をするようになった。今も食べながら無意識に中国故事成語のページを眺めていた。

何で勉強なんかしてんだろ。

せっかく気を抜ける時間なのに、無駄にしているように思えてきた。

もっと頭を使わず見られるものを検索していると、新しく店に入ってきた二人組の客が「おっ」と声を漏らした。

沖野も視線を向ける。ふたりとも知っている顔。山王《さんのう》警察署に勤務していたころの先輩で、待機寮も同じだった。

箸を置き、椅子から立ち上がり、沖野は頭を下げた。

「お疲れ様です。ごぶさたしています」

「少し痩せたな。移った先でシゴかれてんの？」

そういいながら先輩たちはテーブル席に座った。

沖野も背を向け、またカウンター席に座り箸を握る。

山王署時代の他の上司や先輩と同じように、あのふたりとも何度か話したことがあるだけで、まったく仲はよくなかった。急に居心地が悪くなったけれど、その悪さを感じていることをふたりに気づかれるのも嫌で、大して興味もないゲーム実況の動画を見ながら、黙々と箸を進めてゆく。

――本当に何をやってんだろ？

食べ終えてもう一度挨拶をした。

「お先に失礼します」

「おまえのこと嫌いだけど、でも本庁に行けたんだ。頑張れよ」

先輩のひとりがビールのグラスを片手にいった。もうひとりも笑顔でうなずいた。

「ありがとうございます」

コートに袖を通し、店を出ると、店主のフォンさんが追ってきてビニール袋を渡してくれた。中には緑色をしたカラマンシーの果実が入っている。

「搾って、蜂蜜とお湯を入れて、ホットにすると美味しいよ」

「ありがとうございます」

沖野は深く頭を下げた。

「異動になったの？　わざわざ来てくれてありがとう。また寄ってね」

笑顔のフォンさんに何度も礼をいってから歩き出す。

嬉しかったけれど、なぜだか切なかった。国際交流課二係に移って一ヵ月半。そんな短い期間なのに、疑い身構えることばかりに慣れ過ぎて、小さな善意に触れても、どう応えていいかわからなくなっている。

いや、二係に移るずっと以前から、自分はこうだったのかもしれない。

電車で帰りたかったが、行動は携帯のＧＰＳを通じて監視されている。事前準備もせず夜道を歩いて駅まで行き、電車に乗ったりしたら、また「不注意だ」と水瀬に責められる。

タクシーを停めて、乗り込む。

運転手に行き先を告げると、携帯が震えた。

メール着信。送り主は――津久井遼一《りょういち》。

『これから電話する。出てくれ。沖野くん』

学生インターンになったときに使った偽名の中山《なかやま》尚人《なおと》ではなく、本名が書かれている。そしてメッセージの通りにまたすぐ携帯が震えた。

これが仕事用のものだと津久井もわかっているだろう。なのにかけてきた。

沖野は通話ボタンを押した。

「はい」

『よかった、出てくれて。少しだけ話につきあってくれるかな？』

間違いない。

前にも聞いたことのある、あの津久井社長の声だった。

※

『なるほどね』

モニターの中の国枝係長がいった。トレーナー姿で、整髪料をつけていない前髪が額に垂れている。背景は白い壁。自宅らしいが、所在地や家族の有無を伝えるようなものは一切映っていない。

沖野は津久井との電話を切った直後、二係の規程に従い水瀬と国枝に連絡を入れた。

食堂でメッセージをやり取りしていた水瀬はすでに任務に戻ったのか、留守電になった。一方の国枝はすぐに電話に出た。「こっちに戻ってきてよ」と命令され、沖野はタクシーの行き先を自宅官舎から国際交流課二係のある虎ノ門に変更した。

だが、実際にオフィスに到着すると、照明が消えたままで誰もいない。暗い中にリモートで起動されたモニターだけが光っていた。

「もう一度会いたいといわれ、場所は追って連絡するといわれました」

何のために戻ったのかよくわからないまま、沖野はモニターに向かって津久井との通話内容を説明してゆく。

『具体的な場所の指示はなかったんだ』

国枝が訊いた。

「はい。『知っている人間を迎えに行かせる』ともいっていました」

『心当たりは?』

「ありません。でも、智英大学の関係者か、あのシンポジウムに参加した学生インターンの可能性が高いと思います」

『津久井は国際交流課《ウチ》については何かいってた?』

「いえ、何も」

『だったら今のところプラン1を続行ってことで問題ないかな』

「特に変更はなしですか」

『うん。状況はむしろウチの望む通りに動いてるし。もちろん津久井はあえてウチの思惑に沿って動くことで、逆に状況を操作しようとしているんだろうけど。そのへんは狐と狸の化かし合いみたいなもんで、下手《へた》に焦って動いたほうが裏をかかれるからさ』

――確かにそうだけれど。

沖野は口から出そうになる不安と不満を押し戻した。

『プラン1を進めつつ、必要になったらプラン2ないし3に移行。それでどうにか乗り切れるでしょ。まあ、そういうことで』

臨機応変、単純にいえば行き当たりばったりってことか。

「他に何かありますか？」

沖野は訊いた。正直、もう帰りたかった。こんな報告なら電話で十分だったのだから。

『あとひとつ。もうちょっと待ってて』

モニターの中の国枝が携帯に目を落としながら返す。

廊下のほうから早足で近づいてくるヒールの音が聞こえた。

『あ、来たかな？　君から詳細を報告しておいてよ』

カメラを通してこちらの表情を見た国枝がいった。

ヒールの音だけで、誰が来たのか沖野にもわかった。

――そういうことか。

オフィスに呼び戻されたのは、直接顔を合わせ、ふたりきりで話をさせるため。

『君らあまりに要領が悪いからさ。まあ、そういう青臭いのも嫌いじゃないけど。ちなみにこの件は天城さんとヒロも知ってるから』

モニターが暗転する。沖野が文句をいう前に接続を切られた。

ドアが開き、水瀬が入ってくる。

と、すぐに大きく舌打ちした。モニターの前にひとり座っている沖野を見ただけで、彼女も何を仕組まれたのか理解したようだ。

気持ちは沖野も同じ。ふたりで話をする必要性は確かに感じていたけれど、こんなふうに強要されたくはなかった。これを国枝たちの気遣いとも思いたくない。裏には彼らなりの打算が当然あるのだから。

「あんなもん送らなきゃよかった」

水瀬が首を横に振った。ついさっき、沖野とやり取りしたメッセージのことをいっている。

「状況は？」

襟にファーのついたコートとバッグをデスクの上に投げ、乱暴に椅子を引きながら訊く。

「今のところ特に変化はありません」

沖野は答えた。

水瀬は高級ブランドのスーツとヒールを身につけ、髪を結い上げていた。耳には宝石のピアスが光り、胸元にも高級ジュエリー。アルコールと香水の匂いも漂ってくる。任務でパーティーか会食に出席していたのか、メイクも濃い。

そして今日の昼に会った彼女とは、まるで別人のように見える。でも、こんな違いにももう慣れてしまった。

水瀬には実体や本当の姿なんて、ないのかもしれない。

沖野は国枝の命令に従い、津久井との電話の内容とそれに関する今後の対応を報告してゆく。だが、すぐに話し終えてしまった。

少しの沈黙。

「納得はいかないけれど、こうして顔を合わせたんだから、私たちの話をしましょうか」

水瀬がいった。

沖野もうなずく。

「一昨日の夜、病室で彼女と何を話したの？」

水瀬がヒールを脱ぎ、両足をデスクの上に乗せながら訊いた。神津は自分を「僕」といっていたけれど、水瀬は「彼女」と呼んだ——気になるが、今はそこに引っかかっている場合じゃない。

「あの病室の監視カメラやマイクを通して、全部聞いていたんじゃないんですか」

沖野はデスクからいつものパイングミを出した。

「どっちも回線を切られていた。だからわからない」

素足になった水瀬が立ち上がり、オフィスの端のウォーターサーバーまで歩いてゆく。

「たいしたことは話していません。お互いの自己紹介くらいです」

沖野は口にグミを放り込んだ。

「たいしたことかどうかは、こっちが決める。話して。何をいわれ、何を訊かれ、どう答えたのか」

「わかりました。でも、代わりに水瀬さんも話してくれませんか」

自分のマグカップに水を注いでいた水瀬が横目でこちらを見た。

沖野は言葉を続ける。

「神津に関して知っていることを教えてください。あの夜、神津は自分の能力を『君と同じで、高祖母や曽祖母から引き継いだものらしい』といっていました。僕の五代前の祖母や高祖父は、『天眼《てんがん》』『神通力』と呼ばれる力を持っていて、旧陸軍の研究対象にもなっていたそうです。神津を知ることで、僕も僕自身を知りたい。知ることが、父と母が死んだ理由を解き明かすことにもつながるかもしれない。望んでいるのはそれだけです。水瀬さんと神津の間に何があったか詮索する気はないし、なぜ神津が二係を去ったのかを知りたいとも思っていません」

水瀬が話せば、職務上知り得た秘密の漏洩になるのだろう。でも、それで咎められたり罪に問われたりすることはない。上長の許しはもう得ている。沖野と水瀬をこの場に呼び出し、ふたりきりにしたのは、国枝係長なのだから。

――これはエージェントに必要な情報交換・取引の実地訓練。

沖野にとってはそういう意味があるのだろう。

そして水瀬にとっては、神津と決裂したことで抱えてしまった、「特質」を持つ人間との関係に対する強い悔恨や罪悪感を取り去るための回復作業なのかもしれない。

――自分は神津のスペアなのか？

一瞬頭をよぎったけれど、忘れることにした。

とにかく自分が何者なのか、自分の力がどこから来たものなのかを知りたい。

水瀬が椅子を沖野のすぐ隣まで引っ張ってきて、座った。カップに入った水を一口飲み、デスクに置く。

「話すよ。代わりにあんたも全部話して」

水瀬がこちらを見つめる。

「まずはそっちから」

沖野はうなずくと、アルコールと香水の匂いのする彼女と向き合った。

3

東京駅午前十一時五十一分発、新幹線のぞみ八九号。

沖野は人生ではじめてグリーン車の座席に座った。

大きなシートを少しだけ倒し、スニーカーを脱いでフットレストに足を乗せてみる。めちゃくちゃ快適じゃん。一列五人がけの普通車とこんなに違うとは思わなかった。

でも、その感動も、席の前後の列にいる連中のせいで半減してしまう。周りは公安の人間で占められていた。天気がいいので富士山を見られると思っていたのに、シェードは下げておかなければだめだそうだ。

しかも通路を挟んで座っているのは、あの公安のホクロの男、笹路。

ちょっとだけ楽しみだった、初の、しかも単独での出張。でも、気持ちがしぼんでゆく。

これから沖野は警護されながらまず岡山《おかやま》に向かう。

目的地についての詳細はまだ教えられていないが、中国・四国方面に臓器嚢か、その受精卵を秘匿している場所があるのだろう。もしくは津久井社長が潜んでいるのかもしれない。

あ、今気づいたけれど、津久井はもう社長じゃないんだ。

自殺のニュースが広まり、津久井が大学時代に設立したインターネットショッピングサイト「ベリーグッズ・マーケット」を筆頭に、カード会社や保険会社などを擁する「ベリーグッズ・ホールディングス」も彼の死を認めた。ただし自殺ではなく、急性心不全によるものだとのコメントを出した。当面は、暫定的に副社長が代表としてグループを運営するという発表もしている。

津久井は社会的・世間的には死んだことになった。

その死んだはずの津久井と、彼が隠し持っている臓器嚢という「負の宝」を、国際交流課全体が今追っている。沖野はすでに津久井に接触し、顔も知られている。通常こういう人間は任務から外されるそうだが、まだ参加を続けるよう命令された。

囮役か、撒き餌のように使われるのだろう。

ただ、昨日沖野に津久井から直接電話がかかってきたことが、国際交流課だけでなく、隣に座る笹路や他の公安の連中にも伝わっているかどうかはわからない。

新幹線が東京駅を出発した。

客席は六割程度埋まっている。沖野は買ってきた弁当を取り出した。「ミート矢澤《やざわ》のハンバーグ弁当」。「たいめいけんのチキンライス弁当」と悩んだ末、こっちにした。

でも、開けようとすると、笹路から「まだだ」といわれた。

「新横浜を出てからにしろ」

食べるのは乗客の配置が定まってからってことか？

代わりに、「じゃがりこ」を出すと、それも止められた。口うるさくて少しムカついたけれど、がまんしよう。それより笹路が普通に話しかけてきたことに驚いた。

極秘に警護するわけじゃないんだ。智英大学のシンポジウムにインターンとして参加した沖野も、警備にやってきた笹路も、津久井側の人間たちに顔を知られているだろうから、今になってこそこそしても意味はないか。

――でも、その津久井側の人間って誰だ？

台湾の巨大医薬品メーカーや中国政府と関係を持ち、しかも臓器嚢ほどの危険なものを取り扱って、日本国内にまで持ち込んでいる。どれだけ大きなＩＴ企業のオーナー兼社長だったとしても、ひとりの力でできることじゃない。

まあいいや、どんな人間たちが津久井に加担していたとしても沖野にはあまり関係がないし、いずれわかるだろう。

新横浜駅を出発し、沖野は弁当を開けた。

音楽を聴き、画面のニュースを見ながら箸を進める。

調べると、日本の大手新聞の中で一社だけが、ドクトル・アンゲラ・マレーネ・ギーガンの訃報を載せていた。来日中のドイツ人心理学者が大動脈瘤破裂により亡くなったという、事実関係のみの短い記事だった。逆にドイツの新聞ビルトやディー・ツァイトの電子版は、大々的に追悼記事を載せている。

拉致されて以降、実際にどうなったのかはわからないけれど、これでギーガンという名のドイツ人は社会的には死亡したことになった。

十分ほどで弁当を食べ終えると、沖野は空き箱をビニール袋に入れて立ち上がろうとした。

「どこに行く？」

タブレットの画面を眺めていた笹路がこちらに顔を向けた。

「食べ終わったんで、捨てに」

「降りるときまで置いとけ。嫌なら、車掌か車内販売が来たら渡せばいい」

「自分で捨てに行けば済むのに、わざわざ頼みたくないです」

沖野は笹路を見た。

小さく舌打ちすると笹路は立ち上がり、ビニール袋を掴んだ。

「俺が捨ててくる」

護られている自覚を持て、クソガキ——あいつの目がそういっていた。

まだ静岡にも入っていない。先は長い。眠れそうもないので携帯で動画を見たけれど、集中できない。

昨夜の水瀬との会話が頭に浮かんでくる——

先に沖野が病室で神津と交わしたすべての言葉を伝えた。

「会いにいくの？」

水瀬が訊いた。

十二月三十一日、年越しの夜に、神津からもう一度会おうと誘われたことをいっている。

「まだわかりません」

沖野は返した。

「今回の任務が終わって無事でいられたら、そのとき考えます。でも、会いにゆくといったら止めますか？」

「私は止めたいけれど、国際交流課としては行けと命令を出すでしょう。彼女のほうも、課全体に知られていることは当然わかっているだろうし」

また水瀬は神津を彼女と呼んだ。アルコールの匂いの混じったため息を吐き、言葉を続ける。

「でも、行っても行かなくても、どちらを選んでもプラスになることはない。彼女に興味を持たれたことは、あんたにとってマイナスになる」

確かにいいことはない。沖野にもわかる。

「いずれ神津が僕に会いにくると、水瀬さんも、国枝係長も天城課長もわかっていたんですよね？」

「確信はなかった。けれど予測はしていた」

――周りに厄介ごとが集まってくる。

そう思った。

要注意人物や犯罪者たちを引き寄せる磁石に使うつもりで、国枝は自分をこの二係に呼んだのだろう。実際、逃亡した津久井や、所在のわからなかった神津が、向こうのほうから近寄ってきた。

　もちろん国枝のことは腹立たしい。でも、文句をいいたかったけれど、がまんした。今は他にもっと語るべきことがある。

　沖野が質問する番になり、はじめにドクトル・アンゲラ・マレーネ・ギーガンことマックス・レイナードが拉致される直前に漏らした言葉、「ＳＳＰ」について訊いた。

「subspecies、亜種の略。人間だけれど、普通の人間にはない能力を持っている。でも、まったく別種の人間とも言い切れない人々の通称。本来的な意味の生物学上の分類とは違う。国際交流課含め、国内外の機関が、神津やあんたのような人間を呼ぶときに使ってる」

「僕や神津のような存在が、他にも？」

「うん」

「たとえばどんな特質を持った？」

　水瀬が首を横に振った。それは教えられないという意味だ。

　――いるのか、他にも。

　予想していたことだが、嬉しくはなかった。仲間がいるなんて気持ちにもならない。協調や連帯の意識より、理由はわからないけれど同族嫌悪のようなものを強く感じた。

　沖野は質問を続ける。

「神津がいっていた、『高祖母や曽祖母から引き継いだもの』の意味は？」

「正確にはわからない。だから確信はないけれど、私が関連があると感じていることを話す。

それでいい？」

「はい」

「明治の中頃、陸軍と東京帝大、東北帝大の学者が中心となって、通称『水無月《みなづき》計画』というある種の人種的実験がはじまり、第二次世界大戦が激化する昭和十九年まで続けられた。うそっぽい名称だけれど、本当にあったことだよ」

「レーベンスボルンのようなものですか」

　通称「生命の泉」と呼ばれる、ナチスが一九三〇年代半ばに純血で優良なアーリア人を増加させるために創設した機関だ。ナチ親衛隊の男性とアーリア系や北方系女性の性交・出産を奨励し、母と生まれた子供はドイツ国内外の生活施設で保護された。

「いいえ。形式は似ているけれど、意図しているものはまったく違う」

　そこから続いた水瀬の話は、あの臓器嚢が生まれた背景と同じくらいに、聞いていて気分の悪くなるものだった。

　ただ、本当に沖野とその特質に関連があることなのかは、まだわからない。確かめるには、沖野自身が任務を遂行し、さらなる深度まで政府の管理する機密にアクセスできるようにならなければ。

　自分を知るために、親の死の真相に近づくために、自分の身を削る——まだ十九歳なのに、こんなことをしているからどんどん老成してしまうのだろう。

　互いに話し終え、オフィスを出る直前、水瀬が問いかけてきた。

「私のことどう感じてる？」

「なぜ訊くんですか？」

好かれようとする気など水瀬にまったくないのは沖野もわかっている。

「今後のあんたへの接し方と指導の参考にしたいから。いつも敵意を抱いてる相手と一緒に仕事を進めるのは窮屈でやりにくいし」

「神津にも同じようなことを訊きましたか？」

水瀬は何もいわず、こちらを見ている。

「嫌いではありません。むしろ好きなほうだと思います。中学二年以降、警察学校時代も含め、こんなに本音で話せた人ははじめてですから」

沖野はいった。

「ただ、好きだけれど、軽蔑しています」

「私が人殺しだから？」

「はい」

「自分ももう同類のくせに？」

「はい。すみません」

「謝らなくていい。その気持ちは大切なものだから。だから、いつか忘れて消えてしまうまで大事に持っていて」

似たようなことを、ずっと前に曽祖母の祐子《ゆうこ》にもいわれたな。あれは沖野の特質に関することだった。

〈その光る目を見られる力、大事にとっておくんだよ。周りの嫌な気配を感じられる力もね。

いつかたくさんの人を助ける力になるから。でも、他の誰にもいっちゃだめだよ。たくさんの人に傷つけられることになるから〉

また水瀬への質問が湧いてくる。

沖野は少しためらったものの、やっぱり訊きたくて口を開いた。

「その殺人を蔑《さげす》む気持ち、水瀬さんはもう忘れてしまったんですか？」

「まだほんの少しだけ覚えてる。だから、ときどき苦しくなる」

どこまで彼女が本気で話したのか、どれほどの真実が含まれていたのかはわからない。でも、ほんの少しだけれど、はじめて水瀬と正面から向き合えた気がした――

グリーン車の座席に身を沈めたまま、約三時間。

十五時十二分に岡山駅に到着した。

沖野はダウンジャケットにショルダーバッグ。こちらの天気も晴れていて、寒さも東京とほぼ変わらない。このまま八番線に向かい、在来線の特急に乗るのか？　携帯を見たけれど、やはり津久井から新たなメッセージは入っていない。

定期連絡を兼ねてオフィスに一度電話を入れる。

すぐにヒロが出た。岡山に到着したことはＧＰＳを通じて彼女もわかっている。

「どこに迎えに来てくれるんですか？」

『まだ少しかかりそうだから、ひとりで観光していて』

通話を切る。

待機の指示だ。はじめて降りた駅の構内を、表示を見ながら進み、駅直結のホテルへ。

笹路はすぐ近くにいるものの、先導してくれるわけではないし、道を教えてもくれない。他にも公安スタッフ三人が少し離れてついてくるが、特に沖野の周囲をガードしているわけでもない。警護というより、遠目に監視されている気分。そもそも公安がこんな警護仕事をすること自体、通常では考えられないけれど、沖野の知らない策略や意図があるのだろう。

「やめてください」

うしろで女の声がして、沖野は振り向いた。

「盗撮です。この人」

女性二人組が、携帯を片手に歩いていた公安スタッフのひとりを責め立てた。その男性スタッフが笹路を横目で見て指示を仰ぐ。笹路は首を小さく横に振った。

男性が穏やかに否定をはじめたが、女たちは声を荒らげ、さらに責め、しかも残りふたりの公安の男性スタッフのことも「あの人たちも仲間です」と指さした。

「わざと前を遮ったんです。その間にこっちの人がうしろから近づいてきて」

その言葉に何人もの通行人が足を止め、公安スタッフを取り囲んだ。もちろん女たちも通行人もグル――全員がチームだ。

沖野が驚いたのはその人数だった。三人の公安を阻むのに、総勢十二人が集まり、騒ぎ立てている。どうやって集めたのかはわからないが、統制が取れていて、妨害する場所も駅構内の交番に近いところを選んでいる。遠くから制服の警察官が駆けてきた。

周到に練られた作戦。

笹路がこちらに目を向け、顎を振った。沖野は意図を汲み、無視して現場を離れようとした。が、笹路の前に別の三人が立ちはだかり、遮った。

ほぼ同時に、沖野はうしろから腕を摑まれた。

「来い」

摑んだ男が囁《ささや》く。

キャップを被ったその男の顔を覗き込むと、見覚えがあった。

藩依林を護る初任務の際、藩の入院していた病院の正面玄関に車で突っ込もうとした三人のうちのひとり。ナイフで歯向かってきたが、最重要の任務を優先するため、沖野はこの男を見逃した。

男が腰に何か尖ったものを突きつけた。たぶんナイフ。

沖野を助けようと腕を伸ばす笹路の体にも、三人組のひとりが何かを押しつけた。

スタンガンだ。

スイッチが入れられ、笹路は軽く体を震わせた。が、怯まない。スタンガンを握る男の腕を捩《ね》じり上げ、肩の関節を外しながらコンコースの床に転がした。

二人目の男が笹路のスーツの襟を摑む。逆に笹路が投げ飛ばそうとしたとき、三人目が笹路の顔に何かを噴射した。

催涙スプレー？　いや違う。

笹路が激しく咳き込む。防水スプレーのものすごく強力なやつだ。フッ素樹脂やシリコン樹脂の粒子は気管に入り込むと、肺の内部に皮膜を作り、呼吸できなくさせてしまう。

苦しみ、喉を鳴らしながらも、笹路は男たちをねじ伏せようとした。

笹路と沖野を助けるため駆け寄ろうとする公安スタッフたちを、事情を知らない警察官たちが引き留める。盗撮をでっち上げた女と通行人たちも、「逃げるな」と取り囲む。

沖野は腰に尖ったものを突きつけられたまま、男に引き摺られるように進んだ。

後楽園口側に出ると、大きな駅前ロータリーの隅にシルバーのバンが停まっていた。男が手を振る。後部ドアが開き、沖野は押し込まれた。

バンが走り出す。

駅の東側らしいが、どこを走っているのかも、どこに向かうのかもわからない。

男が沖野の腰に突きつけていたものを見せた。ナイフではなくただのボールペン。続けて沖野の体と持っていたショルダーバッグの中を探りはじめる。携帯とあちこちに忍ばせていた発信機、小型スタンガンを取り上げられた。さらに空港の保安検査所のようなスキャナーを使い、服の上から再度チェックされた。皮下にも発信機を埋め込んでいないか探しているのだろう。

「俺で驚いたかい？」

男が笑顔で訊く。外見は東洋人、日本語の発音にも違和感がない。

沖野はうなずいた。

昨夜の電話の中で、津久井は「知っている人間を迎えに行かせる」といっていたけれど、まさかこの男が来るなんて。沖野の予想はまるっきり外れた。

「また会うことになるなんて、俺も思っていなかったよ」

男が笑う。

どう反応していいのかわからず、とりあえず沖野も笑った。ハンドルを握っている運転手役の男からも笑顔で挨拶された。こちらも黒い目と髪の東洋人だった。

バンはロータリーを出て、大通りを進んでゆく。

「あなたが案内してくれるんですか？」

沖野が訊くと、キャップの男はうなずいた。

「あの、何て呼べば？」

「山田《やまだ》とか、そんな感じで。運転手の彼は田中《たなか》にしようか。ねえ、そんなに緊張しないでよ。こっちまで緊張してきちゃうからさ」

よく笑う男だった。

細身で沖野と同じようなフードつきのダウンを着ている。キャップの下は丸刈りのようだ。顔を隠す様子もなく、細い目でこちらを見ている。

沖野は車内を確認した。山田と田中のふたりだけで、刃物や制圧用の武器なども特に見当たらない。

「油断してるわけじゃないぜ。君を黙らせておくには、ふたりいれば十分だからだよ。指示を聞かないなら、聞くまで殴られることになるし、最悪死ぬはめになる。でも下手なことをしなければ、君は安全だから」

山田がいった。

脅しではなく事実だと沖野にもわかる。そして逃げる気も、今はない。

「騒いだりしません」

「信じるよ。君は子供のように見えて意外と賢明だよね。あの病院から続く歩道で俺と向き合ったときも、逃げて正解だった。あのままだったら、俺は君を刺していた。最低でも重傷は避けられなかったよ」

——そうだろうな。

「津久井さんとは知り合いなんですか」

「本人から聞いて。まあ自分のこと以外はしゃべらないだろうけれど」

沖野は窓の外を見ながら訊いた。

駅から十数分走り、入江のような場所に出た。橋を渡って、さらに海沿いの道を進んでゆく。

「そうだ、何か食べる？」

山田が訊く。

「飲み物はあるけど、腹が減ってるなら、コンビニに寄って買って行くからさ」

「昼に弁当を食べましたから。あ、でも、バッグの中のグミを食べていいですか」

「いいよ。緊張をほぐしたい？」

「はい。喉が渇いて」

嫌いなはずのパイン味のグミを袋から出し、口に放り込む。歯と舌に当たる柔らかな感触と、不味さが、怖さと焦りを鎮《しず》めてゆく。

「水をガブガブ飲まれるよりありがたいな。まだしばらく乗るからね。途中で何度もションベンに行きたいといわれると困るんだ」

本当に遠くまで行くのか？　長く走り続けることで、遠い場所だと錯覚させたいのか？

　また水辺の道に出た。瀬戸《せと》内海《ないかい》だ。本物を見るのははじめてだった。少し先に瀬戸大橋も見える。海と巨大な橋を西から射す冬の太陽が照らしている。


　——きれいだな。


　そう思った。考えてみたら、両親が死んでから旅行どころか東京から出たこともなかった。

　船がゆっくりと通り過ぎてゆく海を、ぼんやり眺めていた。

※

　途中で車を二回乗り換えた。三台目の灰色のワゴンに乗り込んで以降は、大きな段ボール箱に入り、アイマスクをつけるように命じられ、そこからさらに一時間半ほど走り続けた。

　ワゴンが停車すると、今度は箱ごと台車に乗せられた。ガタガタと音を立て、押されながら建物に入ったのは感じたが、場所はまったくわからない。ただ、都市部とは違った山奥の冷たい空気を感じる。

　床に置かれ、近くでドアが閉まる音がした。

「出てきてくれないか」

　男の声。津久井だ。アイマスクを外し、箱の蓋を押し開ける。

「来てくれてありがとう」

　津久井がいった。だが、その場に本人の姿はなく、モニターに彼の姿が映っている。声もスピーカーを通して聞こえてきたものだった。

昨夜の国際交流課二係のオフィスでの国枝との会話を思い出す。こういうかたちでの面会は、やはりいい気はしない。

「直接会う約束でしたよね」

沖野はいった。

「少し事情が変わったんだ。君の上司たちのせいで」

国際交流課が予想より早く津久井の居場所を察知した？　そのせいでこの待ち合わせ場所まで来ることができなかったのかもしれない。

「上司とあなたとの間に何があったとしても、僕には関係ありません」

「その通り。でもこの状況が気に食わなくても、来た以上、君は私と話をせずには帰れない」

沖野以外、今ここには誰もいない。

入ってきたドアを調べたが施錠されている。広いフロアーは床が板張りで、並んでいるデスクは白、椅子は淡い青色で統一され、観葉植物も置かれていた。ただし、二面の大きな窓の外にはすべてシャッターが下りていて、外の景色は見えない。

想像していた拉致監禁場所とはずいぶん違うな。

今どきのファッショナブルなオフィスとして、テレビやネットで紹介されそうな雰囲気。ライティングも明るく、渋谷あたりの先端ＩＴ企業に連れて来られた気分になった。

「とりあえず座ろうか」

津久井がモニターの前に置かれた椅子を指さす。

「その前にトイレを」

沖野はいった。

「ああ。そっちだよ」

長く車に乗せられていたので、本当に行きたかった。

男子トイレに入る。窓は暗く何も見えない。塗り潰されているようだ。外側から施錠もされていた。だが、とてもきれいなトイレで、本当にここが監禁場所とは思えない。

ただ、とても静かだ。車の走行音やクラクション、人のざわめき、そんな都心のオフィスなら必ず外から届いてくるはずの音が、ここではまったく聞こえない。

やはりどこかの山奥なのだろう。

手を拭いてトイレを出てゆくと、モニターの中の津久井は飲み物を手にしていた。

「君も好きなのを取って。そこのカウンターの裏に冷蔵庫がある」

いわれるまま炭酸水のペットボトルを手にして、沖野は座った。

「どうして呼んだんですか?」

炭酸水のキャップを開けながら訊いた。

「できれば友達になりたいと思ったからだ。他人にはない能力を持っている君と」

「それほど価値ある能力だとは思えません」

「謙遜か?　嫌悪か?　評価は他人がするもので、君自身がどう捉えていようが関係ない。もし第三者にとっても無価値な力だとしたら、その若さで国際交流課が君を登用したりはしないし、公安がわざわざ警護につくこともない」

沖野は黙った。

津久井も黙り、しばらくしてからまた口を開いた。

「気に入らないか？」

「はい。少し前にも似たような話を聞かされたので」

あの崔という香港人や久坂部の顔が浮かぶ。

「大人はみんな同じことしかいわない――考えているのは、そんなところかな？　仕方ないさ、それだけの価値がある力だから。ちなみに僕も、智英大学構内での出来事を通じて、君の力の一部を検証させてもらった」

ギーガンことマックス・レイナードを脱出させる一連の行動を、何らかのかたちでモニターしていたのだろう。

「秀《しゅう》怜《れい》会《かい》豊洲《とよす》病院で君が藩依林を護るために、どんな活躍をしたのかも知っている」

あのデータは極秘資料だったはずなのに。やはり情報が漏れている。

「気づいただろ？　僕はひとりじゃない。こういう言い方は若い君には反感を買うかもしれないけれど、君たちが臓器嚢と呼ぶものに大きな価値と未来を見出している人々の中の、僕はたったひとりにしか過ぎない」

「日本の政府の中にも多くの仲間や支持者がいるということですか」

「日本国内だけじゃないよ。中国にも、インドネシアにも、オーストラリアにも、ヨーロッパ各地にも、アメリカ国内にも賛同者がいる。国際交流課は矮小化して、僕たちのことをまるで一部の反乱分子か異常者のように君に伝えただろ？　でも、実際は考え方が違うふたつの勢力がせめぎ合っているんだよ。でなければ、大金を持っているだけの僕のような人間に、これだけのことはできない」

「とても単純な、子供じみた質問をしてもいいですか？」

「ああ。お互いの気持ちや考えを自由に話すために来てもらったんだから」

「臓器嚢は人間ですよね」

「もちろん。彼らは人間だ」

「人間がより長く健康的に生きるために、他の人間を利用し、犠牲にしていいんですか」

「いい悪いじゃない。必要なのだからしょうがない。どこからが人間で、どこからが人間でないかのような境界の話はしない。知的動物を殺すべきでないという議論もするつもりはない。ただ、人間は近しいものの命を奪うときに、良心の呵責を強く感じることはわかっている。僕にもある。だからドクトル・ギーガンが必要だった」

「混乱するのでマックス・レイナードと呼んでもらえませんか」

「いやだめだ。それは彼女の尊厳を傷つけることになるよ。僕もドクトル・ギーガンの研究成果やメソッドがなければ、罪の意識や恐怖心を完全に拭えなかった」

「以前から彼女とは交流があったんですね」

「ずいぶん前からね」

「自分の意識を大きく変えてまで臓器嚢の増産・実用化を目指したのは、自分自身が生きるためですか」

「違う。オスラー病の話を聞いたのか。あれはうそだよ。確かに重度のオスラー病が、祖父と兄の亡くなるきっかけにはなった。けれど、僕自身にあの病の兆候はない。進行する自分の病を止める治療法を見つけようとしているんじゃない」

「じゃあ名誉のため？　それとも人類の未来のため？」

「その両方。新薬開発は臨床試験が重い足枷《あしかせ》となって、頭打ちになっている。もう何十年も前からね。あの新型コロナウイルスのときの騒ぎを覚えているだろう。臨床での実証が必要だったせいで、治療薬の実用化が遅れ、世界中で六百万以上もの人が亡くなった。癌治療薬でも同じ問題が起きているのを知っているはずだ。人格や意思、国籍、家族、友人、記憶を持つ実際の人間を踏み台にすることができないのなら、それに代わる何かを、誰かがいつか生み出し、実用化しなければならない。その際の大きな非難も浴びなければならない」

　津久井は淡々と語ってゆく。

　沖野は炭酸水を一口飲んで訊いた。

「でもあなたは社会的にはもう殺されています。ベリーグッズ・ホールディングスも津久井社長は亡くなったと発表しました。津久井遼一が世界に臓器嚢の開発・普及者として知られることはないと思います」

「生き返る方法なんていくらでもあるが、別に津久井でなくてもいいよ。別の名前になり、オーストラリア人かマレーシア人実業家として、世界に臓器嚢を発表してもいい。資産はキープしてある。どうやったかは今ここで細かく説明しないけれど、とにかく一生暮らしていくには困らないし、臓器嚢をさらに安全なものにしていくための研究費も十分調達できている。実際、日本国内で改良を進めたことで、臓器嚢はより安全なものになった。移植した際の拒否反応の発生率も、以前と較べ七五パーセントも減少した。このまま行けば五年以内には、自分の細胞を培養したオーダーメードの臓器嚢ではなく、既製品の服のように、誰にでも適合可能な統一規格の臓器嚢を大量に生み出せるようになる。これがどれだけ歴史的・医学的に大きなことかわかるだろ？　そんな興奮を、自分が歴史に名を残すものを生み出せたという充実感を得られれば、それ以上の報酬は望まないよ」

「すべては単なる自己満足のためですか」

「ああ。でも、達成感以上の喜びって、この世にあるのかな？」

「どうかな？　あなたのように信じられないほどのお金や権力を持ったことがないので、わかりません」

「僕の資産なんてたかが知れている。権力も一企業グループ内に限定されたもので、毛沢東《もうたくとう》やスターリンと較べるのも馬鹿らしいくらい僅かなものだよ」

「比較の対象がデカすぎて、やっぱり僕にはついていけません」

　沖野は苦笑いを浮かべた。

「そんなことはないさ。僕と一緒に働いてくれ。会議やミーティングの場に君がいてくれるだけで大きな戦力になる。相手が好意的か敵対的か瞬時に見分けられるわけだから。それに君の能力についても深く研究したい」

「知らないうちに僕の体や脳が解剖されていたり、知らないところで僕のクローンが生まれていたりしませんか」

「金の卵を産むかもしれないガチョウの腹を裂いたりはしないよ。ただ、君のクローンのほうは、造れるものなら、造ってみたい。そんな人間が生まれる時代が早く来るといいな。今の技術では、完全に自律行動できるヒトクローンはとても作れないからね。僕と一緒に来れば、そんな新たなものが生まれる瞬間に出会えるかもしれないよ」

「一緒か。面白いかな？」

「少なくとも今よりは楽しくなる。国際交流課は優秀な組織だと思う。公安調査庁、内閣情報調査室、警察庁警備局、防衛省情報本部……どれも結局は公的機関の中に完全に組み込まれたひとつのセクションで、個々の組織のしがらみからは抜けられず、垣根を越えた活動も、超法規的行動も簡単には取れずにいた。どうあがいても、試験を受けて採用された、公務員の組織に過ぎなかったってことだ。その欠点を国際交流課は、完全な秘匿組織にして、組織も人員の構成も流動的にしたことで解消した。君たちは曖昧な身分だからこそ、好き勝手にやれているんだよ」

「評価が高いんですね」

「悪いところもある。国際交流課も結局は日本の国益を守ることを第一にして、それに固執している。東京にこれだけ外国人が流入して、日本人のほうがマイノリティーになりつつある時代に、もうあってないような国境線に縛られている考え方は古すぎるし、その点に不満を抱いている官僚や議員連中も少なくない」

「だから僕もあんな組織からは抜けたほうがいいと？」

「ああ。そして僕たちに賛同してほしい。もっと単純に考えてみてくれよ。二十代や三十代で心臓や肝臓や腎臓の病気になったら、その先の人生をずっと透析や投薬を続け、莫大な医療資源を消費しながら生きなければならない。もしくは病床に縛りつけられなければいけない。そんな人生より、悪くなった臓器を交換して健康に生き続けたほうがいいに決まっているだろ？　移植だけじゃない。臓器嚢はもうすでに癌状態や肝硬変、腎不全の疾患を抱えたものを生み出すこともできるようになっている」

「生まれながらに病んでいるってことですか？　いや、病ませて生み出すかな？」

「後者のほうが近いかな。まあ、どちらにしろ、その治療薬を作り出すスケジュールは間違いなく加速度的に早くなる」

「寿命もさらに延びますよ。日本はもっと高齢化が進む」

「健康的で十分労働力となる高齢者が増えるんだ。社会の負担にはならない。むしろ負担を軽減してくれる」

「とても素敵ですけれど、何だかいいことばかりいわれて、逆に信用できなくなりました」

「いいがかりをつけたいのかい？」

「そうかもしれません。でも、臓器嚢の特許は開放するんですよね？　ほしいのは自己満足的な名誉なら、もうお金はいらないはずだから。臓器嚢を使って開発した新薬の特許も実施権も無償提供するんですよね」

「将来的にはね」

「将来って、どの時点ですか？」

「臓器嚢が社会的に受け入れられた時点だよ」

「だったら、はじめから臓器嚢もそこから生まれた新薬も、すべてパテント《特許》・フリーだと宣言すれば、より早く受け入れられるんじゃないですか」

「得られた利益を投資して、さらに次の開発をする必要がある」

「だと思います。でも、その利益があるからこそ、日本をはじめとするさまざまな国の政治家や官僚、財界人、投資家があなたを支援しているんじゃないですか」

「手段を問うのかい？　世の中には金で調整がつくことが多いんだよ。うるさい連中をそれで黙らせられるのなら、安いものだ。それにどんな手段を経てだろうと、あらゆる癌が副作用もなく完治できる世界を、素晴らしいと思わないかい？」

「そんな薬を手に入れるのには、馬鹿高い金を支払うか、何らかの大きな既得権益を持っていなきゃならないとしたら、貧乏人も金持ちも等しく病気で死んでゆく今の世界のほうが僕はいいです」

「惨めな平等の中で生きているほうがいいのかい」

「はい。あなたの理想を責める気はありません。それに金や利権に関する僕の質問に、本質をごまかさず正直に答えてくれたことも立派だと思います。でも、僕の乏しい想像力では、あなたの描く未来は、ひどくアンバランスで窮屈そうなものにしか思えないから」

「君は本当に無駄に利口だな」

「こんなときに褒めないでください」

「褒めていないよ。はじめから僕を嫌っていたのか？」

「いえ。ここに来るまでは嫌いでも好きでもありません。正直、あなたの言葉と条件次第では、国際交流課を抜けてもいいと思っていました」

「何がいけなかった？」

「あなたの目に浮かんだ赤い光です。それは僕に向けたものですよね？」

「冗談はやめてくれ。モニター越しに見えるはずがない。うそにしては強引すぎるな」

「録画では無理です。でも、ライブ映像ならわかります」

「君にそんな能力はない。ちゃんと調べてある」

「それはいつの時点のデータですか？　僕も三週間前まではこんなことができるとは思っていませんでした」

「国際交流課に入って以降、身につけたっていうのか？」

「身につけたというより、気づいたのかな？　二係に配属されてから、新人研修のひとつとして、刑事事件で逮捕された容疑者の取り調べや、法に則らず拘束された工作員への尋問の映像を見せられました。大半は録画だけれど、僕自身がリモートで取り調べや尋問に参加するため、一部ライブ映像の場合もあった」

「嫌な研修だな」

「ええ。その嫌な研修中に気づいたんです」

「錯覚だよ」

「かもしれません。ただ、客観的な証拠はなくても、あなた自身は真実を知っている。僕と同じように、あなたも話をはじめた時点では考えがフラットだったようです。でも、僕が説明をくり返し求め、話を長引かせていくにつれて、あなたの目に光が浮かんできました。そして、僕があなたの提示する未来を否定したとき、光はとても赤く強くなった。僕が手に入らないなら消してしまったほうがいいという、殺意の光です」

「いや、無理だよ。信じられない」

津久井が笑う。

「目の赤い光が、さっきより弱くなりましたね。戸惑いのせいですか？　それとも怯えのせい？」

笑うのを止《や》め、モニターの中の津久井がこちらを見つめた。

沖野は今――うそをついている。

そう、作り話だ。映像から、目の色を通して人の感情を読み取ることなんてできない。たとえそれがライブ配信されているものだとしても。

津久井が直接会おうとしなかったのは、距離の問題や何か不慮の事態が起きたからではない。目から感情を読み取られるのが嫌だったからだ。会話の状況によって自分が殺意や敵意を抱く場合があると、この男は最初から想定していた。

それを逆手に取った。

距離を取り、空間を隔てても感情を隠せないと思い込ませる方法を、沖野は必死に考え、このうそをひねり出した。映像で対話し、身の安全を図っている津久井に近づき、居場所を知るため。

そのうそを、あいつは信じはじめている。

〈欺《あざむ》くなら小さなうそを積み重ねてはいけない。大胆な虚構をひとつだけ見せつける〉

水瀬に教えられたことが、また役に立った。

これで自分は津久井の居場所に移送されるはずだ。

彼にとって何があっても手に入れておきたい存在——沖野自身——とあえて距離を取っている必要がなくなるのだから。

まあ、狙い通りにいかない可能性もあるけれど、今は近づけると信じるしかない。何もしなければこの会話のあとも監禁されたままで、状況は変わらないのだから。

「君の考えは少し違うよ」

津久井が口を開いた。

「殺意はない。部下にしたいと思っていたが、無理ならサンプルのひとつにしようと思ったんだ。その気持ちが目の色に表れ、君には危険信号として映ったのかもしれない。まあ、丁重には扱うよ。でも、今後自由はなくなる」

聞いている途中、悪寒が走った。

津久井の言葉に対してじゃない。誰かが来る。

嫌なものが近づいてくるときのあの感触が、背中を駆け上がってくる——うそが効きすぎて、津久井の警戒心を必要以上に煽《あお》ってしまった？　モルモットのように、あの臓器嚢のように扱われる？

立ち上がってオフィスを見回す。椅子やテーブルは武器になりそうにない。他の備品も使えない。隠れられる場所は？　やっぱりあそこぐらいか。

沖野は男子トイレに駆け込んだ。鍵をかけ、レバー型のドアノブを内側からモップで固定する。同時に、誰かがオフィスに入ってくる音が聞こえた。

慌ててショルダーバッグの中を探る。入っているのは出張のための着替えと、シャンプーやコンディショナーなどの入浴用品（ホテル備え付けのやつは肌に合わないし、匂いも嫌いだ）、文房具、携帯充電用のケーブル。いつものパイングミ。その程度。武器になりそうなものは、ここに来る途中、山田に取り上げられてしまった。

まずグミの袋を覗き、ひとつを口に入れた。ドアノブと床を水で濡らし、ケーブルを割いて、コンセントを探す。窓はやはり開かない。がっちり固定されている。個室の便座には温水洗浄器がついているけれど、武器には使えそうにない。

がんがんと音が響き、トイレの入り口ドアが外から蹴られた。

出てこいという声さえない。そしてすぐにドアは蹴破られた。見かけは洒落《しゃれ》たオフィスのくせに安いドアを取りつけやがって。

あの拉致した車の運転手役・田中が踏み込んでくる。

が、体を震わせ、痙攣《けいれん》した。

濡れたタイル床の上に立ち、コンセントから充電用ケーブルを通じて引いた電流で感電している。古い手に引っかかってくれたけれど、この男は捨て石だろう。

田中が体を震わせながらもケーブルを無理やりコンセントから引き抜き、倒れると、すぐに山田が踏み込んできた。手にはナイフではなく、紐のようなものを握っている。

あれでまた拘束する気か？

沖野は折れたモップの柄を握り、身構える。

山田が倒れた田中の体を大跨ぎで越え、飛びかかってくる。

しかし、沖野の目前で転んだ。床のタイルに撒いた携帯用シャンプーで滑り、小便器に肩を打ちつけた。その脇をすり抜け、沖野は狭い男子用トイレを飛び出した。

オフィスのドアに駆けたが、やはりロックがかかっている。開け方を探していると、すぐに山田が追ってきた。

「笑わせてくれるガキだな、まったく」

言葉でいうだけでなく顔も本当に笑っている。が、両目は赤く光っていた。

沖野はオフィス内を逃げながら、椅子や、もう津久井の映っていないモニターを投げつけた。山田は避け、手で払いながら近づいてくる。

「結末は決まってるんだから、暴れるなよ」

山田の両目がさらにきらきらと赤く輝いた。強い敵意、いや殺意。

拘束じゃなく、絞殺する気か？

「そんなに憎いのか。僕が何をした？」

何の意味もないとわかりながら沖野は叫んだ。そして近くのデスクにあった洒落たデザインのテープカッター台を握りしめた。

振り上げ、身構えてみたものの、山田はまったく怯む様子がない。

だろうな。自分でも思う。でも、重量があって武器になりそうなものを他に見つけられなかった。

山田が近づいてくる。

追い詰められ、そして飛びかかられた。

沖野の振り下ろしたテープカッター台は、山田が顔を庇った左腕を確実に捉えた。しかし、やはり意味はなかった。もう一度殴ろうとテープカッター台を振り上げたが、その右手首を山田に掴まれた。左肩も掴まれ、沖野は山田の腹を殴ったものの効いていない。逆に腹を膝で蹴り上げられ、呻《うめ》き声が出た。山田の腰のベルトを掴み、投げようとしたけれど動かない。

もつれ合いながらうしろに下がると、大きな打ち合わせテーブルの上に押し倒された。

自己流のトレーニングや久坂部に少し習っただけじゃ、やっぱりプロにはかなわない。

仰向けにされ、鼻に頭突きを食らった。

痛い。顔を背けた途端、今度は横向きのまま頬をテーブルに押しつけられた。

このまま首を絞められるのか？　殺されるのか？　すごく怖い。でも、混乱し動揺し、恐怖を感じている暇がない。

何か手は？　ショルダーバッグは肩からかけたまま。この中に何か武器になりそうなものは……もうないや。しかも、上半身に乗られ、両腕を膝で押さえられ、身動きが取れない。

頭の中で目まぐるしく考えている途中、首に紐が巻かれた。足をばたつかせるが、何の意味もない。

紐が締まってゆく。すごく苦しい。息ができない。すごく怖い。

が、首筋がチクリとした。智英大学で水瀬に背後から抱きしめられたときと同じ。

――注射器。

首を絞めたのは窒息させるためじゃなく、首筋の血管を浮き上がらせるためか。

毒薬かと思ったけれど、山田がいった。

「俺の目、光っていたかい？　でも、君を憎んでるんじゃないよ。この状況でも君を殺せない自分の立場に苛立っているんだ」

　こいつ、殺すふりをして、僕をいたぶりやがった。怯えさせて楽しんだんだ。

　眠らされる。津久井は本気で僕を実験動物にする気だ。

　沖野は必死で目を開き続けた。以前、久坂部に教えられたように浅く速く呼吸し、舌と頬の内側を強く嚙んだ。痛みと血の味を感じたけれど、眠気は強くなるばかり。

　――またあんな目に遭うのかよ。

　水瀬に智英大学構内で眠らされたときのことがまた頭をよぎる。

　その悔しさと、次に目覚めたとき自分の体がどうなっているかわからない恐怖が、眠りに落ちる寸前でどうにか踏みとどまらせる。

　でも限界だ。体を動かせない。

　動かない沖野の体を、山田は持ち上げ、運んできたあの大きな段ボール箱の中にまた戻した。即座に蓋を閉め、台車を押して動き出す。

　沖野は台車の車輪の音に紛れ込ませながら、静かにショルダーバッグに手を入れた。暗闇の中、必死で偽の家鍵をつけているレゴのキーホルダーを探る。そして握りしめたレゴのミニフィギュアの首をひねった。これで新幹線内で弁当を食べたとき、一緒に飲み込んだ体内の発信機が作動する。

　本当に動いたのか？　わからないけれど、確かめようがない。

　意識が睡魔に塗りつぶされてゆく。

もう目を開けていられない——

※

広島県庄原《しょうばら》市、吾妻山《あづまやま》近くにあるリゾートホテルのような企業研修施設。

地元ソフト開発メーカーの所有物として登記されていたが、実際は四年前からベリーグッズ・ホールディングスのものとなっていた。

ハイヒールを鳴らし階段を駆け上がった水瀬は、暗い廊下の先で開いているドアの中に踏み込んだ。

照明は点灯したまま。椅子が床に転がり、事務機器も散乱している。見回すと、破れた男子トイレのドアの先で男が倒れていた。

うしろから早足で近づく靴音がして、笹路を先頭に背広を着た男たちが入ってきた。

「いない。やっぱり遅すぎた」

水瀬は笹路を睨んだ。

「これで最速だ。わかってるだろう」

笹路が返す。

「待って。そいつの尋問は私がする」

トイレで失神している男を連行しようとした背広の連中に水瀬はいった。

「だめだ。公安《こっち》の仕事だ」

睨む水瀬に笹路がさらに言葉を続ける。

「縄張り意識じゃない。沖野《あいつ》は俺たちに託したんだ」

新幹線車内で、沖野は弁当の空箱を入れたビニール袋に、笹路たちへのメッセージを忍ばせていた。

その紙切れを笹路がポケットから出し、水瀬の前に突き出す。

昨夜、津久井から接触したいと連絡があったことが書かれている。途中、もし自分が襲われたときは、適度に抵抗し、拉致を成功させてほしいと希望も添えられていた。

——あの子、こっそりこんなことを。

命令違反の疑いが強いが、的確な判断だ。

「ガキの小細工には違いない。でもあいつは、いつまでも出し惜しみを続けるおまえらと違って、情報を開示し、協力を依頼してきた。それに俺たちは応えなければならない」

笹路が落ち着いた声で、だがきっぱりといった。

「俺たちのほうで何か摑めばすぐに教える。おまえも自分のやるべきことに全力で当たれ」

腹立たしいけれど、これも笹路の意見のほうが正しい。

振り返り、早足でオフィスから出ると、左耳に入れたインカムに話しかけた。

「わかった？」

『ええ。船で瀬戸内海の海上を四国方面に進んでいる』

国際交流課二係のオフィスからヒロが答える。

「あの馬鹿、もっと早く起動させてれば」

『発信機の起動は最後の手段。本当に死が目前に迫ったときだけに許されたＳＯＳ——そう教えたのは水瀬だよ』

ヒロが続ける。

『沖野くんは上司の命令を忠実に守った。そして今までのところ、作戦は順調に進み、絞り込めなかった津久井の居場所へと向かっている。一年以上停滞していた状況を変えてくれたのも彼。褒めるべきだよ』

水瀬は答えない。

『国枝係長がヘリでそっちに向かってる。水瀬のほうにもＤユニットを積んだヘリを送ったから。天城課長の指示で、この情報はすべて崔にも流している』

「わかった」

水瀬はぶっきらぼうにいった。

『立ち入ったことはいわないルールだけど、神津のことを後悔しているなら、今は全力で沖野くんを護って』

遠くからヘリの音が聞こえてくる。

水瀬は黙ったまま暗い廊下を駆け出した。

4

目を開けると、今度はコテージのような場所にいた。

「もう起きたのか。早いね。薬の耐性訓練を積んだのかな？」

山田が携帯を眺めながらいった。

沖野は毛足の長い絨毯の上に手足をナイロンテープで縛られ、転がされていた。広いリビングは薄暗く、高級そうなファブリックが並び、ヒーターが効いていて暖かい。カーテンは開いているが、窓の外は真っ暗で、景色の代わりに室内の様子を反射している。

ただ、頭が痛い。吐き気もする。

「ここ、どこですか？」

頭痛に耐えながら訊いた。

「瀬戸内のどこかの島だよ。小さいけれど、無人島じゃないそうだ。そこにあるプライベート・ヴィラっていうやつ。よくわかんないけど」

えっ？　答えてくれるんだ。ちょっと驚いた。

「これからどうするんですか」

「海外に行く。君も一緒にね。今、関門《かんもん》海峡を抜けて日本海側で合流するか、高知《こうち》沖の太平洋側に出て合流するかを、相談しているみたいだよ」

これも答えた。

「どうしたの？」

山田が訊く。

「えっ、いや、教えてくれてありがとうございます」

「騒がれると面倒だからね。教えたところで、君にはひとりで逃亡できるほどの能力もないし。あ、体の中の発信機はもう出したよ」

「は？」

「ここへ来る前に別の場所で、もう一度詳しく調べたんだ。君が眠ってる間にレントゲンを撮ったり、大腸内視鏡を入れたりしてね。入れたのは俺じゃないけど。で、発信機がもう大腸まで下りてきていたから、取り出したって」

「あの、やっぱり――」

「当然肛門からだろうね」

落胆すべきところが違うのはわかっている。でも、最悪だ。自分の指だって入れたことなかったのに。

――本当に最悪だ。

「そういうわけで、この場所の特定もされず、君は行方不明の状態なんだけど……尻の穴から引っ張り出されたほうがショックなんだ？　エージェントだろ、その程度のことでは平然としてなきゃ」

山田が笑いながら続ける。

「君は面白いね。しかも君は、金の卵を産むガチョウになる可能性もある。だから裂いてしまいたかったんだけどね。俺はそういう貴重なものほど壊したくなるから。でも、がまんするよ。体もなるべく傷つけないよういわれているから。代わりに頭痛と吐き気を引き起こす薬を打ってもらった」

――苦痛はそのせいか。

「暴れる気力がなくなるだろ？　二日酔いの激しいやつみたいなもので、時間が過ぎれば治る。二十歳前だから二日酔いの経験ない？　とにかく後遺症は残らないよ」

——あ。

沖野は気づき、慌てて自分の股間を見た。

「だいじょうぶ、漏らしてない」

山田がいった。

よかった。首を絞められたとき、恐怖と苦しさで失禁したかと思った。でも、チノパンの股間に違和感がある。それに染みも。

「ごめん。うそだよ。君は漏らした、少しだけどね」

山田が大声で笑った。笑い声が頭に響く。

沖野は睨んだ。

「俺のことが憎いかい？　でも構わないよ。いずれ好きになってくれるだろうから。一緒に仕事をすることになるかもしれないし。まあ、仲よくやろう」

「そう簡単に憎しみを好意には変えられません」

「確かに簡単には変わらない。でも、時間をかければ変われる。俺自身がそうだったから」

——マックス・レイナードの洗脳のことをいっているんだ。

「経験を聞かせてやれと、津久井からいわれたんですね？」

沖野は訊いた。話していると激しい頭痛が襲ってくる。

「まあそういうこと」

山田がうなずく。

「他人を傷つけたり、ときには殺さなければならない自分の仕事が、ある時期、どうにも嫌になってね。でも、他にできそうな仕事はないし、それに辞めたところで過去に犯した罪の意識からは逃れられない。苦しくて死ぬことばかり考えていたんだけど、一年ほどかけてゆっくりと自分を変えることができた」

「以前はどこかの政府機関で働いていたんですか」

「それはいえない。話しても意味のないことだし。でも、今はもう罪の意識からも切り離されて、苦しむこともなくなったよ。他人を傷つけたり、消し去ったりすることへの嫌悪も感じなくなったし」

「変わったんじゃなく、変えられたんじゃないですか」

「どうだろう？　結果として楽になれたんだから、どっちでもいいんじゃない？」

「山田さんは被害者ですか？　加害者ですか？」

少し考えたあと、彼が答えようとしたところで部屋の隅でコール音がした。

本体と受話器がカールコードでつながれている有線電話機。山田は受話器を取った。

重要な通信には携帯を含めた無線機類は使わず、外部と完全に遮断されたここだけの閉鎖的有線ネットワークを使っているようだ。

それじゃここが、臓器嚢を保管・飼育していた場所？

「社長が来るよ」

山田がいった。津久井のことだ。

「苦しいのに無理に話して疲れただろう？　少し休んだほうがいい」

でも、黙ったところで頭痛と吐き気は続く。

しかもすぐに津久井はやってきた。

大きな扉を開き、見たことのある秘書の女性を外に残して、ひとり部屋に入ってきた。沖野が眠らされる前にモニターの中で見たのと同じ恰好、白いシャツの上に灰色のセーターを着ている。

モニター越しに見えもしない赤い目の光を「見える」といい張った、かなり強引なやり方だったけれど、どうにか津久井と実際に会うことができた。

「今、僕の目はどうなってる？　どんな色をしている？」

津久井が訊く。

床に転がされたままの沖野は答えない。

「何も答えないなら、能力——君がいうところの特質——を測定できず、利用価値なしと見做して、この場で処分する」

津久井はこちらを見ている。そして今も沖野が考え出したうそを信じている。

「赤いです。でも、さっきモニターを通して見たときより、さらに光が小さくなっています。時間が経って冷静になった？　いや、感情を落ち着かせる薬か何かを飲んだんですね」

「そんなことまでわかるのか」

「薬は想像です。光に揺らぎがあって、大きさも不安定だったから。これも研修で知ったんですけど、覚醒剤とかヘロインとかの薬物常用者の目を見せられたことがあって」

「そのどれかに似ていた？」

「はい」

こっちはうそじゃない。実際に、研修で違法薬物の常用者と面談させられた。だが、津久井と話していると息が荒くなってゆく。頭痛と吐き気が増して、かなりきつい。

「薬を使っても隠せなかった。他人の感情が見透かせるなんて、本当に気持ち悪いな」

「慣れています。そんな目で見られるのも、そういわれるのも」

「君は船酔いするかい？」

「たぶん」

小学生のころ、父と東京湾に海釣りに出かけて、酔い止めをしっかり飲んでいったのに、吐き気で釣りどころじゃなかったことがある。

「だったら何も食べずにいたほうがいいな。しばらく船に乗ってもらうことになるから。水分は摂っておいてくれ」

「まだ殺さないってことですか」

「ああ。生かしておく価値はある。でも、反抗的だから矯正を加えないと。それでも従順にならないなら実験材料にする」

「実業家だと思っていたけれど、奴隷商人だったんですね」

「人間きが悪いな。君は何でも曲解する。その点も矯正しよう」

——この男を許してはいけない。

沖野は思った。

何だこれ？　自分でもよくわからない。怒りとも憎しみとも違う。これまでの任務では感じたことがない。

二係に移って以降、国枝、水瀬、久坂部、公安の笹路——本来味方であるはずの人々に対し、沖野は不信や疑念、敵意を何度となく抱いてきた。逆に敵であるはずの呉智偉、藩依林、アンゲラ・マレーネ・ギーガンことマックス・レイナードには特に強い怒りや嫌悪は感じなかった。でも今回は、この男は違う。

こいつを放置しておくべきではない。

拉致されて薬を打たれたからとか、殴られて痛いからとか、実験材料にするとか、殺すと脅されたからとか、そういう個人的な復讐心や恐怖心とも違う。

津久井の存在を容認できない。放任しておいてはいけない。あいつだけじゃなく、その隣にいる山田も。

悔しいけれど、国枝係長のいっていたことが少しだけわかった。

国道に張り出した木の枝を剪定《せんてい》するように、割れて床に散らばったガラスの欠片《かけら》を拾い集めるように、安全に生きてゆくため、無事でいるために、こういう連中は、取り除き、消去しなければ——

「出発はいつ？」

沖野は訊いた。

「もうすぐだよ」

「交渉が難航しているんですね」

天城課長が動いているのだろう。

「していないし、君には関係ないことだ」

「途中、当事者ではない第三国の領海を通る必要があるけれど、その国が拒否しているんですか？　公海を進めないのはアメリカに拿捕《だほ》される危険があるからですか？」

「ちょっと事情を知ったからって、得意げに話すところは、やっぱり子供だな。今後一緒に働くのなら、もうちょっと知恵をつけてもらわないと」

「じゃあ、愚かな子供に教えてください。智英大学で国際交流課に拉致されたあの人は、本物のアンゲラ・マレーネ・ギーガンだったんですか？」

「別人だと思うのかい？」

「わかりません。でも、本人ではなかったのかもと疑うようになりました」

「教えたらどんなメリットがある？」

「僕はもう口を閉じて静かにしています」

「残念ながら本物だ。だからあんな稀有な才能を持った人を殺した君の上司たちが心底憎い」

「もうひとつ、あなたは本物の津久井遼一ですか？」

彼の目の中の赤い輝きが、一瞬強く大きくなった。

「もちろん本人だよ。でも、仮に別人や複製だったとして、何の問題があるんだい？」

津久井は扉を開け、部屋から出ていった。

※

『到着は？』

崔がインカムを通して訊いた。

「十五分後」

海上を進むヘリの中から水瀬は答えた。ハイヒールとスカートを脱ぎ、黒の戦闘服、ブーツに着替えていた。

「そっちの用意はできている？」

ホバリングの音の中、大声で訊き返す。

『もちろん。もう島にいるよ。ドローンは私が操縦する。君の役目は？』

「一係と合流して一緒に突入する」

『部下がそんなに心配かい？』

崔が訊いたが、無視して言葉を進める。

「久坂部他三名が狙撃を担当するから、私は代わりの補充として突入に加わる。あなたは久坂部と連携して。あと五分もすれば一係《あっち》の準備も終わって直接通話が可能になる」

『目標位置に間違いはないだろうな？　発信機の信号は途絶えたのに、どうやって場所を掴んだ？　神経パルスの微弱電流で動く発信機を、彼の奥歯の下にでも埋め込んだのか？』

「あなたが北斗《ベイドウ》（中国版ＧＰＳ）が捕捉したデータをすべて開示するなら教える」

『さっき伝えたデータですべてだ。北斗は純粋なナビゲーション・システムで、残念ながら君たちが期待するような諜報索敵機能は備えていない』

「うそつき」

『突入後は、まずネットワークに入るのか？』

「ええ、完全にクローズドのシステムだから、こちらから押しかけるしかない。建物のロケーション・マッピングが済んだら、あとは好きにして。発砲もあなたの判断に任せる」

『突入と発砲の許可は？』

「今、最終承認待ち」

『我々の参加に関しては？』

「それも承認待ち」

『いつも通り対応の遅い国だな。承認は下りるのか？』

「心配しないで。間違いなく下りる」

『それはよかった。こちらの提示した例のオマケが効いたようだね』

　今回の作戦への中国側工作員の参加、そして奪還後の臓器嚢と関連データの返還を日本政府に認めさせるため、中国側はある提案をしてきた。

〈こちらの意向を汲んでくれるなら、ＩＲに関して今後、中国から新たな情報が発信されることはない〉

　二〇一九年末、日本国内でのカジノを含む統合型リゾート（ＩＲ）開発・運営への参入を巡り、中国企業から複数の国会議員が現金の供与や様々な便宜を受けたとして逮捕された。

いわゆるＩＲ汚職。

中国の一企業による単純な贈賄事件ではなく、もちろん中国政府が大きく絡んでいる。中国国内ではマカオ特別行政区内だけで行われているカジノを、法改正（現時点では中国国内での賭博は違法）して、本土の上海《シャンハイ》でより大規模に展開し、浦東《プートン》国際空港を入り口とした、上海ディズニーランドなど他多くの劇場・娯楽施設を含むアジア最大の統合型リゾートへと発展させる計画が進んでいる。

　この計画の最大のライバルとなり得る日本のＩＲを早い段階で潰すため、日本の議員に収賄や不倫、海外口座を使った不正蓄財など、様々なトラップが仕掛けられた。実際、ＩＲ汚職の発覚により、日本国内のカジノ合法化は大きく後退し、世論もＩＲ開発の延期へと傾いた。当初の予定から大きくずれ込んだ二〇二九年に大阪でのＩＲ開業を目指し開発が進められているが、他にもまだ中国側が発表していないだけで、このトラップにかかりながら、今も現職を続けている国会議員が十数人いる。

　しかし、いずれ使うべき武器として温存しているこの犯罪の証拠を、今回の日本の対応次第で永久に外に出さず、廃棄する、と中国側が伝えてきた。

『第一目標は、臓器嚢の実物もしくは受精卵の回収。次いで臓器嚢の製造過程を記したデータの押収。津久井の生死は不問。これでいいな？』

　崔が確認する。

「ええ」水瀬は答えた。

『沖野くんの生死は？』

「可能な限り生きたまま奪還する。これはあなたにとっても要請ではなく命令に近い扱いのものだと思って」

『君たちにとって臓器嚢以上に貴重な研究材料を、何としても取り戻したいわけだ』

　水瀬は何も返さない。

『そんなに大事なら実戦投入せず、温存しておけばいいのに。まあ、前段階で抑止できず、ここまで事態が進展してしまったら、背に腹は代えられないか』

「つまらないことばかりべらべらしゃべって。相変わらず退屈な男」

『ただの独り言だよ、聞き流してくれ。でも、日本も相変わらず人材不足だな』

「そうかもね。逆にあなたの国は犯罪者の人材が豊富で羨ましい。もう知らされているんでしょ？　津久井のところを警備している連中の大半は中国人だって。あなたの国の津久井に賛同している重要人物の方々が、わざわざ送り込んできた」

『日本の入国管理システムが脆弱だからしかたないよ。ギーガンを見つけたのはただの偶然なのに、自分たちの努力の成果だと大いなる勘違いをしてる』

『なあ、もうちょっと楽しくやろうよ』

　国枝係長が無線を通じて口を挟んだ。

『ただでさえシビアな現場なんだからさ。俺はもう到着したよ。島の住民へのカムフラージュも済んでる。まあ、建物があるのは元々人が近づかないようなとこらしいから、それほど目隠しの必要はないみたいだけど』

『国枝さん。もし沖野くんと津久井の協調・共闘が確認された場合は、消去していいんですよね？』

崖が訊いた。沖野が津久井側に寝返ったときのことをいっている。

『もちろんだよ。ただ、俺か水瀬に必ず一度確認してくれ』

『これから沖野くんを殺す、と？』

『ああ。ふたりとも回線は繋いでおく』

——だいじょうぶ。あの子は絶対に敵に取り込まれない。

水瀬はそう思っている。何の裏付けもないけれど。

ヘリから暗い海に浮かぶ中型漁船が見えた。

「到着しました。これから降下します」

水瀬はいった。

漁船に移ったあと、島の港に入る。攻略目標は海沿いの丘に建つ、地上三階、地下二階の鉄筋コンクリート造住居。大昔のバブル期に宿泊施設つきのレコーディングスタジオとして建設され、その後、ホテルになったものの、今は大幅に改修され個人所有の別荘として使われている——登記上はそうなっていた。

水瀬を含む一係は三班に分かれて接近し、潜入。久坂部のチームは陸上、船上の二手に分かれ、外部からの狙撃態勢を取る。崖も彼のスタッフ三名とともに、建物周辺まで接近し、狙撃用ドローン二機を操作する。

別荘に突入し、警備システムへのクラッキングが成功すれば、監視カメラや感熱センサーの情報を統合処理し、厚いコンクリートの内側にいる人の動きも、外部から透かし見ることができるようになる。ＧＰＳ、北斗と連動させれば、見えない相手への高精度の狙撃も可能だ。別荘付近には、情報処理専門の国際交流課五係がすでに待機している。

だが、クラッキングが不可能だった場合は、力技で押し切るしかない。

国際交流課二係所属で諜報・防諜を主に担当してきた水瀬にとって、本格的な強行突入に参加するのは、まだこれが二度目。

前回は目的を達成したものの、その過程で神津に強い不信感――いや敵意を抱かせてしまった。そして神津は失踪した。

もう失敗はくり返さない。

水瀬は息を整えると、暗い海に垂らされたロープを摑んだ。

5

「あとは官房長官のご承認をいただくだけです」

天城は右手の携帯に話している。

午前一時、国際交流課二係のオフィス。

『皆さん納得済みか。あっちとはどう折り合いがつきそうなの？』

電話の向こうの官房長官が天城に訊いた。「あっち」とはアメリカ政府を指している。

「臓器嚢の開発に加担したアメリカ人のリスト、それにアンゲラ・マレーネ・ギーガンを引き渡すことで了承を得ました。身柄はすでにアメリカ大使館内に移送してあります」

『例の大学教授？　生きていたのか。それだとドイツが黙っていないんじゃない？』

「臓器嚢の一連のデータを渡すといったら、口を閉じてくれました」

『誰も彼も欲深いな。まあこれであの気味悪いもんのデータが中国だけでなく、アメリカ、ドイツにも伝わって、期せずして技術の均衡化が実現するわけだ。でもさ、津久井とは別ルートで、すでに改良された臓器嚢やその研究結果が日本の外に持ち出されている可能性はないの？』

「あります」

『いいのかい？　中国、アメリカ、日本、ドイツ、この四つの政府が管理できない世界のどこかに、臓器嚢《あれ》の実物やらデータが拡散しちまうわけだろ』

「問題ありません。今回の作戦が成功すれば、津久井やその他の日本人が臓器嚢の開発・改良に関与していた事実も一掃され、日本は一切かかわっていなかったという事実に上書きされます。我々が危惧するのは真実ではありません。人々や世界が信じる事実です」

『確かにそれが現状最良の正解か。これまでも今も日本は何も知らなかったし、研究も蚊帳《かや》の外だった。そういうことにするのが一番だ。で、臓器嚢がもし世界中で受け入れられ、倫理的にも医学的にも認められ、一般化したら、アメリカあたりから大枚叩《はた》いて技術を輸入したふりをして、日本国内で普及させればいい。それでいいかな？』

「はい。その基本姿勢を崩さぬよう、くれぐれもお願いします」

『心得ているよ。では、天城くんに全権を委譲する』

　通話は終わった。

天城がデスクに座っているヒロに目を向ける。

「はじめてくれ」

ヒロは天城の言葉にうなずくと、マイクの回線を繋いだ。

「承認されました。総員、行動を開始してください」

※

丘の上の別荘へと続く舗装路。そこから脇に二十メートルほど入った林の中を、水瀬を含む一係突撃班Ｂチーム六名は進んでゆく。

先頭の一名は地雷探知機を携え、一歩ごとに地面を探索している。チーム全体でトラップにも警戒していた。

津久井たちのいる別荘は、周辺に他の民家もなく襲撃するには絶好のロケーションに建っている。もちろん向こうも十分に承知していて、防衛ラインを二重三重に敷いているだろう。

それでも状況はこちらに有利なはずだ。

津久井たちは居場所が知られたことに、まだ気づいていない。沖野の体内から発信装置を取り出したことで、追跡手段を絶ったと思い込んでいる。

沖野は上手くやってくれた。

体内発信機が無効になった際の、本当に最後の手段として水瀬とヒロが用意しておいたものを活用した。

セラミックス二次電池を利用した極小発信機。サイズは二センチ四方で、厚さ〇・五ミリ、曲げ耐性のあるシート型で、パイングミの中に丸めて埋め込んでおいた。微弱ながら四時間の電波発信が可能で、道路のＮシステム（自動車ナンバープレート読み取り装置）と瀬戸内海を航行していた漁船・貨物船を連動させた探知網に引っかかってくれた。

雲の多い月夜の下、丘の上まで辿り着いた。

別荘の北西側、ガレージ横で他のチームの到着を待つ。全員が装備を確認し、シールドを構えた。

水瀬が手にしているのは、カナダの企業が開発した量子ステルス（Quantum Stealth）素材を使った最新型不可視シールド。うしろに隠れた人間の存在を完全に消し、背景を透かして見せるのに加え、赤外線探知や、熱感知も難しくなる。ＳＦの中の話ではなく、すでに複数の国の軍、特殊部隊でも採用されている。

ただし、防弾性能は持たないため、敵を制圧することが目的の他の五人は、通常の防弾シールドを手にしていた。

現時点で津久井たちの臓器嚢を巡る企みは、ほぼ阻止されたといっていい。

ドクトル・アンゲラ・マレーネ・ギーガンという想定外の存在が加わったことで、多少の混乱はあったが、沖野を投入したことで、津久井たちの関心が彼に傾き、逆にこちらの作戦をより秘密裏に進めることができた。

状況を変え、作戦を牽引したのは間違いなくあの子だ。

一週間前、天城率いる国際交流課は、津久井社長が群馬、岩手、高知の国内三ヵ所に持っていた、臓器嚢の研究生産拠点をすでに特定していた。

　そして三日前、智英大学構内で水瀬と久坂部がギーガンを拉致したのとほぼ同時刻に、三ヵ所の拠点に突入。制圧した。ただし、臓器嚢本体は発見できなかった。すでに海外に持ち出されたか、殺処分したのだろう。

　沖野の行動により、一度は拉致に失敗した津久井の行方もわかった。

　国内に残る臓器嚢の研究拠点は、もうこの別荘だけだ。

　数日前からの島の乗船場などの映像で、研究者たちがすでに退去していることも確認されている。しかし、別荘内のラボの臓器嚢が処分されてしまったとしても、臓器嚢の受精卵は津久井自身がまだ携えている可能性が高い。

　だが水瀬が一番優先すべき任務は、臓器嚢ではなく沖野の奪還。

　まず他のＢチームのメンバーたちの足手纏《あしでまと》いにならないようにしないと。

　水瀬ももちろん訓練を積んでいる。けれど一係の連中は、全員が、世界最大の軍事演習場であるアメリカ陸軍のナショナル・トレーニング・センターで、約半年の対テロ実地訓練を受けている。非公式ながら、国内外での十数回に及ぶテロ掃討作戦への参加経験もある。

　国際交流課一係は、警視庁のＳＡＴ、陸上自衛隊のＳＦＧｐ、海上自衛隊のＳＢＵを上回る、事実上日本最強の特殊部隊だった。

『あと一分』

　左耳のインカムを通じて、国枝が全員に突入までの時間を知らせる。

　別荘の外側の監視カメラを遮断するため、発煙筒が焚かれた。ガレージのシャッターの一部が爆破され、こじ開けられ、水瀬を含むBチームが突入してゆく。

また小さな戦争がはじまる。

車が並ぶガレージ奥のドアを爆薬と鉄槌で破壊した。

『送電ケーブル切断』

五係の情報担当者が逐一状況を伝えてくる。

だが別荘内のライトは一瞬消えたものの、またすぐに点灯した。自家発電に切り替わったのだろう。

『全窓、防犯シャッターが下りましたが、各チーム邸内への侵入は成功』

まだ反撃はない。だが、ここで一気に制圧はしない。

『はじめてくれ』

国枝の合図と同時に、崔が中国語で説得を開始した。

別荘内は有線通信が主でも、移動する必要のある警備の人間たちは無線機で情報を交換しなければならない。その回線に割り込み、懐柔する。

反抗せず投降すれば、中国に送り返されることなく、日本で勾留され、日本の法律で裁かれること。君たちを日本に送り込んだ人物・組織について素直に話せば、中国政府も寛容に対処すること。津久井はすでに各国のスポンサーや協力者から見放されていること——

崔がくり返し説明してゆく。

優しさに溢れた日本的手法と崔は笑っていたが、天城課長と国枝係長はこの手法を好んで使う。そして水瀬の経験上、効果は高かった。

金で雇われた連中は、これで半数以上が戦いを放棄する。中南米、東南アジアのカルテル・ギャングに所属している奴らでも、日本国内やハワイで身柄を保護するといえば、素直に投降してくる。まあ、保護の約束が百パーセント履行されるわけではないし、よく不測の事態や事故も起きるけど。

それでも、犯罪者でさえ日本人と日本政府は約束を守ると信じている。

——こんなにうそつきな国なのに。

崖の説得は続く。

その間に別荘内を探り、警備システムにつながるケーブルや端末を探す。

途中、三組の敵と遭遇したが、二組はすでに武器を手にしていなかった。

「降服《シャンフゥー》、SURRENDER」

警備服と防弾ベストを身につけ、諦めきった顔でくり返す彼らからは正規兵のような誇りも悔しさも感じられなかった。

『元人民解放軍、練度は高くない。気休めと人数合わせで送り込まれてきたんでしょう』

カメラを通して彼らを見た久坂部がいった。

一組だけ発砲してきたが、防弾シールドを構えたBチームにすぐに取り囲まれ、反撃を受けてあっさり床に倒れた。

倒れたあと、流血していない自分に撃ち込まれたのが鎮圧用のゴム弾だと気づき、戸惑いながらこちらを見つめていた。

別荘を取り囲んだ時点から、こちらの戦術的な勝利はほぼ確定している。ならば可能な限り人的にも物的にも被害を出さず、事態を収拾させたほうがいい。

敵を殲滅《せんめつ》したところで、スパイには何のメリットもないのだから。

それにここまでは、ほぼ計画通り進むこともわかっていた。

——問題はここから。

『警備システムに接続しました。スキャン開始します』

五係の担当者がいった。

「別荘全体のシステムを制圧したのか」

水瀬は訊いた。

『いえ、予測どおり、最上階の三階はフロアーすべてがパニックルーム仕様になっていて、入り口をロックされました。三階監視カメラの映像も途切れましたが、中断直前、目標三名全員が三階にいるのを確認できました』

「入り口のロック解除までの時間は？」

『約十四分』

水瀬は左耳のインカムを一度外すと、別の小型無線機を取り出した。

「久坂部さん」

水瀬は話しかけた。

『何？』

「崖のドローンの状況は？」

『動きなし。彼もまだ投降の呼びかけを続けてる』

「わかりました」

水瀬はBチームを離れると量子ステルスシールドを構え、監視カメラで守られた階段をひとり上っていった。

6

沖野は両手足を縛られたまま背中を蹴られ、リビングの床を転がった。

まだ頭痛も吐き気も続いているのに、背中まで痛くなった。

「どうやって知らせた？」

山田が訊く。

「わからないし、僕じゃない。何が起きたんですか？」

沖野は逆に訊いた。

数回の爆音がここまで響いてきたけれど、窓にはすべてシャッターが下りてしまい、外の様子がわからない。

「他に誰がいる？　ずっと尾行されてたとでもいうのかい？」

「されていたんじゃないですか」

また蹴られそうになったが、津久井がバックパックを背負って入ってきた。

「どうやったんだ？　何を隠してる？」

同じことを訊かれた。

「わからないし、何も隠してない」

「うそをつくな」

「なら、好きなだけもう一度調べてください。体の中まで見られたのに、もうどこにも隠しようがない」

津久井は一瞬考えたあと、山田を見た。

「それは疑心暗鬼が過ぎるな。納得できないなら、俺も好きなだけ調べればいい」

山田が首を横に振る。

「まだ時間はある」

津久井は有線電話を手にした。ケーブルを引きずりながら、リビングを歩き回り早口の中国語で話している。が、すぐに切ると、また別のどこかに電話し、今度は早口の英語で話しはじめた。

「意外としぶといな」

山田が見下ろしながらいった。

その通り、居場所を伝えたのは沖野。だが、発信機は山田の体についている。

あのどこかわからないオフィスで山田と田中に襲われる寸前、沖野はトイレの中でグミを噛みちぎり、水瀬とヒロが仕込んでくれた、二センチ四方のシート型極小発信機を取り出していた。そして揉み合っている途中、注射を打たれる寸前に、山田のジーンズの腰に通してあったベルトを摑み、その裏側に貼りつけた。

微弱な電波だが、それでもどうにか笹路やヒロたちはこの場所を見つけてくれた。

通話を終えた津久井が近づき、沖野に携帯電話を差し出す。

「決定権のある上司に電話しろ」

天城課長？　国枝係長？　少しだけ迷ったが国枝にかけた。係長で話がつかなかった場合、さらに課長に電話することで、わずかばかりだが時間が稼げるかもしれない。

稼いだところで、事態が好転する保証は何もないけれど。

すぐに国枝は出た。

津久井がスピーカーに切り替え、話し出す。

「別荘《ここ》に不法侵入した連中をすぐに退去させてくれ。それからついさっき、ロシア大使館に亡命申請した。以降、僕と同行者を政治的難民として国際難民法に則って扱うことを要請する。大阪のロシア総領事館から迎えが来るから、妨害はしないように」

『来ますか？　迎え？』

国枝が訊いた。

「来るよ」

『津久井さん、あなたには沖野くん誘拐と監禁の容疑がかかっています。逮捕、実刑が間違いない犯罪者に総領事館から迎えは来ませんよ』

「古いやり方だな。そんなハッタリは通用しない。あんたたちに止められるほどの力はないよ。それに誘拐とは誰のことだ？　沖野くんは自分の意思でここに来たんだ」

――うそつくな。

沖野は大声でいいたかった。けれど、また蹴られるのが嫌でがまんした。

国枝が話を続ける。

『あなたこそ亡命なんて古典的なやり方ですね。しかもロシアだ。三、四十年前とは違うんです。関係が冷え込んでいたとしても、条件が折り合えば、彼らも取引に応じます。虚勢を張り、大国ぶっているだけでは、今の世界で生き残っていけませんから』

「戯言《ざれごと》を並べて時間を引き延ばす気なら、臓器嚢の受精卵を今すぐ処分する。不法侵入者を退去させ、ここから二百メートル以上離れさせないと、沖野も殺す」

『どうやって？』

「撃ち殺すよ」

津久井が背負っていたバックパックを下ろし、中から拳銃を取り出した。安全レバーを外し、倒れている沖野に銃口を突きつける。

『今のは撃鉄を起こした音ですか？　銃刀法違反も加わりましたね。でも撃つ前にあなたが撃たれることになる』

「どうやって？　窓にはシャッターが下りて、外から中を見られないのに」

『警備システムに侵入し、ついさっきその建物全体のスキャニングを終えました。三階の監視カメラは回線を切られましたが、火災報知器、赤外線・熱探知機類は生きている。切るわけにいきませんよね、三階をロックしている最中でも、もし外部から火をつけられ火災が起きてしまったら、スプリンクラーを作動させなきゃ焼け死んでしまう。ここまでいえば、ＩＴのプロフェッショナルであるあなたなら、おわかりですよね。シャッターが下りていようと、熱源であるあなた方の動きや体勢を感知して、十分外から狙撃できる。あなたが高性能なセンサーをつけておいてくれたおかげです』

「だったら彼を盾にするよ」

津久井は倒れていた沖野の腕を掴み、自分と窓との間に立たせた。

「こちらの指示通りにしなければ、本当に沖野くんを撃つ。待つ気はない」

『あなたも死にますが』

「死ぬなら悪あがきして、彼を道連れにする」

『弱ったな。沖野くんと話をさせてもらえませんか』

「少しなら」

津久井がしゃべるよう促す。

『沖野くん、無事か？』

「どうにか」

沖野はいった。

「でも体中痛くて、気持ち悪いです」

『そうか大変だな。そんなときに悪い知らせで申し訳ないんだが、君のために津久井さんの要求を飲むわけにはいかないんだ。犠牲になってくれ』

「は？」

沖野と津久井の声が重なった。山田も唖然《あぜん》として聞いている。

――マジか。

「どういう意味ですか」

怖さよりも驚きのほうが大きすぎて、思わず訊いた。

『任務のために死んでくれないかってことだよ。本当にすまない。で、津久井さん、もうひとつ報告があります』

「今さら何だ？」

『警備システムに侵入して、建物全体をスキャンしただけじゃないんです。三階への金属製ドアのロックも、もう外しました』

言葉が終わると同時に、部屋の奥、大きな扉のあるほうの暗がりから、ゴムボールのようなピンク色の塊が二つ、いや三つ転がってきた。

瞬間、その塊が膨張をはじめた。

津久井が銃口を向け、即座に撃つ。が、ピンクの煙を放ち、弾けるように泡立ち膨らんでゆくそれは、銃弾を飲み込み、沖野、山田、津久井の体も飲み込み、広いリビングの壁まで一気に押しやった。

その間二秒もない。

壁を背にしたまま圧迫され、身動きが取れない。

エレファント・トゥース・ペースト《象の歯磨き粉》？

高濃度の過酸化水素水と液体洗剤の混合物に、ヨウ化カリウムを溶かすと、急激に反応し、酸素を出しながら膨張してゆく。

通称、象の歯磨き粉。たぶん、それのものすごく強力なやつだ。

しかもこの泡、ずしりと重い。

いや、考えている場合じゃない。すぐに天井まで広がり、泡が体だけでなく顔も包み込んだ。口と鼻を押さえつけられているように苦しい。息ができない。体も動かない。

このままじゃすぐに窒息する。

と思った直後、今度は泡が急激にしぼみ、消えはじめた。壁に押しつけられていた体が解き放たれる。

そこでまた銃声が響いた。

撃ったのは津久井じゃない。逆に撃たれている。

あいつの顔と胸に続けざまに銃弾が撃ち込まれ、少しよろめいたあと、泡が溶けた液体でびしょ濡れになった床に血を噴きながら倒れた。

沖野、山田は銃声の方向を見た。

何もなかった空間から、滲《にじ》む幻影のように水瀬が少しずつ姿を現した。黒い戦闘服で右手にオートマチック、左手には盾を構えている。彼女はすぐに銃口を山田に向けた。

山田は両手を出し、近寄った水瀬が手錠をかける。

「抵抗しないよ」

沖野は大きく息を吐き、床に両膝をついた。

水瀬が拳銃とともに装備していたのは量子ステルスシールド。あれで体を消しながらリビングの扉を静かに開き、隙間からあの強力な膨張剤を投げ込んだのか。

シールドに隠れたまま侵入しても、確実に撃ち殺せる距離まで接近すれば、足音で気づかれる可能性がある。煙幕や催涙弾では沖野に流れ弾があたることも考えられる。

だから予期せぬ膨張剤で混乱させ、同時に津久井の身動きを止め、その後の一瞬の隙を突いて撃った——

水瀬が沖野を拘束していたテープをナイフで切り裂いてゆく。

「終わりですか?」

だが沖野が訊いた直後、さらに激しい銃撃音が響いた。

シャッターが破られ、窓ガラスが飛び散る。外から? そうだ窓の外、空中から撃たれている。誰が? 沖野は頭を抱え、水瀬も濡れた床に伏せた。山田も伏せている。

続けざまに窓に何かが激突し、そして吹き飛んだ。

ランチャーでの砲撃? いや、爆薬を載せた飛行物。ドローンか?

粉塵の中、山田が立ち上がり、津久井の死体に駆け寄る。手錠をつけたまま、死体の横に落ちていたバックパックを摑んだ。沖野は山田にしがみつこうとしたものの、また銃撃がはじまった。

再度伏せる。そして銃撃が途切れると同時に、山田だけが立ち上がり、リビングを駆け、壊れた窓から飛び出した。

山田は銃撃開始と終了のタイミングを知っている。

——撃ってきた連中とグルだ。

追おうとする沖野の体を水瀬が摑み、濡れた床に倒した。

窓の外でまた数回銃声が響き、それから地面に何かが墜落する音がした。

沖野は水瀬を振り払い、立ち上がった。水瀬に撃たれた津久井の死体は、その後の激しい銃撃と爆破で醜く傷つき、転がっている。

津久井を見た沖野はあまりの気持ち悪さで吐いた。だが、吐きながら妙なかたちにねじ曲がった津久井の腕から拳銃を奪い、窓に駆けた。山田を追う。

「待ちなさい」

水瀬が叫ぶ。

「撃ってきたのは崔のドローン、でもそれを久坂部さんが撃ち落とした」

――は？

沖野は混乱しながらも瞬時に考え、訊いた。

「バックパックには臓器嚢の受精卵が入っていた。それをわざと奪わせ逃がしたんですか？」

「そう。崔を通じて中国と合意したの。あんなものが今の日本にあっても、政治家と製薬会社の利益誘導の道具に使われるだけで、他には何ももたらさない」

山田は津久井の配下ではなく、崔たち中国側の人間だった。そしてこの作戦の主眼は、臓器嚢の奪還ではなく、津久井の抹殺。

「はじめからわかっていて、崔とあの男の思惑通りに行動させた――」

「それが国際交流課《私たち》の判断」

「知りませんよ。そんなあなたたちの判断」

沖野は怒鳴った。

「山田、いや逃げたあの男の居場所を教えてください。あいつに着けた発信機はまだ生きているはずです」

水瀬が首を横に振る。

「ふざけるな」

沖野は半壊した窓から木々の茂る暗い斜面に飛び降りた。

「止まりなさい。命令違反よ。もう合意したの」

水瀬も月が微かに照らす斜面を転がり追ってくる。

「合意なんて卑怯な言い逃れをして、実際は毒や膿を垂れ流してるだけじゃないですか。この瞬間の危機が去っただけで、問題は何も解決してない」

沖野は木々の間を滑り落ちるように進みながら叫んだ。

――臓器嚢を持ち去らせちゃいけない。あんなもので誰も救われない。

許せなかった、逃げてゆく山田も崔も、逃がした天城も国枝も二係も。こんな打算と妥協を積み重ねた終わり方じゃ、何も変わらない。

「止まらないとあんたを撃つ」

背後で水瀬がいった。

――これが人を、日本を救うってことなのかよ。

「好きにしてください」

沖野は振り返らずいった。

「こんな最後、水瀬さんだって本当は望んでないでしょう?」

斜面のずっと先、闇の中で枝がかすかに揺れている。あそこだ、山田がいる。

沖野は構え、はじめて銃口を人に向け、引き金を引いた。

引き続けた。

銃声が響く。だが沖野のうしろでも銃声が響いた。

右肩、そして左脚に激痛が走る。

水瀬に撃たれ、沖野はその場に崩れるように倒れた。

7

沖野は官舎の自分の部屋にいる。

床に座り、ただぼんやりと携帯の画面を眺めていた。外は曇りで風が強いようだ。ときおり窓ガラスが小さく揺れている。

あの夜、沖野の撃った銃弾は山田には当たっていなかった。逃げられたらしい。遺体も血痕も見つかってはいない。

逆に、沖野は水瀬にゴム弾ではなく実弾で撃たれた。

直撃はせず、銃弾が掠っただけ。上手に外してくれてはいたものの、沖野の右肩と左ふくらはぎは大きく皮膚と肉がえぐられていた。

もちろんまだ痛い。頭の中も、まだ全然整理できていない。

水瀬を恨んではいないし、彼女の行動はある意味沖野を護るためのものだったと理解もしている。もし山田が撃たれて死亡し、臓器嚢の受精卵やデータが予定通り「返還」されていなかったら、自分は最低でも監禁拘束されていただろう。

ただそれでも、水瀬が正しいことをしたとは思っていないし、感謝もしていない。

「目の前の正義を追ったせいで、何万人もを不幸にすることがある」

天城からいわれた。

中国に限らず、他国と関係がこじれた影響で貿易額が減れば、それに携わっている何十万という家族の生活が脅かされる——そんな簡単な例で説明もされた。

わかっている、そんなこと。

わかっているけど、皆んなの束の間の、偽りの幸福のために、そこに見えている脅威を、将来への大きな禍根を見過ごしていいのかよ。

ぐずぐずと考えているうちに午後になった。

——義理は果たさないと。

面倒なことは早めに終わらせてしまおう。深呼吸して、ヒロから渡されたメモの電話番号を押す。コールが一回。

『もしもし』

うわっ、すぐに出た。留守電になることを期待していたのに。

「沖野です」

『何の用だ？』

「あの、先日はありがとうございました」

電話の相手は公安の笹路だった。沖野は言葉を続ける。

「ゴミの中のメモに気づいてくれたことも、岡山駅でわざと暴漢に負けてくれたことも。それから何より、あの微弱な発信電波を受信できたのは、笹路さんがNシステムと連動させることを、素早く要請してくれたからだと聞きました。本当にありがとうございます」

『全部任務だ。感謝されるようなことはしていない。君のほうは今、自宅謹慎中だそうだな』

「はい」

『君のしたことは正しくない。でも、間違ってもいない。立場上推奨はしないし、今後二度とあってはならないことだ。ただ、ひとつ確実にいえることは、今回君はよくやった。立派な警察官だ』

「ありがとうございます」

沖野のお礼の言葉が終わると同時に通話が切れた。

意外な相手に褒められた。でも、やっぱりあの人を好きにはなれないな。

――警察官か。

ものすごく望んでなったわけではないし、ほんの少し前のことなのに、警察官だったころが懐かしい。

あのとき学んだ正義と良心を、平気で踏みにじる強さを身につけなければ、本当のスパイにはなれない。

縮こまった背筋を伸ばし、パイングミの袋に手を伸ばす。が、取り出さなかった。

こんなものに、いつまでも頼っていたくないと感じはじめている。

二日ぐらいまともに食事をしてない。ため息をつき、何か食べなきゃと思ったところで、携帯が震えた。

画面を見ると、着信したのは神津からのメッセージだった。
体に緊張が走る。
『三十一日　楽しみだね』
まっすぐ前を見て微笑《ほほえ》む神津の画像が添えられていた。

Case 4

スポット・ア・ライ
―嘘を聞き分ける人―

1

―そろそろ準備しないと。

沖野《おきの》修也《しゅうや》はイヤフォンの音楽を止め、横たわっていたソファーから上半身を起こした。

「うっ」と声が漏れる。薬が切れてくると思うように体を動かせない。

銃撃を受けてから一週間。直撃していないとはいえ、銃弾が掠め、皮膚と肉をえぐられた右肩と左ふくらはぎには今も痛みがある。

左足を引きずるようにキッチンカウンターまで歩き、痛み止めを口に放り込むと、ペットボトルのコーラで流し込んだ。薬の袋の横には、パイナップルのイラストが描かれたいつものグミの袋も置いてあるが、もうしばらく食べていない。

前回の任務が終わり、病院での負傷箇所の治療が終わって以降、自宅療養という名の謹慎が続いている。

買い物にも出ず、食材はネットで注文している。料理の宅配も頼んでいいそうだけれど、あまり食べたいものもないし、冷凍かインスタント、もしくは自分で作ったほうが早い。

反省文を書いたり課題を提出する義務もないので、たまに洗濯や風呂掃除や家事っぽいことをしながら、この数日間、ただだらだらと部屋で過ごしていた。

ここにもうすぐ客がやってくる。

十月に引っ越して以来はじめてのことだ。祖母と姉も来たことはないし、この官舎で他の誰かと一緒に過ごしたことは一秒もない。

宅配業者さえ玄関に足を踏み入れたことはなく、届いた荷物や郵便は、すべて警備室で安全確認を受けてから部屋まで運ばれる。

そのせいか、ちょっとそわそわしていた。別にする必要ないのに。

考えてみたら、自分の部屋に血縁以外の誰かが入るって、中学一年のとき以来だ。他人の悪意や敵意を目の色の変化から感じ取るようになって、その後は友達を家に呼ぶことも、そもそも遊ぶこともまったくなくなってしまった。

そんな哀れな思い出より、かたづけを――と思ったけれど、かたづけるもの自体が１ＬＤＫの部屋の中にほとんどなかった。

リビングの隅に積んである新書や専門書だけは、やっぱり恥ずかしいから見えないところに移そう。国際交流課二係に転属になって以降、知識のなさをカバーするために慌てて買った各国の歴史や政治研究、国際政治学の本ばかり。

本を抱えると右肩にまだ響くが、だいぶ痛み止めが効いてきた。

隠すように入れたクローゼットの中にも、物はほとんどない。

〈所持品は常にスーツケースふたつ以内にまとめておく〉
天城《あまぎ》課長から聞かされたスパイの鉄則（？）を守っているわけじゃないけれど、自分の持ち物は引っ越してきたときのバックパックひとつ分よりは増えたものの、今もスーツケースひとつに収まる程度。任務はすべて支給された着衣で行うので、普段の服装なんて下着を入れてもこの程度で十分だった。元々、ファッションに興味はないし。

ソファーとベッドは備え付けのものを使っている。さすがにシーツ、枕カバー、ブランケットは新しく買って換えたけれど、羽毛の上掛けはそのまま使っている。テレビやゲーム機は携帯で事足りるので置いていない。他に自分で買ったのは、スツールひとつと加湿器ぐらい。

いちおう掃除機くらいかけておくか。

このコードレスクリーナーも引っ越してきたとき、すでに置いてあった。前の住人が残していったもののようだけれど、なぜ持っていかなかったのか、それはどんな人物なのかなど、ストーリーを考えることは一切ない。

考えてもただ悲しいだけのような気がするから。

他にやっておくことは……飲み物か。さすがに何か出さなきゃな。あるのはペットボトルの水とコーラ、温かいのは紅茶のティーバッグがある。でも、客用のカップも砂糖もないや。

そこまで考えて、急に気になって換気扇を回した。

窓も少し開ける。この部屋、カツオと昆布の出汁《だし》の匂いがする。

料亭を営んでいる父方の祖母の家での引きこもり期間を経て、警察学校に入校したとき、はじめて自分が意外と味にうるさいことに気がついた。

学校の食堂で出される、味噌汁や煮物の味が口に合わない。所轄配属後の待機寮の食事は仕出しの弁当だったけれど、それも不味かった。

カップ麺は嫌いじゃないし、冷凍食品も好きで食べる。それとは違った、街の店や食堂で出される、中途半端に手作り感のある出汁の味がとにかく苦手だ。

警察学校や待機寮で、周りの人たちは特に気にもせず食べていた。だから自分のほうがおかしいのはわかっているし、不満を口に出すこともなかった。まだ十代のガキが、「出汁の味が」なんて言い出したら、それこそ調子こいてると思われる。

父は子供のころから実家の料亭の味に慣れていた。母もそんな父に合わせ、ちゃんと料理をしていたんだな、今思うと。

沖野もここに越してから、自分で出汁を取るようになった。特別なことはしないし、本格的でもないから面倒とも感じない。

昆布を水に入れ、煮立たせないよう三十分火にかけたら、昆布を取り、薄削りのカツオ節を入れて、沈んだらすぐに濾《こ》す。小分けにして冷凍しておき、うどんを煮たり、レトルトご飯を入れて雑炊にしたりする。今日も午前中、出汁を取って冷まし、冷凍庫に入れた。

ただ、部屋に残る昆布やカツオ節の匂いから、十代の男がそんなことをしてるんだと気づかれるのが妙に恥ずかしくなった。

自分でも何やってるんだと思いながら、出し殻をビニール袋で二重に縛り、ゴミ箱に入れた。本当に若さがない日常だな。おっさんの単身赴任みたいだ。

ポロロンポロロンとエントランスからの呼び出し音が響く。

はじめての来客が現れた。

インターフォンのモニターに、無表情なままカメラを真っすぐに見る水瀬《みなせ》響子《きょうこ》の姿が映し出された。

2

「具合は？」

水瀬が訊いた。

「肩も脚も年明けには抜糸できるそうですし、痛み止めを飲んでいれば、あまり辛《つら》くもありません。ただ、薬を飲み忘れたときや、急に動かしたり、走ったりすると、まだ違和感がありますけど」

沖野修也は答えたあと、下を向いた。今の自分の表情を見せたくなかったからだ。全然面白くないのに、あまりの馬鹿ばかしさに口元が緩んでしまう。

――自分を撃った本人に、傷の具合を心配されるなんて。

こんなこと、国際交流課二係に入りスパイにならなければ、絶対に経験できなかっただろうな。ただ、経験できたからといって、少しも嬉しくないけれど。

ソファーに座る水瀬は、ベージュで丈の長いタートルニットにバーガンディーのスカート、黒のストッキング。現在進行中の任務のためなのか、肩までの髪をブラウンに染めていた。

小さなテーブルの上に、水瀬が買ってきたコーヒーのカップふたつと彼女の携帯が置かれ、沖野は向かい合うようにスツールに座っている。

「その後、どうなりましたか？」

沖野は訊いた。津久井《つくい》社長の消去と臓器嚢にまつわる一連の任務の事後経過について。

「順調に進んでいる」

水瀬が視線を合わせず返す。

が、何も答えていないも同然だった。

「謹慎中の人間に伝えられることはない、そういう意味ですか？」

「違う。今は何も考えず回復に専念してほしいだけ。勤務を再開したら、あらためて伝える。ただ、上司の立場でいわせてもらえば、体を休めるだけでなく、自分が何をしたか振り返り、反省してほしいけど」

穏やかだが、所々に刺を感じるいつもの水瀬の口調だ。

「反省って何を？　自分の正義に従ってしまったことですか？」

沖野は苛立ちを隠さずいった。

「ええ。任務の意味も考えず、自分勝手な正義のために行動したことをね」

「水瀬さんは本当にあれが正しい解決方法だと思っているんですか？」

沖野が回収を命令されていた臓器嚢の受精卵は、結局、中国政府側のエージェントに持ち去られてしまった。強奪されたというかたちを取ってはいるが、実態は意図的に回収させ、中国に返還された。

日本は災厄の種を国外に放り出し、問題解決を先送りしただけ――沖野はそう感じている。

「あんたの幼稚な頭で感じている疑問に答える義務はない」

「あなたは僕の上司ですよね？　だったら、幼稚な部下の疑問に答えていただけませんか。教育し、成長させるために。しかも、これは単なる質問じゃなく、命をかけた任務に関する問いかけなんです」

「部下だという自覚があるなら、答えを与えられる時期まで待ちなさい。今の未熟なあんたでは、何をいったところで理解できない。それでも回答を強いて、望む答えが得られなければ駄々をこねるというなら、次は本当に急所を狙って撃たなくちゃならなくなる」

——冷静に。

沖野は心の中ではくり返している。でも、この人が相手だと、どうしても感情的になってしまう。たぶんそれは彼女も同じ。互いに感じている歯痒《はがゆ》さが、冷静に話させることを、ふたりの歯車が噛み合うことを拒ませる。

『やっぱり私が説明しようか？』

テーブルに置かれた携帯のスピーカーを通してヒロ・エルビルバンがいった。

『私で不満なら国枝《くにえだ》係長に頼む。係長も何なら俺が話すといっていたし』

ヒロは国際交流課二係のオフィスにいる。この沖野と水瀬のやり取りはすべて録音され、あとで天城課長と国枝係長に報告されることになっていた。

『あんたたちの会話って、本当に頭の悪い姉弟みたい。よそよそしいくせに、互いに遠慮がなくて。はじめは笑っていられたけれど、いい加減うんざりしてきた。それからさ、いい機会だから沖野くんにいっておくけど、理由があるからって自分勝手に感情を吐き出していいのは未成年の間だけ、十七歳までだよ。今の君がしているのは、欲望のまま目の前の水瀬に不安と鬱《うっ》憤《ぶん》をぶつけているだけ』

悔しいけれどヒロのいう通りだ。だから沖野は一度口を閉じた。

「ありがとう。だいじょうぶよ」

水瀬が沖野の目を見たままいった。

『勘違いしないで。あんたを庇《かば》ったわけでも、あんたに味方したのでもない。間違ってるのは水瀬も一緒』

またヒロの声が聞こえなくなった。

水瀬の両目には怒りや憎しみを感じていることを表す赤い光が浮かんでいる。

ドクトル・アンゲラ・マレーネ・ギーガンを拉致《らち》したときも、津久井社長を撃ち殺したときも変わらなかった彼女の瞳が赤く染まっているのを見るのは、なぜだか切ない。その光を、自分に優しさや慈しみを抱いてくれている象徴のように感じてしまう。

水瀬が嫌な顔をしながらコーヒーを飲んだ。

沖野はキッチンカウンターに無造作に置かれたパイングミに目を遣った。取りに立ち上がろうとしたけれど、やっぱりやめよう。あれには頼りたくない。

代わりに沖野はコーヒーのカップを手に取り、口に含んだ。

——不味い。

やっぱり苦いだけだと思った。深みも旨味も感じられない。

ただ渋くて不快なだけ。口元が歪んでしまう。子供っぽいといわれても、素直な感想だからしょうがない。

「苦さの意味なんて、わかりたくもない？」

水瀬が小さくため息をついたあと、訊いた。

沖野はうなずいた。

「そう感じることが当たり前だし、正しいことなのかもね。あんたの歳なら」

いつも微妙にすれ違い、不快な痛みの残る擦過傷を作っている。決して正面からぶつかり合い、とことんまで傷つけ合うことはない——水瀬との関係は、そんな感じ。変えなきゃいけないとわかっているのに、変わらない。

まだ知り合って間もないから？　いつかは変わるときが来るのか？

水瀬がこの部屋にわざわざやってきた一番の目的は、沖野の特質の正体について、そして沖野の両親の死の理由について説明するためだった。

過去二回のように、沖野がＩＤカードを与えられ、政府機関の機密データベースに直接アクセスするかたちではなく、今回、なぜ口頭での説明に変わったのかはわからない。

国際交流課と政府内に面倒な事情があるのだろう。察しはつくけれど、今は考えたくない。

さらにいえば、今回の沖野の「知る権利」は臓器嚢事件の解決に貢献した褒美に与えられたものではなかった。水瀬からの説明を聞く代わりに、沖野は年末、神津《こうづ》と会うと約束した場所まで国際交流課や公安のメンバーを誘導し、神津と交わす会話もすべて無線を通して聞かせなければならない。

国枝係長の提示した条件には、神津の捕獲に協力することも含まれていた。が、それは約束できないと答えた。神津に無事逃げてほしいからじゃない。作戦に背く気も今はない。単に足手まといになってしまうと思ったからだ。

神津には一度会っただけ。それでも実力差を思い知らされた。逆にあの人に捕らえられ、人質として取引材料に使われてしまう可能性が高い。

そんな自分の考えを話したとき、国枝係長は「まあいいか」と神津捕縛への不参加を認めてくれた。スパイ機関とは思えない緩さだが、一方で釘も刺された。

〈ただし、敵側協力と疑われる行動を取った時点で、君も捕縛もしくは処分対象になるから。疑われるだけでもだめってこと。まあ、俺たちを案内したあとは、なるべくじゃまにならないようにしていてくれよ〉

「探し物は見つかった？」

水瀬に訊かれ、沖野は「はい」と返した。会話が本題に入ってゆく。

探し物とは沖野家の家系図のことで、向島《むこうじま》で料亭をやっている実家の蔵の奥に、有象無象の書画や陶器とともに押し込まれていた。慶応《けいおう》（一八六五年―）以降の歴代当主の経歴が載った冊子で、草書体の文字に苦労したけれど、知りたかった五代前の祖母・辰乃《たつの》の記述をどうにか見つけ出すことができた。

沖野の実家、「織利《おり》はら」は江戸末から続く料亭だが、明治の終わり、跡取りだった息子ふたりを結核、悪性新生物《あくせいしんせいぶつ》（癌）で相次いで亡くしてしまう。そこで将来の女将《おかみ》役として養女を貰い受けた。それが沖野の五代前の祖母にあたる辰乃だった。

辰乃は楢崎《ならさき》伯爵家の次男であり陸軍士官であった男と北陸出身の女性の間に生まれた婚外子

で、十歳を過ぎたころから他人の考えを言い当てたり、それによって心の病を治したりする特技を発揮していた。大正はじめのころは「天眼《てんがん》」と呼ばれ、帝都東京の東側で広く名を知られていたが、その力は遺伝であり、ある計画の産物なのだという。

「それがこの前話した水無月《みなづき》計画」

水瀬がバッグからファイルを出した。

「読みながら聞いて」

概略は臓器嚢奪還作戦の直前に聞かされていたが、さらに詳しく水瀬が説明してゆく。

水無月計画とは明治中期、当時の陸軍、政府、東京帝大、東北帝大が参加して行った、遺伝による能力伝播と、人間の知能・体力向上の実験で、幣原《しではら》機関という名称の組織が具体的な実務を取り仕切っていた。

それは日本人を素材に、より優れた人種を生み出すための配合実験だった。

華族・士族の名家の次男以降の日本人男子から、血統だけでなく知能と体力も高い者を選び出し、容姿の特別美しい日本人女性、清《しん》朝やアジア各地の王族の血を引く女性たちと引き合わせ、次々と子供を産ませた。第一次大戦後には、旧ロマノフ王朝の女性や、ヨーロッパで敗戦したドイツ、オーストリア、トルコの王族の女性も加わった。

男には陸海軍の将校など、名誉があり給与も高い職を保障した。女性たちにも中流以上の生活を保障したため、没落した貴族の娘などが多数集まり、ヨーロッパ各国の大使館や領事館で日本人男性と一対《いっつい》になり、「実験に参加」したと書かれている。

子作りをくり返したという意味だ。

生まれた子供たちは、日本政府によって保護され、育てられた。そして十五、六歳まで成長した時点で、選ばれた相手と「交接」し、さらに次の世代の子供を残すことを求められた。

エンドウ豆——中学の理科の教科書に載っていた、メンデルの遺伝実験の図を思い出す。

「ＤＮＡの二重螺旋構造が明かされていなかった時代、こんな単純交接のくり返しが最先端の遺伝学だったことを忘れないで」

水瀬が沖野の表情を見ている。思い切り疑っているような顔をしていたのだろう。

資料にもこうした「掛け合わせ」は当時、世界的に見ても画期的で重要な生物学的実験だったと書かれている。

さらに水無月計画には、容姿、知能、運動能力が優れた人種を生み出すだけでなく、もっと別の種類の人間を生み出すことも含まれていた。

江戸期に神通力や遠耳《とおみみ》、癒しの手など、さまざまなかたちで力を発揮し、世に評判となっていた者たちの子孫も「掛け合わせ」に参加させられている。

そうした力——沖野が「特質」と呼んでいたもの——を持つ人々に、水無月計画の担当者たちは「異能力者」の名称をつけ、一般人と区別した。

沖野の五代前の祖母・辰乃の実母も異能力者のひとりだったらしい。のちに辰乃と結婚し、沖野家に婿養子として入った男も、異能力者の血を引く男だった。

「オカルト」

沖野は独り言のようにいった。まじないや迷信と同列の交配の系譜に、自分も無理やり組み込まれてしまったようで、強いうそ臭さを感じる。

「生きる証拠であるあんた自身が疑うなんて」

水瀬がいった。

「人間の能力が、そんなに都合のよい方向に掛け合わされたり、強化されるとは思えません」

「十九世紀、羽が黒くなった蛾《が》を知ってる？」

「産業革命のときの話ですか？」

彼女がうなずく。

イギリスで産業革命が興り、蒸気機関が出す黒い石炭の煙で都市部が覆われるようになった一八〇〇年代後半。ブリテン島中部の工業都市マンチェスターで、オオシモフリエダシャクという種の蛾の羽が、急激に黒く変色していることが報告された。

煤煙で空気の濁った都市部では、羽の色が暗化している蛾のほうが鳥などに捕食されにくく、数多く生き残ったことが原因で、「生物の工業暗化」という用語で知られている。

二十世紀の一九八〇年代に入り、環境汚染が改善され、空気の透明度が上がってくると、今度は逆に白い羽の蛾の数が増えはじめたことで工業暗化は生物学の定説となった。

「でも、見た目が変わるのと、内面的な能力が変わるのじゃ全然違う。しかも普通の人が持っていない異常な能力なのに」

沖野は首を横に振った。

「アメリカ、マサチューセッツ州のマミチョグは？」

「何かの名前ですか？」

「小魚の一種。知らない？」

携帯で調べてみる。

マサチューセッツ州にあるニューベッドフォードという湾岸都市の海は環境汚染が三十年ほどの間に深刻化し、多くの海洋生物が死滅していた。だが、マミチョグという小魚は、本来なら致死量の八千倍のポリ塩化ビフェニル、ダイオキシン、水銀など多くの汚染物質を含む水域でも、普通に活動を続け、個体数を増やしていた。

調べてみると、交配を重ねるにつれ、短期間で遺伝子を急激に変異させ、猛毒に耐えられるよう進化していた。

まるでＳＦのようだが事実だ。

「人は蛾や小魚とは違う」

沖野はまた首を横に振った。

「でも同じ生き物であることに変わりはない。それに実験の中で生まれた子供たち全員が異能力を引き継げたわけじゃない。むしろ継承できたのはごくわずか。わかる？　あんたや神津は、非常に稀な成功例の、さらに少数の子孫だってこと」

「それでも蛾や小魚と人間では、世代交代の早さが全然違います」

「でも、異能力を持ったあんたは間違いなくここにいる」

沖野は資料に目を落としたまま黙った。

異能力者を掛け合わせる研究・実験は昭和に入り、第二次世界大戦が激化する昭和十九年まで続けられていた。実験対象に選ばれた女性は、見ず知らずの男の子供を出産しなければならない。しかし、辞退者はほとんどいなかった。身分の低い家柄でも、十分な生活費と仕事、その他の支援を国から得られたためだ。

沖野の実家が営む料亭「織利はら」も、五代前の祖母・辰乃とその息子で沖野にとって高祖父にあたる徳造《とくぞう》の代に、以前にも増して軍部・政財界の重鎮たちに利用され、東京でも有名な一流料亭となった。辰乃と徳造は料亭を続ける一方で、軍部や政府に何らかのかたちで協力を続けていたのかもしれない。

その協力ってどんな？　たとえば今、沖野がしているような仕事？

いや、あまりにも妄想が過ぎるな。

どちらにせよ、自分の特質いや「異能力」が、明治時代から続く遺伝的掛け合わせの産物だというのは、やっぱり嫌な気分になる。

自然に生まれてきたものではなく、自分は和牛やブロイラーのように、誰かが作為的に作り出したものになるのだから。

ただし、その異能研究は第二次世界大戦の敗北でいったん終了した。

水瀬が説明を続ける。

「占領期にＧＨＱの指示で水無月計画に関する調査も行われたけれど、終戦に前後して書類はほぼ廃棄されてしまっていた。計画の産物である異能力者たちも、男は半数以上が召集され戦地で亡くなり、女も七割近くが空襲による戦災で消息不明になっていた。生き残りたちを集めて検証したものの、驚くような能力を発揮した者はごく少数だった」

「逆に、ごく少数は目を見張るような結果を出したってことですね」

水瀬がうなずく。

「どんな結果だったんですか」

「わからない。資料も、その結果を出した当人たちも、アメリカ本国に移送されたから」

沖野は資料の文字を目で追ってゆく。

顕著な能力を示した六名（女四・男二）に、その兄弟、子供などの血縁の近い者を加えた計十四名。さらに水無月計画に加わっていた研究者十二名が、終戦の翌年、昭和二十一（一九四六）年一月にはアメリカに身柄を送られている。当然この時期、ＧＨＱにより日本人の自由な海外渡航は全面的に禁止されていた。

「望んで行ったんですか」

「違うでしょうね、たぶん」

「それ、拉致ですよね」

「形式的には。でも、アメリカに何の抵抗もできなかった時期だもの。移送された人たちの日本に残された家族が騒いだところで、どうにもならなかったでしょう。逆に、研究者たちのほうは進んで行った者がほとんどだった。日本に残っていれば、ＢＣ級戦犯として起訴される可能性が高かったけれど、それを免除されたから」

７３１部隊にまつわる有名なうわさを嫌でも思い出す。

戦前・戦中と満州を拠点としていた関東軍防疫給水本部、通称７３１部隊は兵士の防疫や戦地への給水体制の研究を表向きの職務としつつ、その裏では、今でいうＢ・Ｃ兵器に当たる細菌戦用兵器の開発を進めていた。捕虜や捕縛された一般市民の生体を使った膨大な実験データは、日本の敗戦後、アメリカ軍に回収・供与されたといわれている。

　そしてもうひとつ、さらに嫌な疑問も湧いてくる。

「アメリカに渡った日本人異能力者と研究者たちは、その後、どうなったんでしょう」

「わからない」

「まったく？」

「ええ」

「水無月計画のデータがその後も受け継がれ、発展し、数十年後にアメリカ本土でマックス・レイナードが起こした一連の事件に、何か影響を与えたということはないですか。レイナードは異能力者関連の研究に従事していて、その研究成果を盗み出し、勝手に実証実験を行った結果、『グラフトン・ケース』のような、加害者自身さえ犯した罪をまったく自覚できない惨劇が起きてしまったとか。もっといえばレイナード自身、日本から連れて行かれた異能力者と血縁があるとか」

　これも妄想レベルの話だとわかっている。でも、訊かずにはいられなかった。

「資料に何も書かれていないし、私も聞かされていないから」

「水瀬さんはどう思いますか？」

　しつこく訊いた。

「どうとも思わないし、任務に関する事柄には一切の私見を持たないようにしている」

「任務には私情を挟まない――」

「そう。先入観を持ったり勝手に定義してしまうことは、逆に自分の行動を縛り、窮地に追い込んでしまう。まあ、必ずしも、徹底できているわけではないけれど」

話に没頭していて気づかなかったが、いつの間にか水瀬の両目に浮かんでいた赤い光が消えている。

「本題に戻るね」

水瀬がいった。

一方の日本政府や国内の研究機関も、アメリカが異能力者たちを連れ去ったことや、日本国内に散在していた水無月計画関連の資料を持ち去っていったのに影響され、ＧＨＱによる占領解除後の昭和二十七（一九五二）年、研究者を一新して独自の調査を再開した。だが、ほとんど進展せず、これといった成果もない状態が続いた。

進展しなかった一番の理由は、戦後、水無月計画の検証や再始動に携わった研究者たちの中に広がっていた猜疑心だった。

「信じていなかったんですね」

沖野の言葉に水瀬もうなずく。

「そんなものが有効であるはずがないって考えが支配的だった。新しい研究者のほとんどは、戦前の研究の実態を知らず、迷信の延長か、たちの悪いエセ科学者に旧帝国陸軍や政府の官僚が騙されたか、もしくは偶然が重なった程度だと思い込んでいたから」

昭和二十九（一九五四）年の防衛庁発足以降は、同庁が旧水無月計画の研究を一括管理するようになる。アメリカに連れ去られた異能力者の血縁者たち、アメリカには「能力なし」と判定され、日本に残った異能力者たちなどの追跡調査も続けられていたが、何の成果もない日々が続いた。しかし、昭和五十年代に入り、「索敵や調査、内偵に有用」な事例が、防衛庁に複数寄せられるようになった。

ただし、どう有用だったのか具体的な事例は記載されていない。

水瀬が続ける。

「はじめはいわゆる精神疾患の一例というかたちで情報が寄せられ、精査の結果、昭和五十五年ごろから偶然の域を超えた、役立つ力だと認識されるようになった。具体的にどういうものだったのかは、私にもわからない。ただ、伏せられたカードの模様当てレベルのことでないのは確か。あんたや神津のような、ある種の組織や機関にとっては実践的な力だったらしい。昭和五十六年にスパイとして拘束された外国人に対して、この異能力の検証テストが行われ、その報告書と証拠映像が官房長官経由で内閣に届いた翌年から、防衛庁内の防諜研究部門——当時、異能力を研究していたセクション——に与えられる予算が一気に十八倍増になったから」

「その役立つ力を持っていた研究対象の人々は、今どうしているんですか？」

「私は知らないし、会ったこともない」

「国際交流課に以前勤務していたという話も聞かないですか」

「ええ」

本当だろうかと疑う気持ちが湧き上がってくる。ただ、今一番訊きたいのはそこじゃない。

「昭和五十六、七年ごろ、その防衛庁の研究対象者に僕の父は入っていましたか」

当時、沖野の父は小学一、二年生。

沖野自身が自分の持つ「異能力」に気づきはじめた年齢に近い。

「ええ、対象に入っていた。ただ、具体的に何かの能力を見せた結果なのか、単に戦前研究対象だった異能力者と血縁的に直系だったからなのかはわからない」

「じゃあ、その後は？　中学以降、大学を経て外務省に入省するまでの間に、父と防衛庁や政府のどこかの機関との間に接点はなかったんですか？」

父は外務省勤務を続けながら、防衛庁から格上げされた防衛省が所管する一般財団法人防衛リサーチセンターで非常勤研究者も務めていた。

しかし、水瀬は沖野の問いかけに答えない。

「母は無関係だったんでしょうか？　それとも父のやっていることを何か知っていた？」

再度聞いたが、水瀬は首を横に振った。

「私が今日話せるのはここまで。続きは国枝係長が後日あらためて話す」

目の前にぶら下げられていた餌は、また咥《くわ》える直前で引っ込められた。沖野が命令を拒否しないよう、逃げ出さないよう、焦らされ勿体つけられることになった。ガキだから騙せると甘く見られている気分になる。

ただ、ムカつきながらも、ひとつわかったことがある。

水瀬の突然の沈黙は、父の外務省での仕事や防衛リサーチセンターでの研究が、その父の死と無関係ではないことを意味している。

――やっぱり父と母は殺された。

沖野も黙った。

ふたり視線を合わせないまま沈黙が続いたあと、水瀬が小さな声で訊いた。

「文句はいわないの？」

「いいたいけど、やっぱ止《や》めておきます」

「私はただの伝達役で、何をいっても変わりはしないし、意味がないから？」

「そういうわけじゃ……いや、そうなのかな？　さっきヒロさんに『理由があるからって自分勝手に感情を吐き出していいのは十七歳までだよ』って怒られたし」

『怒ったんじゃない、注意したんだよ』

携帯のスピーカーを通してヒロがいった。

そうだ、まだつながっていたんだ。

水瀬が手を伸ばし、テーブルに置かれた携帯の画面に触れる。二係のオフィスとつながっていた通話が切れた。

「前よりはマシになったかな？」

彼女がいった。

「前半は上手くいかなかったけれど、後半は罵《ののし》り合いもほとんどなかったし」

「僕に訊かないでください」

沖野は笑った。

「そうだね」

水瀬も笑った。

――手探りなのはこの人も同じ。

あらためてそう感じた。

以前、国際交流課一係の久坂部《くさかべ》係長が水瀬について話していたことを思い出す。

〈誰かに扮したり、化けたりするのは、ずば抜けて得意だけれど、その代わり自分自身がないから、素の状態で他人と上手く通じ合うことができない〉

水瀬はいつ自分自身をなくしたのだろう？　なぜ二係に配属されたのだろう。

望んで二係に来たのでないことは沖野にもわかる。彼女からは、天城課長、国枝係長、デスクのヒロから伝わってくる使命感や自分なりの大義のようなものが一切感じられない。

水瀬を知りたくなったのは同情心からじゃない。知ることが、「異能力」に振り回され続けている自分自身を救うことにもなるように感じたから。

沖野も水瀬も互いに視線を合わせないまま座っている。

テーブルの上の空になったカップを、水瀬がきれいに手入れされた薄いピンク色のネイルの先でコツコツと叩く。

「今思い出したんですけど、僕、水瀬さんに麻酔剤も打たれたんですよね」

「忘れていた？」

「忘れてはいないけれど、大学構内で首に注射針を刺された記憶は薄れてました。そのあとに銃で撃たれたほうの衝撃が大きすぎて」

「単純というか、頭悪過ぎる」

「まあ、利口じゃないのは認めますけど。これまでにも僕にしたように、部下を刺したり撃ったりしたことはあるんですか」

「ない。撃ったことはあるけれど、命中しなかった」

「じゃ、二係に入る前に誰かを刺したことは？　そもそも以前は何をしていて、どうして配属になったんですか」

「遠慮がないね」

「これまでは僕のことを一方的に知られているだけだったし、いい機会ですから」

「沈黙は怖い？」

「怖くはないけれど、落ち着かないです。仕事の話をしたり、いがみ合っている間は、どんなに言葉が途切れても空気が悪くなっても何でもないのに」

「相変わらず、普通のことが話せないか」

水瀬が独り言のようにいった。

「仕事だけのつながりのほうが、楽だと思っていたんですけど」

沖野も独り言のように口にした。

でも、それ以上のものが、たとえば信頼とか、諦めではない許し合いや委ね合いが、本当に命を預け合う必要のあるこのふたりには不可欠なのだろう。

わかってはいるのに、上手くいかない、できない。もどかしい。

――何だ、この青臭くて気持ち悪い関係は。

水瀬がまた口を開く。

「私のことを話しても退屈なだけ。あんたと違って特筆するような能力のない凡人だから」

「自分のことを卑下したりするんですね」

「してるよ、いつも。でも、今のは卑下じゃなくて事実をいっただけ」

「その事実を教えてください」

「来年になったら話す」

「年末の任務を無事に終えたらって意味ですか」

「そう、無事に。やっぱりあんたには生きて戻ってほしいから」

水瀬はうなずき、脚を組みかえると言葉を続けた。

「今日は代わりに、私と神津の間に何があったのかを話す。退屈だろうけれど聞いて」

3

ダッフルコートを着てマフラーをつけた沖野は、永田町《ながたちょう》の歩道を歩いている。

買い物や散歩じゃない。呼び出された。

十二月二十八日、午後二時。明日から官庁は一斉に年末年始の休暇に入る。

国際交流課はどうなのだろう？　正月休みがあるのかどうか、まだ確認していなかった。

曇り空、吐く息がかすかに白く染まる。もうすっかり冬だ。痛み止めを飲み忘れると、肩と脚の傷はまだ少し痛むけれど、ただ歩くだけならもう支障はない。

国会議事堂正門前の信号を渡り、憲政記念館横の洋式庭園へ。こんなところを選ぶなんてちょっと演出過剰だと沖野は感じている。

公園の真ん中、日本水準原点のモニュメントの近くにあるベンチに、国際交流課二係の国枝達郎《たつろう》係長は座っていた。

「たまには外に出るのもいいだろ」

茶色いダスターコートを着て缶コーヒーを片手に持った国枝がいった。

「ええ。思っていたより寒いですけど」

「部屋にずっとこもっていれば、そう感じるさ。体力は落ちてないかい？」

「水瀬さんの命令で、通販でダンベルやローラーを買いました。毎日、課題が久坂部さんから送られてきます」

国際交流課一係係長の久坂部真奈《まな》からメニューがメールされてきて、ノルマを達成した証拠にトレーニング中の動画提出も義務づけられている。

「成果は……まだ出ていないか」

国枝が沖野の痩せた体を眺めながらいったあと、ポケットからもう一本缶コーヒーを出し、こちらに見せた。

沖野は手を横に振り、断る。

「持っていればカイロ代わりになる。温かいよ」

「ありがとうございます。でも結構です」

「苦手かい？」

「はい。係長は缶のコーヒーも飲むんですね」

「何だって飲むさ。コーヒーに貴賤なし。まあ、カフェイン入ってりゃ何でもいいんだけど。タバコ止めてニコチンの力は借りなくなったものの、今はカフェインないと頭回んなくてさ」

コーヒーを啜る国枝の横に、沖野は座った。

でも、周りが気になる。

「どこだと思う？」

国枝が訊いた。

姿を見せずに周囲で警護――この場合、監視か――の任務を実行中の人間たちが、潜んでいる場所を当てろといっている。

沖野は茂みや建物の陰の三ヵ所、ふたりの通行人、さらに隠されている三つのカメラの位置を指摘した。

「悪くない。八十点」

と採点された。

「さすが十代、吸収と成長が早い。若いっていいな」

「マイナス二十点分の見落としがあるんですよね」

「うん。でも喜んでいい点数だよ」

「喜べません。そのマイナス分だけ命を落とす可能性があるってことですから」

「そういう危機感も持っていることを加味しての評価だよ」

冷たい風がかすかに吹いている。

会話が途切れかけたところで、「年末年始はどうするの？」と国枝が訊いた。

「とりあえず実家に帰るつもりです。といっても都内の墨田《すみだ》区ですけど。でも、そもそもの話なんですが、この前、神津に会おうと誘われたとき『十二月三十一日なら二係ももう休暇期間に入っているはず』っていわれたんです。ほんとに年末年始に休めるんですか」

「休めるさ。うちも立派な官庁だからね」

「じゃあ、三十一日は――」

「その日はだめだよ。仕事してもらう」

「やっぱり任務があるんですね」

「うん。でも、だいじょうぶ。休日出勤その他、各種手当はちゃんとつくから」

いや、そういうことじゃなくて。

確かに十分な手当はつくのだろうけれど。何だか露骨に命を金に替えているように感じるな。国枝も命令に従わせるための念押しに、いや、逃げるなよと釘を刺すために、わざわざここにやって来た気がする。

「呼び出した理由は何ですか」

沖野は訊いた。

「こないだの水瀬の説明は途中で終わってしまっただろ。そのことについて少し話をしようと思ってね」

「外務省か防衛省にあまり詳しく話すなと横槍を入れられたんですか」

「察しがよくなったね。いや、知恵がついたっていうほうが近いか」

「部下の成長を感じるのは嬉しいですか」

「嬉しくも悲しくもないよ。任務には私情を挟まないようにしているから」

ついこの前も、水瀬が同じようなことをいっていた。

「任務」とつければ何でも正当化されるような、杓子《しゃくし》定規《じょうぎ》な言葉。

気に入らない。沖野は露骨にため息をついた。上司の前だけれど、今は自分が感じている憤りを隠したくなかった。

「ムカつく気持ちはわかるよ。でも、君が求めている情報がどれだけ重要で、価値のあるものか、もう一度考えてみてくれ。それは通常明かされることのない国家機密で、たとえ君の人生に大きく関わることだったとしても、ひとつの任務を遂行した程度の対価として知ることのできるものじゃない」

「でも、話すと確かに約束しました。あとから価値だとか通常はないとか言い出すのは卑怯じゃないですか」

「約束は必ず果たされるものじゃない。むしろ、難癖をつけられ、履行されないのが世界の常識。卑怯なんて言葉は弱者・敗者の泣き言。常に裏切られ覆される事態を想定して、打開策を立てておかないと。これも――」

「一人前のスパイになるための重要なトレーニングのひとつ、ですか」

「そういうこと。詭弁だと思ってくれてもいい。ただ、公明正大なんてこの世にないことは頭に叩き込んでおくように。そうでないと、最悪死ぬことになる。それにもうひとつ、これでも君は国際交流課や関係機関の中では、十分優遇されていることを忘れないでくれ」

「較べる対象がいないので、どれだけ優遇されているかなんてわかりようがないです」

「わかりたければ、この先も生き延びて、任務を重ねていくことだ。嫌でも自分が特別扱いされているとわかるから」

「やっぱり僕には詭弁だとしか思えません、すべてが」

「申し訳ない。でも、これが――」

「係長の仕事、もしくは任務ですか」

「いや、どちらでもない。自分の大義を果たすために必要不可欠な作業だよ。誰もがぼんやりのほほんとしながらも無事に生きていける日本を、この先も維持していく――その目的を達成するためなら、君を騙してでも鞭打ってでも働かせる」

「天城課長も同じ考えですよね」

「もちろん」

「酷い人たちだな」

「わかってるよ。だから謝ってるだろ」

「謝ったら済むと思っているなんて。大人は身勝手ですね」

「厳しいね。まるで水瀬と話しているときみたいな口調だな」

「不信や怒りは正しい相手にぶつけようと思っただけです。知らないうちに水瀬さんを使って自分はガス抜きをされていたことに、いい加減気づいたので」

「そりゃ気づくよな。もちろん責められることから逃げるつもりはないよ」

　国枝は苦笑いを浮かべている。その横顔を沖野は睨んだ。

「ま、今はそれくらいの強い気持ちでいてもらったほうがいいよ。これから話すことは、君には辛い内容だから」

　国枝が空のコーヒー缶をアスファルトの上に置き、こちらを見た。

「君のお父さん、沖野実希人《みきと》は大学生だったころから、自分の先祖がどんな人間だったかを知っていた。何代も前のおばあさんや、おじいさんの陸軍との関係や水無月計画、さらには異能力者を生み出すための交接実験に加わっていたことも。そして自分には、先祖が持っていた異能力的なものがほとんど備わっていないこともね」

沖野の中に動揺とも興奮ともつかない気持ちが湧き上がる。それを抑えながら訊いた。

「父は自分に流れている血のことを、どうやって知ったんですか」

「教えたんだよ、政府関係者が。ただしそれは天城さんでも俺でもない。国際交流課設立前の機関の連中だ」

「教えたのは何のため？」

「決まってるだろ、いずれ諜報関連の任務や機関に引き込めると思ったからだよ」

大学卒業後、沖野実希人は外務省に入省したが、官僚としての研修がはじまる直前、ある選択肢を提示された。

通常の外交官、次官へと進む道を歩むか。より高次の任務——極秘の諜報活動に就くか。諜報は公にはされない職務だが、高給で、しかも真の意味で日本を護り動かしている実感を味わえる。ただし後者を選ぶには条件があった。

今後、もし異能力が萌芽した場合に備え、沖野実希人は定期的に測定を受ける。さらに子供が誕生したときは、その子の成長に応じ調査と異能力測定を続けることを許可する。

「沖野実希人は条件を受け入れ、後者を選択した。自分の望むキャリアを歩むために、子供の将来を国家に委ねたってことだ。そして彼の第二子として生まれた君、修也は、異能力の兆しを秘めていた。それがわかった時点で、君がいずれ国際交流課か他の機関で働くという見えないラインが引かれ、幸か不幸か成長しても能力は消えず、むしろ発達したため、俺たちと働くことになった」

「母もそのことを知っていたんですね」

「知っていた。ただし、お母さんのほうには異能力者の血縁もいなかったし、本人にもその兆候は一切なかった。沖野実希人と知り合ったのも大学時代。どこかの機関が意図してふたりを引き合わせたんじゃない」

――だから母さんは嫌っていたんだ。

沖野の中にある普通でない部分を否定していたのは、やはり母なりの愛情だったのだろう。幼稚園のころの沖野が予感めいたことを口走ったり、十歳を過ぎ、他人の赤い目を見て「あの人、怒ってる」とつぶやいたりするのを聞くと、母は「やめなさい」と強く叱った。曽祖母の祐子《ゆうこ》が、沖野の中に芽生えた「異能力」の兆しを褒めることも、とても嫌がった。

それはこんな力を持っていたって、何ひとついいことがないと、厄介に巻き込まれるだけだと、心のどこかで感じていたから。

ただ、それでも――

「僕の将来は両親に売られた」

沖野の口からこぼれ出た。

「俺にはわからないよ。でも、君がそう感じるのなら、そういうことなんだろう」

国枝は曇り空に目を向けた。

※

官舎に戻り、時計を見ると午後五時を過ぎていた。

洋式庭園では国枝が先にその場を立ち去り、沖野は背中を見送ったあともベンチに残った。

ただ、こんなに長く座っていたとは気づかなかった。

とりあえずダッフルコートを脱いで、手を洗い、うがいをし、顔まで洗った。

ごしごしと顔を拭いたタオルを洗濯機に入れる。

国枝によれば、沖野の両親の死は臓器嚢の一件とは関係がないそうだ。ただ、父の従事していた諜報任務に原因があり、そして事故ではなく殺されたのだと断言した。

メタンハイドレート／天然ガスの原料成分・メタンガスが海底下の地層内で氷状に固まった物質。この日本近海の海底に大量に埋蔵されていると思われる次世代エネルギーの採掘について、アメリカと中国が、日本も韓国も無視し、密約を結ぼうとしているという情報を、父・沖野実希人の所属するチームは摑んだ。

日本海、島根県の隠岐《おき》諸島付近のメタンハイドレート採掘を、試験採掘なども含め中国に行わせることを、一定条件下でアメリカが黙認する——もちろん国境も領海も、日本の主権も無視した侵略行為で、父たちはアメリカ・中国間の密約の撤廃、交渉の決裂のために動き出す。

その工作を遂行中、父は母とともに事故に見せかけ殺された。

ただ、国枝は犯行を直接指示したのが何者かは口にしなかった。アメリカ、中国のどちらなのか、もしくは両方、さらには第三の存在なのかは不明のまま。

加えて国枝の言葉がすべて真実だという確証もない。仮に裏付けとなる資料を見せられたとしても、それ自体捏造品の可能性もある。

「疑うなら、生き延びて重要人物になり、必要なデータにいつでもアクセスできる権限を手に入れるんだね」

洋式庭園から立ち去る前、国枝はいった。

「君自身が真実を掘り起こせって意味だよ。今俺たちがいるのは過去のどの時代とも違う。ネットという見えない広大な世界の中に、どんな事象も半永久的に記録されてゆく――多少おっさん臭い言い方なのは許してくれよ――ともかく不都合なことだからといって、どれだけ塗り潰し、消し去ろうとしても、完全に葬ることはできない。この世の中のどこか、埋もれた電子データの奥底に、真実の断片が必ず残っている。隠し通せることなんてないんだ、たとえ国家であろうとも」

国枝の言葉を思い出しながら、沖野はキッチンカウンターにあるグミの袋を見ている。

だが、口に入れず、手にも取らなかった。

代わりに冷蔵庫を開け、凍った出汁を鍋に入れた。沸騰すると、醬油《しょうゆ》などの調味料、冷凍の刻み揚げとうどんを入れ、煮込む。

ショックはもちろん受けている。混乱もしている。

〈沖野実希人は自分に子供が生まれた場合、その子の成長に応じた調査と異能力測定を続けることを許可した。自分の望むキャリアを歩むために、子供の将来を国家に委ねた〉

他人の敵意や殺意を、悪寒や相手の目の色を通して感じ取る。このムカつく能力とともに、自分は売り渡された。

誰から誰に？　沖野実希人から日本という国に。

正直悲しい。ものすごく寂しくて、少しでも油断すると涙がこぼれそうだった。

うどんが煮えた。

食欲はまったくない。でも、ここで何も食べないのは負けのような気がした。

——何いってんだろ。

自分でも思う。知るべきことの大半がわかった今、勝たなきゃいけないものもないし、打ち負かしたい相手もいないのに。いや、本当にそうなのか？　まだすべてに手が届いたわけじゃないし、もしかしたら何にも触れてさえいないのかもしれない。

国枝係長から聞かされた言葉が真実か確かめる必要があるし、両親を殺した人間も特定しなければ。特定したら、復讐する……はずだった。

自分の中にあった決意がぼやけ、滲んでゆく。

まだ二係に残り続ける意味はあるのだろうか？　天城課長や国枝係長に対して、今は不信感しかないのに。

やはり二係から抜けて……と思った直後、恐怖が湧き上がった。

突然流れてきた霧のように、不安と怯えが体を包んでゆく。今の自分には国際交流課や公安の追跡を振り切る力はない。すぐに所在を摑まれる。確保されたら、矯正されて自我を失った家畜のようにまた任務を続けさせられるのか？　それともどこかの施設に入れられ、出てこられないのか?

死ぬことよりも、自分の意思をもぎ取られ、自由をなくしてしまうことが怖い。

湯気を上げるうどんが入った器をカウンターに置き、箸でたぐり、立ったまま啜り上げた。

味もよくわからない。ただ、すごく口の中が熱い。

体温も上がり、部屋に帰ってきてからヒーターも床暖房もつけずにいたことに気づいた。

両親に売り渡された悲しさ、少しも信頼していない組織から抜けられない苦しさ、自分が持ってしまった能力を恨む気持ち。

その全部が頭の中をぐるぐると回る。

うどんの湯気が目に染みる。無理やり啜り込み続けたせいで咳き込み、涙がこぼれた。

箸を持つ手で拭ってもまた溢れてくる。

この先への不安で涙が止まらない。けれど、ただ泣いていても何も変わらない。

だから泣きながらどうするべきか考えた。立ち上っていた湯気が消え、うどんの器が完全に冷めてしまっても、考えはまとまらない。答えが出ない。

それでも、今この時点での答えを、無理やりにでも出さなければ。

4

上野駅を発車した地下鉄銀座線の車内は混み合っている。

十二月三十一日、午後十時三十分。

乗客のほとんどが三つ先、終点の浅草《あさくさ》駅で降り、浅草寺《せんそうじ》へと初詣に向かう。

日付が変わる前に到着するのは、混雑が本格化する午前一時前に参拝を終えるためだ。

浅草駅のひとつ前、田原町《たわらまち》で沖野はホームに降りた。改札を抜け、かっぱ橋の商店街を北に向かって進む。遠回りになるけれど、この時間、もう人で溢れている雷門《かみなりもん》や仲見世《なかみせ》を歩くより、ずっといい。

目的地は浅草寺の境内にある影向堂《ようごうどう》。

西浅草《にしあさくさ》にある東本願寺《ひがしほんがんじ》の除夜の鐘が鳴っている。混んだ電車内で体にまとわりついた暖気を、夜の冷えた風が奪い去ってゆく。沖野はマフラーをつけ、ダッフルコートのポケットに両手を入れた。撃たれた肩と足にもう痛みはない。

浅草から隅田川《すみだがわ》を渡ってすぐの向島に実家があるのに、実は年明けと同時に浅草寺にお参りしたことは一度もなかった。

だってものすごい人出だから。

混雑の中にいると息が詰まる。くそ寒い中、なかなか進まない本堂前までの行列に長時間並び続けるのも嫌だ。そんなわざわざインフルエンザに罹りにいくようなことはしたくない。

ずっと避けてきたのに。まさか任務で来ることになるなんて。

右へ曲がり、国際通りを越えると、不思議な感覚にとらわれた。

車両進入禁止となった道を、浅草寺の境内へ向かって多くの人が流れてゆく。昼間は平日でも観光客だらけの一画だけれど、並んでいる店は閉まるのが早く、午後八時以降ほとんど人の姿は見えなくなる。そう、いつもの浅草の夜は驚くほど静かだ。

でも今夜は混雑している。予想はしていたが、子供のころからよく知っているはずの通りに、見慣れない光景が広がっていた。

そんな場所で、これからスパイとしての職務を果たすのか。

現実感がない。だが、姿が見えないだけで、沖野の動きを、公安の捜査員や国際交流課所属の職員たち十数名が監視している。

その視線が痛い。監視者たちは神津が沖野を拉致することを、その拉致の際に爆破や事故などの周囲を巻き込む陽動を仕掛けてくることを警戒している。

同時に監視員たちは沖野にも疑いの目を向けていた。

神津に共鳴し、一緒に逃げるのではないか？

だから国際交流課五係のスタッフがやってきて、沖野の衣服や持ち物だけでなく、体中のあちこちにセンサーやマイク、発信機を取りつけていった。ただし、口から飲み込むタイプの発信装置だけは断固拒否した。この前みたいに拉致されたあと、意識のないうちに肛門の奥まで探られたくはない。

神津と一緒に逃げる気は——今のところなかった。

ただ、あの人と向き合ってもう一度話してみないと、沖野自身も、この先自分がどう行動するかわからない。

一度会ったきりの「二係の先輩」神津に何の共感も抱いてはいない。だが、国際交流課二係にも恩義や愛着などは一切感じていない。

なのに、沖野はやはりこの任務に臨むことにした。

三日前、国枝係長は沖野に父と母の死の真相の約八〇パーセントを教えた。割合はあくまで沖野の体感で、必ずしも正確ではないけれど。

ともかくすべてはわかっていない。その不明なままの残り二〇パーセントが、沖野を二係につなぎとめている。

やはり父と母を殺したのは誰か知りたい。

相手が個人ではなく組織であることはわかっている。それに、自分の両親が一方的な被害者ではないことも。

でも、関係ない。

父と母の無念を晴らすとか、仇《かたき》を討つとか、たぶんそういうことじゃない。人の親の命を勝手に奪った奴らがいること自体が、どうしようもなく許せなかった。そいつらに、自分が今まで感じてきた怒りや寂しさや苦しさを、叩きつけ吐き出したい。

両親が幼いころから沖野の情報を提供していたことへの不信感にも、とりあえず折り合いをつけた。

父・沖野実希人が外務省に入省し、二者択一を提示された時点では、当然のように未来はまだ不確定だった。大学時代つきあっていた母と別れたかもしれないし、その後、一生独身だったかもしれない。母を含む誰かと結婚したとしても、子供を持たなかったり、望んでも生まれなかったかもしれない。

もし生まれても、余計な力なんて備わっていない可能性もあった。事実、沖野の姉の夏都《なつ》は異能力など持っていない。

そんな低い確率の中、父の第二子の沖野には、他の人にはない力が備わっていることが判明した。しかもそれは成長するにつれ、強くなってゆく。日本政府の組織（どんな名称かはまだ沖野は知らない）は、父の行動を以前から監視していた。同じように家族の行動も見張られ、沖野の力を隠し通すことはできなかっただろう。どこかに身を潜めることも逃げることも難しい。政府以外の何者かに狙われたり、拉致される可能性もあっただろう。

だったら、我が子を日本政府に託し、庇護してもらうしかない。

――僕を護るため、敵対するより、取り込まれるほうを選んだ。

そんな面倒臭い理屈を頭の中で組み上げ、あれも両親なりの愛だったのだと自分を無理やり納得させている。

――今は国際交流課二係で任務を続けるしかない。

そう思って覚悟を決めた。

二係に残って経験を積み技術を磨き、もっとエージェントとしての能力を上げなければ、いつか二係から逃げることも、二係を叩き潰すこともできないのだから。

今、沖野が持っているものは、敵意や殺意を、悪寒や相手の目の色を通し感じ取る能力だけだった。それだけじゃ自分自身も、自分を取り巻く世界も、変えることはできない。二係に残るにも、捨てるにも、壊すにも力が足りない。だから力をつけなくちゃ。

しょぼい結論だけれど、紛れもない事実だ。

浅草寺の境内に近くなるほど、人通りも増えてゆく。

着物姿の外国人男性、振袖《ふりそで》の外国人女性も多い。ただ、酔っ払いの奇声や、拡声器を通した交通規制やスリ用心を呼びかける警察官の声も聞こえてきて、やっぱり華やいでいるというより騒がしい。

神津から指定された集合時間は三十一日の午後十一時。あと十分ほど。

沖野のショルダーバッグの中の携帯が鳴った。

来た、神津からの着信。すぐに出る。

『今どこ?』

と訊かれた。

「国際通りを曲がって新仲見世通りに入った」

『ちょうどよかった。この先のことを指示する』

沖野は内容を頭に叩き込む。

この会話が盗聴されているのは、神津もわかっているだろう。でも構わず話している。

『どう?　尾行や監視は振り切れそう?』

「やってみないとわからない」

『足の速さには自信があるだろ?』

「この人混みじゃ真っすぐに走れない」

『弱気なこといわないで。会えるのを楽しみにしていたんだから』

通話が切れた。

新仲見世通りを左折して、六区ブロードウェイという名前の通りを北に進むと、浅草演芸ホールの斜め向かいに交番がある。神津からの指示通り、そこに入り、制服の警察官に「落とした携帯を引き取りにきた」といった。

身分証を見せ、必要書類に書き込み、礼をいって携帯を受け取る。

交番を出ると同時にメッセージが届いた。

『さっきの話や約束の時間は忘れて。本当のプランを送る』

以下、今後どう行動するかの指示が書かれている。

『音読禁止。髪の中やフードに取り付けられたカメラに画面を映すのもだめ』

と文章が続く。

最後には『了解したら笑って』と添えられていた。

沖野は歩きながら笑った。

また携帯が震える。

『いい笑顔だ』

褒められた。携帯のＧＰＳを通じてこちらの位置を摑んでいるだけでなく、どこからか見ている。肉眼ではなく、路上監視カメラをハッキングしている？

影向堂まで残りほんの数百メートル。でも、まだ到着せずに浅草の街中を歩き回るよう指示された。浅草寺周辺から少し離れ、意味もなく歩き続け、時間を潰す。この間に、神津はこちらの尾行や警備の態勢を見極めているのだろう。

緊張が高まってくる。冬の乾燥のせいだけじゃなく唇が乾く。落ち着こうとしても、やっぱり友達に会いに行くような気持ちにはなれない。

沖野が国際交流課二係に配属される約一年前、神津は任務を放棄し、失踪した。以降、存在自体が重要機密である神津の行方を、国際交流課、警察庁警備局、公安調査庁調査第二部、さらに防衛省情報本部統合情報部まで加わり追い続けたが、まったく摑めなかった。なのに、今月十二月九日の深夜、沖野が入院していた江東《こうとう》区豊洲《とよす》の病院に突然現れた。病院の出入り口や沖野の病室のあるフロアーは、厳重に警備されていたにもかかわらず、神津は難なく侵入し、そして去っていった。

並の人間にできることじゃない。元から索敵や潜入の才能があり、加えて厳しいトレーニングも積んだのだろう。

しかも、神津は相手の声を聞いただけで、話している内容が真実かうそか判別できる「特質」を持っている。

だから正直、会うのは怖い。あいつと話すと心の内を見透かされてしまうのだから。

一方で、どこか自分に近いようにも感じている。

神津に会ってはじめて、沖野は、他人が自分に対して感じる抵抗や不気味さがどんなものか理解できた。

神津が声から相手のうそを見破る、いや、聞き破るように、沖野も相手の瞳に浮かぶ赤い光から、相手の中の怒りや憎しみの感情を読み取る。

――心を見抜かれるって、やっぱりすごく気持ち悪い。

小学校、中学校のとき、友達が自分を避けていたのも仕方ないことかもしれない。人の感情って、自分の心を覗き見られても十分に耐えられるほど、たぶん頑丈にはできていない。

　街をあちこち回っている間に、近くで新たに除夜の鐘が鳴りはじめた。年が明けた。他の寺と少し違い、浅草寺では午前零時を過ぎ、一月一日になってから鐘突きがはじまる。

　神津から渡された携帯が震えた。画面を見ると『注意』のメッセージ。

　警護している国際交流課や公安の連中のこと？　いや違う。

　他に警戒すべき奴らがいるのか。

　浅草寺境内に入る直前で、沖野は道の端に寄り、立ち止まった。周囲を警戒する。境内からこちらに向かって歩いてくる流れの中に、真夜中なのに濃い色のついたレンズの眼鏡をかけている男を数人見つけた。

　瞳を隠すのは、敵意を持っていることを赤い目の色から読み取られないようにするため？

　考え過ぎかもしれないが、とりあえず今はここを離れよう。

　沖野は振り向き、早足で来た道を戻りはじめた。六区ブロードウェイに入ったところで、また携帯が震え出す。今度は通話着信。

『露骨だな』

　神津の声。

『逃げてるってバレバレだよ』

「しょうがないだろ。初心者なんだから」

『相手は初心者だからって気遣ってくれないよ』

「その相手って誰？」

『わからない』

「でも敵なんだろ」

『ああ。あのダサいカラーレンズの眼鏡の三人を含む五人が、君に向かって同じ歩速で近づいていったから』

凄いな。あの人混みの中で、そんなことまでわかるんだ。

『君を憎んでいるか、君に興味があって拉致したがってる連中かの、どちらかだろう』

そいつらを振り切っていかなきゃならないのか。

「やっぱり今日会うのは中止にしないか」

『だめだよ。中止にしたら僕だけじゃなく、君は国枝や水瀬にも怒られる』

――だろうな。

「じゃあ、次にどうするか教えて」

『とりあえず、その通り沿いのどこかのビルに入って』

「適当だな」

『土地勘は君のほうがあるだろ』

「でも、人は多いけど深夜だよ。ほとんどのビルの入り口は閉まってる」

『裏に回ってよ。通用口でもいい』

忍び込めってことか。それで本当に逃げられるのか？

国際交流課や公安が護ってくれるかと思ったけれど、連中の姿は見えない。どこかで交戦中？　それともあのダサい色つきレンズの奴らとグルなのか？

混み合うブロードウェイから人通りの少ない路地に入った。

瞬間、沖野の顔のすぐ横の古いビルの壁が、ガッという音とともにえぐれ、剝《は》がれ落ちた。

慌てて駆け出す。

『どうした？』

神津が携帯を通して訊いてくる。

「待って」

『何？』

「ちょっと待って」

すぐ近くに見えるパチンコ店やカラオケボックス、サウナが入っている雑居ビルの通用口に飛び込んだ。制服を着た年寄りの警備員に呼び止められたが、構ってはいられない。

パチンコ屋の荷物置き場に使われている狭い階段を駆け上がりながら、バッグからマイクつきイヤフォンを出し左耳に入れ、携帯と無線接続した。

「撃たれた」

沖野はいった。

『どこを？』

神津が訊く。

「当たってはいない」

『拳銃？』

「たぶん違う。あの弾の形状だと強力なエアガンだと思う」

『まだ追われてる？』

「と思うけど、姿は見えない。次にどうすればいい？」

『君の特質を使って追ってくる奴らを振り切って、合流場所まで来てくれ』

「そんな上手くいくかよ。迎えに来いよ」

　思わず声が大きくなる。

『行ったら僕が危険だろ。こっちも国際交流課や公安に追われているのを忘れないでくれ』

「君は俺の実力を知ってるだろ？　合流できなくても責めるなよ」

『わかったよ、途中まで行くから。とにかく携帯は落とさないでくれ、君の居場所がわからなくなる』

　いつでも状況を伝えられるよう、通話は切らず接続したまま。

　階段の下から勢いよく追ってくる足音が聞こえる。あの年取った警備員ではないだろう。だとすれば、撃ってきた奴だ。

　六階まで上がって鍵の開いていた鉄の扉を開ける。

　黄色い使用済みタオルがワゴンの中に大量に投げ込まれていた。その奥には従業員の制服らしい紺のブレザーがハンガーに掛けられ、ぶら下がっている。

　サウナのバックヤードだ。

　床にカーペットが敷かれ、「土足厳禁」と張り紙がしてあったが、素直に従っている余裕はない。スニーカーを履いたままバックヤードを進んでゆく。

　電子レンジが並んだ調理室を抜け、大型テレビが置かれた休憩室へ。意外に客は多く、少なくともその場に二十人以上いた。

そのガウンを着てリクライニングチェアに座っていた男性客たちが、ただひとりダッフルコートを着て土足のままフロントへと駆け抜けてゆく沖野に一斉に視線を向ける。

とにかくここを出よう。

だが、エントランスのシューズロッカー前で、従業員の女に呼び止められた。

「お客様、お客様」

中年女が険しい顔で近づいてくる。

「すみません。すぐに出ますから」

「待って、待ちなさい」

沖野は左腕を摑まれた。

この女、紺ブレの制服を着ているし、胸に「秋山《あきやま》」と名札もつけている。でも、非力そうに見える小柄の中年にもかかわらず、不審者の男の腕を怯まず摑んだ。

声の厳しさに反して、両目に敵意を示す赤い光も浮かんでいない。

――おかしい。

沖野は女の体を蹴り飛ばし、摑まれた手を振り払った。

倒れてゆく女の右手にナイフのようなものが握られている。

――やっぱりプロだ。待ち伏せていたんだ。

自分からここに逃げ込んだんじゃない。誘導され、追い込まれたことに気づいた。

すぐに退路を探す。

女が起き上がる前に、沖野はエレベーターに乗り込もうとした。が、寸前でドアが閉まった。エレベーターが降りてゆく。運がないな、まったく。

起き上がった女が、一転して両目に赤い光を浮かべ、ナイフを構え近づいてくる。沖野は慌ててバッグを漁り、テーザー銃を取り出すと撃った。

ケーブルの先の電極が女に刺さり、体を大きく震わせた。

——早く倒れろ。

感電しながらも踏みとどまっていた女が、ようやくエントランスに倒れた。

間に合った、と思ったけれど、右目の端に動くものが見えた。

すぐに右手で庇う。が、衝撃とともに横に飛ばされ、沖野の体もタイル敷きのエントランスに転がった。

制服の中年男が、警棒のようなものを振りかざし駆け寄ってくる。

立ち上がろうとしたが間に合わない。振り下ろされた棒が沖野の背中を打ち、思わず呻き声が漏れる。

しかし、再度棒を振り上げた中年男の首と後頭部に銀色の何かがぶち当たった。

銀色に光ったのはサウナの備品のドライヤー。そして殴ったのは神津。

振り返ろうとした男の頭をさらに殴り、ドライヤーが変形し、プラスチック部分が粉々に砕け、男が膝から崩れ落ちてゆくまで殴り続けた。

起き上がった沖野は神津に腕を引かれ、また到着したエレベーターに乗り込んだ。

一階へと降りてゆく。

「どこか骨折した？」

神津が訊く。

「してない」

沖野は肩で息をしながら答えた。これまでの反省からダッフルコートの下の腕や胴体にナノカーボンプロテクターをつけていたおかげだ。

でも、骨が折れなかっただけで、殴られた痛みは十分感じている。

神津は襟にファーのついたコートを着て、ファーのバケットハットを被り、足元はブーツ。長いまつ毛、大きな瞳。整ったかたちの鼻。でも、きれいな顔の白い肌とファーに、中年男の血が細かく飛び散っている。

その赤い飛沫《ひまつ》が、なぜかとても似合っているように沖野には思えた。

「ここに誘い込まれた。君も気づかなかったのか？」

沖野は愚痴った。

「僕は万能じゃない。助けに来たんだからいいだろう」

神津があしらうように返す。

三階、カラオケボックスのフロアーでエレベーターが停まり、沖野は身構える。

ドアが開くと、二十代後半くらいのカップルが立っていた。流行《はや》りのＥＤＭが鳴っている。

「お帰りですか。これから初詣に？」

ふたりが乗り込もうとする前、神津が訊いた。

右手でエレベーターのボタンを押している長い髪の女も、コートに両手を入れている男も、驚いた表情を見せたが何も答えない。

「演技が下手だな。初詣に行くのかって訊いてるんだ」

神津はさらに訊く。そして、やはり何も言葉を発しない男女にコートの下から出した拳銃を突きつけた。

ふたりは話さないんじゃない。神津にうそだと知られてしまうから話せない。

エレベーターに乗ろうと近づいてきた別の女二人組の客が、神津の手に握られているものに気づき、「えっ」と漏らしながらあとずさった。

「命を懸けるほど金をもらってないだろ」

神津の一言に、長い髪の女がボタンから手を離す。そしてドアが閉まる寸前、何か呟いた。

「ケセッキ《クソ野郎》」と沖野には韓国語のように聞こえた。

エレベーターがまた降りてゆく。

「本物？」

沖野は銃のことを訊いた。

「どっちでもいいだろ」

神津が返す。

「撃たなかったね」

「撃たないのは僕の流儀じゃない。スポンサーの意向」

――スポンサー？

一階到着、六区ブロードウェイに面したドアが開く。

と同時に、制服の警察官ふたりが駆け寄ってきた。

その少し離れたうしろ、初詣客で混み合うブロードウェイを挟んだ向こうには、ついさっき沖野が落とし物を装い携帯を引き取った交番が建っている。

ふたりとも目に小さな赤い光を浮かべていた。偽の通報を受け、職質に来たな。

「すみません」

予想通り制服のふたり組が声をかけてくる。

「ちょっとお話を――」

が、神津は何もいわず、コートの下からまた拳銃を出し、銃口を向けた。

慌てて警察官たちも腰のホルスターに手を掛ける。

そのふたりを神津は続けざまに撃った。

「あっ」

沖野の口から思わず声が漏れる。

――なぜ警察官を。

二発、三発、四発。銃弾を受け、制服の男たちが倒れてゆく。ただ、出血はしていない。神津が撃ったのはゴム弾？　いや、芯に金属が入った強化プラスチック弾だ。

突然の銃声に通行人たちが振り返り、路上に転がった警察官を見てさらに驚く。

しかし、その通行人の群の中から、両目を赤く光らせた男女ひとりずつが飛び出し、銃のようなものを構えた。

「隠れて」

神津が叫びながら沖野の体を蹴飛ばす。沖野が右、神津が左、エレベーターの左右のドアの陰に身を潜める。

と同時にエレベーターの奥の壁がガンガンという音とともに、歪み、へこんだ。

金属製の短い矢のようなものが撃ち込まれてゆく。何だ？　発砲音はしなかった、小型のクロスボウ？

わからないが、まずはエレベーターのドアを閉めないと。

「逆だよ、開《かい》」

神津が命令する。沖野は意味がわからず彼を見た。

「開のボタンを押すんだよ。ドアを閉めるな」

上の階に逃げないのか？

でも、今はそれより——

「どうして」

沖野は神津の横顔を見た。いきなり警察官を撃った理由を知りたかった。また音が響き、矢がふたりの間をすり抜け、壁に突き刺さる。

「ニセモノだよ」

神津がいった。

「えっ？」

意味がわからない。

「本物の日本の警察官が、相手に銃口を向けられたからって、すぐに自分も抜いて撃ち合おうとするわけがないだろ」

――あ、確かに。

「相手が銃器らしきものを取り出す素振りを見せたら、まず回避行動を取りつつ退避。周囲の一般市民の安全を確保し、それから自分も拳銃を抜き、声による警告、さらに空に向け威嚇《いかく》射撃、容疑者に発砲するのはそれから。警察学校出身のくせにもう忘れたのか」

冷静かつ、すごい早口でいわれた。その通りだ。

「奥に交番が見えたから、そこから出てきた警察官だと思い込んだんだろう。安直だな。しかも、相手の目に敵意を示す光が見えたのに、偽の通報を受けて警戒しているせいだと勝手に間違った類推をした」

続く早口に返す言葉がない。

「偽警官たちが倒れた直後に、別のふたりが撃ってきた時点で気づかないなんて。君は自分の能力を嫌い、否定しながら、無意識のうちにそれに頼ってる。そんなんじゃすぐに死ぬぞ。反省したら謝罪しろ」

「すみません、でした」

冷めた声でまくし立てられ、思わず謝った。

一ミリの間違いもない指摘。でも、こんな追い詰められた状況で説教されるなんて。しかも口調が微妙に水瀬主任に似ているのが、ちょっとイラッとする。

ただ、今は脱出することを最優先しないと。

「次に――」

「黙ってついてくればいい」

沖野の言葉を遮り、神津がいった。

エレベーターが一階に到着してからここまで約二分。神津はエレベーターの天井近くについた防犯用ミラーを通して、外の状況を確認している。

沖野も見た。

事態を把握し切れずにいた本物の警察官たちが、防護盾を手にようやく交番から出てきた。その数六人、年始の特別警戒で配備されていたのだろう。

本物の警察官に気づき、矢を撃っていた男女が倒れている偽警官たちを強引に起こし、人混みに紛れ逃げてゆく。

「おい」

本物の警察官が叫び、二手に分かれた半分が逃げる四人を追ってゆく。

「離れて。離れてください」

残りの半分は通行人に警告しながら沖野たちの乗るエレベーターに向かって駆けてきた。

「中にいる者。出てきなさい」

その後方、黒い大型セダンがクラクションの音とともに通行人を蹴散らしながらこちらへと近づいてきた。周囲の人々が音のほうに視線を送る。そのセダンはブレーキを響かせエレベーターの前に横付けした。

この時間、初詣客で溢れるブロードウェイは歩行者天国で車両進入禁止。

警察官だけでなく、どこからか姿を現した見覚えのある国際交流課一係の数人、さらにまったく知らない工作員らしい男たちも険しい顔で走ってくる。

が、その全員が一瞬足を止めた。

セダンがつけている青いナンバープレートのせいだ。

「外」の字と98からはじまる四桁の数字、外交官用車両。

98が指し示す国は中東の――

セダンの後部ドアが開き、沖野は神津に手を引かれながらすぐに乗り込んだ。

車内には運転席に男がひとり。ドアが閉められ、走り出す。

国際交流課一係の数人が窓の外に見えたが、こちらを睨むだけで強引に止めようとはしない。やはり外交官車両、しかも中東のナンバーには迂闊《うかつ》に手を出せないのか。

セダンはブロードウェイを左折し、国際通りへ。

すぐに速度を上げ、信号が赤に変わる寸前の西浅草三丁目交差点をクラクションを鳴らしながら右折する。駐車違反の取り締まりや歩行者を整理していた警察官が慌てて警笛を吹いた。が、青色の外交官ナンバーを見たのか、警笛はすぐに途切れ、振り上げようとした点滅する誘導棒も降ろしてしまった。

「これからどこに――」

沖野の言葉を神津がまた遮る。

「もうちょっと待って」

沖野の代わりに神津は、スーツにネクタイをつけた褐色の肌の運転手に話しかけた。アラビア語らしいが、何をいっているのかまったくわからない。

前を見たまま返事をする運転手の横顔は笑っている。

クラクションを鳴らし続け、言問《こととい》通りを進み、馬道《うまみち》交差点を過ぎ、さらに江戸通りとの五叉路が見えてきた。そこにも赤信号を無視して突っ込んでゆく。

「うわっ」

沖野が声を出したのとほぼ同時に、右から来た車に接触し、セダンが金属音とともに激しく揺れた。が、止まらず走り続け、隅田川にかかる言問橋へ。しかし、うしろから二台の公安車両がサイレンを鳴らし追ってくる。橋の途中には信号待ちの車が詰まっている。

雑居ビルを出てからまだ三分経っていない。

橋の上、前方の車の後部に追突する寸前でセダンは急ブレーキをかけた。止まると同時に神津がドアを開け、沖野の腕を強く引きながら外に出る。

歩道を横切り、うしろから腰を摑まれた沖野の体は低い欄干を越え、投げ飛ばされるように神津とふたり、隅田川に飛び込んで――いや、半回転して、足元から落ちてゆく。

水面まで七、八メートル。大きな音をたて、ふたりの体が水面深く沈んでゆく。

冷たい。

濁った川の汚さや臭いを感じる前に、水温の低さで肌がヒリヒリ痛む。

すぐに走ってきたクルーザーから浮き輪が投げられ、沖野と神津は数人の男たちに甲板に引き上げられた。

激しくエンジン音を響かせながらクルーザーが川を下ってゆく。

行き先は東京湾方面。

そうか。浅草寺の影向堂を待ち合わせ場所に選んだのは、初詣の混雑を利用するためじゃない。隅田川に近かったからだ。

単に神津と会うだけで終わるとは思っていなかったが、ここまで大掛かりな逃走になるなんて。しかも神津だけでなく、相当な人数が関わっている。

だけど、橋から船上のマットやクッションに飛び降りるとか、そういうことはできなかったのか？　いきなり真冬の川に叩き込まれて、マジで心臓が縮み上がった。何の心構えもなく、寒中水泳をさせるのはやめてほしい。

甲板の上で神津が手招きする。

震える体でキャビンに入ると、タオルと毛布、大きな紙袋を渡された。服が入っている。

「着替えて。脱いだ服はバッグや携帯と一緒に捨てるから」

神津はそういうと背中を見せた。下着まで着替えさせられる沖野への気遣いなのだろう。うしろを向いたままの神津が濡れたコートを脱ぎ、その下の黒いベルベットのワンピースも素早く脱いでゆく。沖野は慌てて視線を外した。

「肌につけているシート状の発信機も外して。口や肛門の中に何か入っているなら、それも」

神津にいわれ、逆らうことなく剥がしてゆく。

チノパン、トレーナー、ダウンジャケットを身につけ振り返ると、神津も黒のタイツ、ウールのニットワンピース、灰色のダウンの服装に変わっていた。

神津が沖野の脱いだ高価な極小マイクや発信機が数多くついた服を紙袋に詰めてゆく。キャビンの窓を開くと、その袋を川に落とした。

「これも捨てるよ」

神津がショルダーバッグに詰めてあったパイングミの袋を見せる。

沖野はうなずいた。

神津の手から離れた黄色いグミが袋からこぼれ、水面に散らばってゆく。グミに詰められていた極小発信機もゆっくりと沈んでゆく。

これで沖野の行方を知らせるものは完全になくなった。だが、クルーザーの位置はすでに国枝係長たちに捕捉されているだろう。

どこに逃げるんだ？　このクルーザーの所有者が外交官で拿捕《だほ》を躊躇《ちゅうちょ》しているにしても、どこかに上陸した瞬間に身柄を拘束される。

沖野は体を震わせながら狭いキャビンの奥のソファーに腰を下ろした。演技ではなく本当に寒い。神津がポットから紙コップに注いだコーヒーを差し出す。

が、首を横に振って断った。

「変なものは混ぜてないよ。温まるから飲んだほうがいい」

神津がいった。

沖野は一口飲んだが、やはり不味い。

「コーヒーは嫌いか。じゃ、これどうする？　水なしでも飲めるみたいだけど。船に弱いなら飲んでおいたほうがいいよ」

「酔い止め？」

神津が半透明の錠剤を手のひらに載せながらうなずく。

確かに船酔いせずにいられる自信はない。沖野は怪しみながらも受け取り、口に入れた。ミント味のチュアブルだ。舌の上で転がしてゆく。

「東京湾に出るの？」沖野は訊いた。

「そう。ただ、目的地に着くまで一時間半くらいかかる。その間、何か話そう」

明確な目的地があるってことか。

ソファーの隣に神津が座った。と、同時に沖野の腸が鳴り、腹痛がはじまった。

神津を睨む。

「いった通り、コーヒーには何も入れてないよ」

――酔い止めのほうか。

「うそつき。誰よりうそに傷ついてきた君だから信じたのに」

咄嗟《とっさ》に口から出た。

神津が「ごめん」と囁く。

謝られたって――でも、怒りたいけど、がまんできない。

「そこだよ。耳は塞いでるから」

沖野は立ち上がり、神津が指差したドアを開けると、すぐにズボンを下ろした。

――またこんなかよ。

かっこ悪いなあ、スパイなのに。前回は知らない間に大腸内視鏡を入れられ、今回は下剤を盛られた。

顔を覆いながらため息をつき、何度も水を流す。

本心とかけ離れた上辺だけの言葉が、どれほど人を傷つけ悲しませるか、沖野なりに知っているつもりだった。だから今夜だけは、神津の言葉を信じると決めて会いに来たのに。

自分の甘さが嫌になる。

便座に座ったまま十五分後、ようやく腹痛が治まり、トイレから出ると「これで安心して話せる」と神津がいった。

「発信装置なんて飲み込んでない」

「君に飲んだ記憶はなくても、知らない間に体内に入れられている可能性がある。国際交流課の連中を信じていないだけで、君を疑ったわけじゃない」

「船の運転や川から引き上げてくれた人たちは誰？」

沖野はふてくされながらソファーにまた座り、訊いた。

「同僚っていう言い方が一番近いかな。彼らとは雇い主が同じってこと」

「中東の人たちだよね。君はこれまで中東のどこかの大使館に隠れていたの？」

「そういうときもあったよ。細かく訊くね。国枝か水瀬に探ってこいと命令された？」

沖野はうなずいた。

「忠実だな。でも、先にこれだけはいわせてくれ。国際交流課二係のメンバーたちに信念はあるけれど正義はない。むしろ正義を持たないことを、正しいと思っている。自分たちだけでやっているぶんには、それでもいい。でも、あいつらは僕を巻き込んだ。そして、今君を巻き込もうとしている」

――かもしれない。

信念のためには、自分はおろか、他人を犠牲にすることも厭《いと》わない。天城課長や国枝係長はそういう種類の人間だ。

「どうして僕のところに来て、今日会おうと誘った？」

沖野はさらに訊いた。

「ゆっくり話をしたかったんだ」

「どんな話を？」

「単純に、自分と似たような能力――君が『特質』って呼んでるやつ――を持っていて、境遇も近い人間とこれまで話したことがなかったから。それで君に興味を感じて、この前会いに行った。国際交流課の連中も、僕が君に関心を抱くことをわかっていて、君を二係に入れたんだろう。近くに置いておけば、いずれ僕が近づいてくると考えていたってことだよ。ただ、こんな早い段階で会いにいくとは、国枝も水瀬も想像してなかったみたいだね。僕を捕獲するような警備態勢も敷いていなかったし。ん、どうした？」

神津がこちらを覗き込む。

「またそれかと思って」

沖野はいった。自分でも今、不機嫌な顔をしているとわかる。

「また囮《おとり》役に使われたって意味？」

神津が訊く。

「そう。誰かをおびき寄せたり、誰かの注意を引いたり、自分じゃ知らないうちに、そんな役ばっかりやらされてる」

神津が同情めいた笑みを浮かべたところで、彼の携帯が震えた。取り出し、ハンズフリーにしてテーブルに置く。

『もしもし、今話せるかな？』

　向こうの声が訊いた。

「はい」

　神津が返す。

『誰だか覚えていてくれたかな？』

　この声、沖野も知っている。

「覚えていますよ、天城課長。直接かけてくるなら国枝だと思っていました」

『決定権のある責任者からの連絡でなければ、君は納得しないだろ』

「確かに。契約が成立したという報告ですね」

　——契約が成立？

『ああそうだ。成立した』

　天城がいった。

「いつ？」

『本当についさっきだよ。間に合ってよかった、かな？　君にとっては』

「そうですね。あなた方にとっては不本意でしょうが」

『期待していたものとは違うが、失望するような結果でもないよ。ただまあ、これでしばらくは君に手を出せなくなるのは残念だが』

「契約ってどういう？　説明してくれ」

沖野は割って入った。通話中なのはもちろんわかっている。

『君から話してもらえるかな』

天城が依頼し、神津が少し考える。

「まあいいか。わかりました」

そう答え、沖野を見た。

「まずついさっき、君の身柄が、国際交流課から僕のクライアントやアメリカのある機関に一時的に貸与されることが決まった。国際交流課や公安にとって逃亡者であり捕縛対象だった僕の立場も、一時的に協力機関に所属するエージェントに変わった。これから僕が行う任務に、君も同伴し、協力してもらう」

――また人を道具扱いしやがって。

「任務って」

沖野は強い口調でいったが、天城に遮られた。

『それはあとで神津くんから聞いてくれ。まだ私たちの話は終わっていない』

「他に何か報告が？」

神津が訊く。

『ああ。まず君と沖野くんを襲撃したのは我々ではないし、我々やアメリカは連中の手助けもしていない』

「中国ですか？」

『たぶんな。臓器嚢の一件で、連中も沖野くんに関心を持つようになったから』

「はっきりと認知されてしまった以上、最前線の任務からはいったん下げますか」

『いや、もっと鍛え、成長してもらい、これからも主力として働いてもらうよ』

「所属半年にも満たないのに、もう主力扱いか」

『そんな我々のエースをどうか無事に返してもらいたい』

「精神的にも身体的にもなるべく傷つけるなと」

『それもあるし、沖野くんを連れ去らないでほしいというお願いだ。もし拉致しようとするならば、我々も黙って見ているわけにはいかない。ちょっとした騒ぎが起きることになる』

「彼を傷つけず返したら？」

『君の出国について我々は何の手出しもしない。黙って静かに見送らせてもらう』

「あなた方がその約束を守ってくれるかどうかも含め、少し検討させてください」

『構わないよ。回答は任務終了後でいい。それじゃ――』

「お願いがあります。水瀬に伝えてください、『最後まで逃げるんだな』って」

『わかった』

神津が通話を切った。

「どういう意味？」

沖野は訊いた。

「最後の一言？」

神津に訊き返され、沖野はうなずいた。

「水瀬のやるべき仕事を僕にさせたって意味だよ。水瀬が君に張りついて、僕に会う直前まで送ってくることもできた。だけど、あいつは姿を現さず、本来水瀬がやるべき沖野修也のナイト役を僕にやらせた」

「余計な仕事をやらされて怒ってる？」

「そういうわけじゃない。まあ君には直接関係のないことだよ」

「契約は？　任務については？　十分関係あるだろ」

「あるけど、まだ教えられない。焦らしているんじゃなく、そういう契約なんだ」

「いつになれば教えられる？」

「すぐだよ。君も興味の湧く任務だと思うよ」

「その任務に無理やり引きずり込むため、君は今日僕に会いたがったのか」

「違う。任務の件はあくまで二次的で、一番は君とゆっくり話したかった、本当だよ。君と話すのはやっぱり楽しいよ、今日会ってからここまで、君は一度も僕にうそをついていない。心とズレのない言葉を聞くのはこんなに清々しいんだって、久しぶりに思い出した」

「うそをついても全部君に感知されるんだから意味がない」

「そうはいっても、人は自分を誇張したり取り繕おうとする気持ちを簡単には捨て切れない。なのに、君にはそれがないね」

「おまえは馬鹿だっていわれているような気がする」

「卑屈だな。貶《けな》す気なんてないのに」

神津は口元を緩めた。

その目に怒りや憎しみを表す赤い光は浮かんでいない。危機に近づいたときに沖野が感じる、あの嫌な悪寒も背を這い上がってこない。

本当にこの会話を楽しんでいるのかもしれない。

クルーザーが揺れる。波を浴びているのだろう。いつの間にか隅田川から東京湾に出てレインボーブリッジも過ぎていた。左側、窓に降りたブラインドの隙間のずっと向こう、闇の中に、千葉の工場地帯の光が散らばっている。

「何か話そう。目的地までまだ時間があるから」

神津が携帯で時刻を確認しながらいった。

「話題がない」

沖野は返した。

「じゃあ、僕のことでも話そう。生い立ちとか、心と体の特徴のことも」

「無理に話さなくていいよ」

沖野は断ったが、神津は首を横に振った。

「いや、聞いてもらいたいんだ。水瀬は僕について君にいろいろ説明しただろ？　あいつの言葉を通した歪んだ知識で、僕を理解したつもりになってもらいたくないから。水瀬は僕の身体的な特徴をどう呼んでいた？」

「ノンバイナリーって」

沖野は少し迷ったあと口を開いた。

「そうか。まあ呼び方はXジェンダーでも、ジェンダー・ノンコンフォーミングでも、

ＤＳＤ《Disorders of Sex Development》でも。厳密には違うものだけど、僕はそこまでこだわらないから。ともかく僕が生まれたとき、体はいわゆる両性具有で、女性、男性、両方の特徴を持っていて、どちらかというと女性の特徴のほうが強かった。心の中も女性、男性両方の性質を持っていたけど、体とは逆に思考は男性寄りだった。まあこれはだいぶあとになって、振り返ってそう思ったんだけど。他人から見たら、心も体もどっちつかずで、アンバランスに見えたかもしれない。でも、僕にとってはその生まれたときの心と体が一番自然でバランスがとれていた。だけど、母親や祖父母はそうは思ってくれなかった」

十歳を過ぎたころから、神津は日常的に女性ホルモンを投与され、毎年夏休みが来るたび、自分の意思に反し、体を女性にするための外科手術も受けていた。

「僕の心と体の特徴が、僕の持つ能力に関係しているかどうかはわからない。外科手術を受けたショックが少しは関連しているのかもしれないけれど。でも、自分ではそうは思わないな。君の家系のように、うちの高祖母も水無月計画の被験者で、その血統として僕のことを防衛省は追っていたっていうし。ただ、君と同じで、他人の言葉がうそか本当か感じ取れるようになると、すごく生きづらくなった。母も祖父母も、僕を気味悪がって避けるようになったし」

中学生になる直前、神津の母が彼を神経科の専門病院に入院させようとしたところで、国が保護を申し出た。防衛省のスタッフの依頼を受けた文部科学省の職員は、東京大学と協同で行っている長期追跡型の児童心理研究のひとつだと説明した。

「東大教育学部の附属中学って双子研究で有名なんだ。その一種だと聞かされて、母は素直に納得して、賛成した。実際は母も祖父母も、三人とも僕をすごく怖がっていたから」

神津は大阪に移り、フォスター・ペアレントと暮らしながらインターナショナル・スクールに通った。

「神津はそのときの里親の名字。結局惰性で今も使っている。はじめに英語を覚えるのに苦労したけれど、覚えて以降は、ジュニアハイもハイスクールも意外と楽しかった。僕の性自認のことも、生徒のほとんどが表面上は理解している態度で接してくれた。嫌な奴もいたし、ムカつくこともあったけれど、行きたくないときは無理に学校に行かず、家で好きなことをして過ごしていたから。勉強だけしっかりやっていれば、他はわりと自由だった。将来は自分の特質を生かして、日本の国家機関で働くことも決められていたし。焦りはなかったな。カウンセリングのおかげで、ノンバイナリーであることや自分の持っている特質とのつきあい方も、少しずつ覚えられたよ」

中高の六年間、二日に一回のペースで専門の精神科医や脳神経内科医、心理療法士が神津のカウンセリングを続け、心理状態を観察・ケアした。

〈あいつは高い関心を浴びながら、慎重かつ大切に育てられた〉

水瀬はそんなふうに話していた。戦後に発見された能力保持者の中でも、神津の「特質」はその実用度の高さで飛び抜けていたのだという。

ハイスクールを出ると東京に戻り、国家公務員一般職試験を受けて内閣府に入庁する。

「ちゃんと高卒一般職の試験を受けたんだよ、一度も登庁はしなかったけれど。国際交流課二係には内閣府からの出向というかたちで配属になった。約五年働いたよ。でもね、本当は二係に入って半年後くらいから、ノンバイナリーっていうこととは別に自分に違和感を抱くようになった。わかるかな、自分の感情なのに——」

「他人の感情のような？」

「うん。理由は水瀬に聞いたよね？」

沖野はうなずいた。

「あいつ、君には何て説明した？」

「中高時代に君を診ていた医者たちが、ある種の制約を君に刷り込んだ。カウンセリングにかこつけて、将来、政府機関の人間が君を扱いやすいよう、君に言葉を通じて本心を読み取られないよう、六年の時間をかけて心理誘導した」

「その通り」

神津がうなずく。

洗脳されたという意味だ。

特質を理解しながらも、距離を詰めすぎず、遠くから見守ってくれる人々がいたら——それがまったくの偽りだなどと気づけず、沖野も簡単に洗脳されていただろう。

「国際交流課二係の人間の言葉を聞いても、僕は真偽を判断しにくくなっていた。でも時々、天城や国枝、水瀬の言動からうそが感じ取れることもあったんだ。ただ、普段の何気ない会話とか、比較的重要度が低い任務に従事しているときに限定されていた。命令の中にある小さなうそやごまかしは判別できた。完全にすべてを信じ込ませるんじゃなく、ランダムにうそを見抜かせるところに、あいつらの狡猾さが出ているだろ？　だけど、重要任務中の命令では、うそが混じっていても何も感じ取れなくて、だからあいつらを信じた。水瀬の『何があってもあんたの身の安全は守る』とか、『これは一般市民の危険を取り除くために必要な任務』とかの言葉をね」

神津は長いまつ毛を揺らしながら、大きな両目でこちらを見た。そこにはかすかに赤い光が浮かんでいる。ただ光以上に、沖野は彼の美しさを感じていた。

女性と男性の要素が絶妙なバランスで混ざり合い、そのときの角度や表情によって清楚さ、鋭さ、妖艶さのどれもが伝わってくる。特殊な能力に加えて人を惹きつける容姿、そして強さと判断力。やっぱり彼は悲劇的なくらいにスパイという職業にふさわしい。

「この話、本当だと今の君ならわかってくれるよね」

「ああ。今なら」

沖野は答えた。

「だから君が臓器嚢奪還と津久井社長排除の任務を終えるまで待ったんだ。はじめて病室で会ったあの夜に話しても、君は絶対本気にしてくれなかった」

グラフトン・ケースの加害者たちは、自分が殺したのは人間ではなく、野生化し繁殖したフェレットだと信じ込んでいた。

沖野を拉致し、最後に臓器嚢の受精卵を持ち去った、あの山田《やまだ》と名乗った男も、こう話していた——

〈過去に犯した罪の意識からは逃れられない。苦しくて死ぬことばかり考えていたんだけど、一年ほどかけてゆっくりと自分を変えることができた〉

「今の君は洗脳から抜け出したの？」

「どうにかね。天城、国枝、水瀬の言葉からうそを聞き分けられなくなる、僕の心に植え込まれたトリガーも見つけ出した。言葉、視覚的な動作を複合したもので、簡単にいうと、催眠術師がいう『三、二、一、はい』みたいなもの。実際にはもっとずっと複雑で、探すのは大変だったけれど、もうあいつらには騙されない」

まだキャビンは寒く、小刻みに揺れ、エンジン音に混じってクルーザーの舳先が波を切る音が聞こえる。

神津は変わらずこちらを見つめている。

「十四ヵ月前、国際交流課と陸上自衛隊のＳＦＧｐが合同である大きな作戦を行なった。僕も水瀬と一緒に参加したんだ。そこから先も水瀬から聞いた？」

「聞いたよ。君の洗脳は六〇パーセント近くまで解けかかっていたけれど、水瀬さんはそこまで君が自分の意思を回復しているとは気づけずに、うそをついた」

「あいつは行動開始直前まで『安全だから』『何があっても私が必ず護る』とくり返していた。でも、実際の僕の立場は捨て駒に近くて、死の危険も高かった。君もさっき、自分が囮役に使われたことを嫌な顔で思い出していたよね。あの気持ち、よくわかる」

「君も扱いは同じだった？」

「そう。僕や君のような奇異な能力を持つ者の役割は、餌を運んでいるアリの群れの中に、いきなり落とされた角砂糖みたいなもの。放り込まれた特異点に、敵は興味を持ち、注意が散漫になり、本来の目的を忘れて惹きつけられる者まで出てくる。状況は混乱し、その混乱に乗じて、国際交流課は作戦を遂行する」

まさについこの前の、臓器嚢受精卵奪還作戦での沖野の役割だった。

「最後に水瀬に訊いたんだ、『僕の背後は任せます。護るって言葉にうそはないですよね？』って。そうしたらあいつは、『もちろん。あんたには一度もうそをついたことがない』って答えた」

「その一言が許せなくて二係から消えた？」

「半分はそうだけど、半分は違う。最後のその言葉をいっているときの水瀬が、たまらなく空っぽに見えた。中に何も詰まっていない空洞の人形。他人から与えられた言葉を自分の体を素通りさせて、僕に伝えているだけみたいだった。半分は僕自身を知らない間に都合よく作り替えられてしまったことやうそをつかれたことへの怒り、もう半分は、自分もいつか水瀬のように人形みたいな存在になってしまうことが嫌だった。主体の欠けた操り人形になる前に、どんな結果になってもいいから、完全に自分の意思だけで行動したくなった」

「どうやって君は洗脳から抜け出した？　誰かに——」

キャビン入り口のドアを誰かが外からノックした。

「着いた」

神津がいった。

ブラインドの隙間から、ライトアップされた灰色の船体が港に停泊しているのが見える。船首に白抜きで書かれた三桁の数字。海上自衛隊の艦船。

——横須賀《よこすか》だ。

だがクルーザーは、大型の空母が停泊している、少し離れたアメリカ海軍のドックへと近づいていった。

5

クルーザーはドックに入らず、海上で停泊し、そこに別の作業船が近づいてきた。

作業船からクルーザーの中にスーツ姿の三人の男たちが乗り込んでくる。

「命令に従って」

神津がいった。

キャビンまで入ってきた男たちは沖野と神津に黒い布を被せた。

前が見えなくなる。

——基地内の様子は一切見せたくないわけか。

ここまで沖野と神津を運んできた口髭に褐色の肌の男たちは、全員クルーザーに残るようだ。沖野たちふたりだけが、闇取引される荷物のようにスーツ組に引き渡され、作業船に乗り換えた。

口髭の男たちが神津に声をかける。

「気をつけろよ」とか、そんな意味のようだが、やはり沖野にはわからない。

冷たい潮風を一瞬だけ浴びたあと、作業船が走り出し、五分もせずに陸に上がった。そこから車に乗せられたが、やはり周囲の様子は一切見えない。

——自分はなぜ逆らうこともなく、ここまで神津についてきたのか？

走る車の座席に座りながら沖野は考えた。

任務というのはきっかけに過ぎない。

神津がどうして国際交流課二係に入り、追われるとわかっていながら、その二係から逃亡したのか、真実を彼自身の口から聞きたかった――やはりそれが一番の理由なのだろう。

沖野自身が今後いつか、残るか去るかの選択を迫られたときのために。

車内はヒーターが効いていて、さっきまでのクルーザーのキャビンとは逆に少し汗ばむくらいだ。このあまり快適じゃない暑さ、何かを思い出す。

そうか。警察学校卒業後、配属になった山王《さんのう》警察署の副署長室だ。副署長がひどい寒がりのせいで、十月ごろから五月末まで、一年のうち八ヵ月ぐらい暖房が入っていた。部屋の中が生ぬるくて気持ち悪い上、あそこに呼び出されるたび、叱責され嫌味をいわれた。まあ、全部自分が悪いんだけど。

嫌な記憶のはずなのに、少しだけ笑顔にしてくれる。

緊張はしているものの、それほど怯えてもいない。あのいつも危険が近づいたときに背中を上ってくる悪寒を、今はまだ感じていないからだろう。

山王署から二係に異動になって二ヵ月と少し、沖野を取り巻く状況はまるで変わった。

諜報機関、特殊組織、臓器嚢、洗脳――無数の現実離れした要素が折り重なり、汚らしく混ざり合い、フィクションみたいな世界を作り出している。でも、その世界は紛れもない現実で、しかも沖野はこの二ヵ月ちょっとの間に、少なくとも三回は殺されかけた。

江東区の病院内では看護師に扮したテロリストの爆破に巻き込まれそうになった。智英《ちえい》大学構内ではサプレッサーをつけた銃で、何者かに撃ち殺されそうになった。拉致され連れて行かれた瀬戸内《せとうち》の島の別荘でも、津久井社長に撃ち殺される寸前までいった。

今夜も浅草の雑居ビルのサウナで襲われ、エレベーター内に矢を撃ち込まれた。

命を狙われるなんて、それこそ虚構か空想のようだ。けれど、拉致犯に殴られ蹴られたとき、上司の水瀬に撃たれたとき、体に走った激しい痛みが、すべてはシリアスな現実なのだと教えてくれた。

フィクションの外装をしたこのシリアスな現実は、いつからはじまったのだろう。

小学生のころにガス爆発に遭い、他人の怒りや憎しみの感情を目に浮かぶ赤い光から読み取るようになったときも、ここまでひどくはなかった。

自分だけがまんしていれば、心を閉ざしていれば、いつかは救われる日が来るような気がしていた。大人になったら、独り極地の気象観測所でデータ収集と研究を続けようとか。イギリスの孤島で灯台守をしながら、インターネットだけを窓口に世界とつながり、誰とも直接顔を合わせることなく小説を書いて暮らそうとか。そんなことを思い描いていた。

でも、両親の死ですべてが変わった。

死の真実を知るために、あんなに忌み嫌っていた自分の「特質」を武器に使おうと思うようになった。

誰が父と母を殺したのだろう?

このアメリカ海軍の基地の中に、その連中や関係者がいるかもしれない。

そう感じると、ここが急に敵地のように思えてきた。

今の自分の周囲の状況を、顔を覆う黒い布の下で想像する。車の窓の外、防寒着をつけ小銃を携えた衛兵の姿が営舎の前に立っているのだろう。巡回している兵士もいるはずだ。映画のワンシーンのような光景。でも、ここは間違いなく三浦《みうら》半島の突端にあるアメリカ海軍の基地で、沖野の生きているシリアスな現実世界の一部だ。


乗っていた車両が停まった。

降ろされ、どこかの建物に入ったところで顔の布が外された。さっきのスーツの三人が周りを囲んでいる。エレベーターを地下二階で降り、廊下を進む。スーツの連中は何もしゃべらず、神津も話さない。

廊下に並ぶドアのひとつを開けると、衛兵がふたり、そして大きな透明の板で仕切られた先にある部屋には、知っている顔が座っていた。

沖野は一瞬体が固まり、その姿を見つめた。

アンゲラ・マレーネ・ギーガン教授、いや、マックス・レイナード。

――生きていた？

多少の予測はしていたけれど、やはり驚きを隠せない。国際交流課は殺さず、アメリカに身柄を引き渡したのか？

ネットには死亡記事が確かに出ていた。日本の新聞紙面にも短いけれど訃報が載った。本国ドイツのテレビ各局のニュースでは、日本で客死したことが大々的に報道された。

社会的に抹殺されただけで、本人は死んでいなかったのか。

　レイナードは囚人服のような灰色のつなぎを着ていた。透明板の向こうからこちらは見えないらしく、目の前のテーブルに両手を載せ、頬杖をつき、壁の一点を見つめている。床のフックに固定された長い鎖のついた手錠をつけ、さらに腰も鎖で椅子とつながれている。

　化粧はせず、少し痩せたように感じるが、やつれてはいない。長い髪はきれいに整えられ、清潔感も失っていない。肌も艶《つや》やかでスキンケアはしているようだ。爪先も整えられ、塗られているベージュのマニキュアはどこも剝げていない。

「誰だか知ってるだろ」

　神津がいった。

「たぶん」

　沖野は返した。

「あの部屋に行き、彼女と話して、その仮定を断定に変えてほしい。君が知っている人間と本当に同一人物か、それとも別人か確かめてきてほしいってことだよ」

「それが今回の任務？　僕の主観で判断するのか？」

「もちろん。判断ができたら、目線を送って合図してくれ」

「君は？」

「その合図を見たら、僕も入っていく」

　沖野はうなずいた。頑なに拒否したり、条件をつけ無意味な駆け引きをするつもりはない。それに沖野自身、あれが本物なのかフェイクなのか知りたかった。

　三人のスーツの男たちは変わらず無言のまま。

衛兵が鍵を開け、片側一面が鏡になっている部屋の中へ入ってゆく。

灰色のつなぎで座っている彼女はこちらに視線を向けると、すぐに笑みを浮かべた。

「中山《なかやま》さん、こんなところで会うなんて」

英語で話しかけてきた。

「覚えていてくれたのですね」

テーブルを挟んだ椅子に座りながら沖野も英語で返す。

「もちろん覚えていました。でも、せっかく再会できたのですから、この前は聞きそびれた、あなたの本当の名前で呼ばせてください」

「沖野修也です」

「沖野さん、会えて嬉しいです」

「レイナードさんはお変わりなかったですか？」

一瞬、ギーガンと迷ったけれど、こちらの名前で呼ぶことにした。

「体調はあまり変わらないですが、精神的には疲れています」

彼女もレイナードと呼ばれることを否定せず話し続ける。

「はじめはこんなかたちでの監禁なんて、そう体験できることではないと前向きに捉えようとしたのですが、読める本も、インターネットの使用も制限されて約三週間。外の景色も見られないまま、四ヵ所を転々とさせられ、さすがに退屈してきました」

「この状況を前向きに捉えようとするなんて、常人にはできることではありません。さすが教授です」

沖野は口元を緩めた。

「自分を被験者にした実験です。こんな悲観的状況を、人は意識を変えることで、どれだけ楽観的、肯定的に捉えられるのか？　ただ、浮かんだ考えを書き留めることさえ制限されているので、それがとても苦しいですね」

どうしてなのか、以前とは印象が違う。大学構内で会ったときは、一般人とは異なる視点を持った、仙人めいた思想家に見えた。魅力的でもあった。

でも今ここで見ると、精神的に不安定で、問題を抱えている人のように感じられる。

彼女は沖野をじっと見つめた。

「私を迎えにきてくれたのですか？」

「それが僕も自分の役割を詳しく教えられていないんです。あなたは僕が智英大学でお会いした方と同一人物か、確かめろといわれただけで。しかも、ついさっきそう命じられました」

「同一人物だとわかれば、ここから出られるのでしょうか？」

「かもしれません」

「訊きたいこと、知りたいことがたくさんあったのですが。あなたの秘密の能力のことも教えてもらわなければならないし。でも、後回しにしましょう」

「僕も後ほど、あなたに謝らなければならないことがあります」

「その件なら気にしないでください。大学で意識を失う寸前、『やめろ』と叫んでいるあなたの姿がかすかに見えました。本当の目的を何も知らされていなかったのですね」

「すみませんでした」

沖野は頭を下げた。

「さあ、まずは認証作業を終わらせてしまいましょう。どうしたらいいですか？」

「そうですね……複雑なことは考えつかないので、ちょっとした記憶クイズにつきあっていただけますか。僕たちだけが知っている言葉を思い出してください」

「いつ、どんな場面の？」

「逃走時、大学の小教室４－Ｄを出る直前にあなたは僕に何といいましたか？」

「覚えていますよ。『信じますよ。あなたは若いのにとても悲しい目をしているから』。本当にクイズですね」

レイナードが笑う。

変な感じ。日本に駐留しているアメリカ軍の基地内で、しかも監禁されている人を相手に、ゲームをやっている。

それでも沖野は言葉を続けた。

「暗闇の体育館を抜け出した直後、あなたがいったのは？」

「ジュードー」

「階段を駆け下りる途中にいったのは？」

「もしかして、あなたもＳＳＰ？」

亜種《subspecies》の意味で、沖野のような特質を持つ人間たちを指す隠語でもある。

沖野は鏡の向こうにいる神津に視線を送った。

「認証終了ですね」

レイナードがいった。

「はい。あなたは僕と一緒に智英大学E棟内を逃げ回ったあの方です」

間違いなく同一人物だ。でも別人に見えるのは、彼女が変わったからなのか？　沖野が変わったからなのか？

それともこれがはじめからレイナードの正体だったのか？

神津がドアを開け入ってきた。右手にはキーリングを握っている。

「こちらは？」

レイナードが沖野に訊いた。

「以前に会ったことはありませんか？」

沖野は訊き返す。

「ありません」

レイナードは首を横に振りながら神津を見ている。

「僕の所属部署に以前勤務されていた方、先輩です」

「神津です」

日本式に会釈をしながらいった。

「ここから出られるのですか？」

レイナードが神津に訊いた。

「はい。すぐに外にお連れします」

神津は答えながらレイナードの手錠を外した。さらに椅子のうしろに回り、彼女の腰をつないでいる鎖も外す。

「出たらどこへ？　在日ドイツ大使館ですか？」

レイナードが訊いた。

「さあ？　この世界ではない何処かではないでしょうか？」

そのときすでに神津の左手はレイナードの首のうしろに注射器を突き立てていた。

驚いたレイナードが腕を背後に回し、何か叫ぼうと口を開いた。が、そのままの体勢で固まった。

「本物は亡くなりました。ニセモノのあなたもこの世から消えてください」

神津が薬液を注入し終え、すぐに注射針を引き抜く。

レイナードの体が床に倒れてゆく。

――眠らせたんじゃない、殺した。

沖野にもわかった。智英大学で一係係長の久坂部が注射器を使って眠らせたときとは明らかに違う。倒れたレイナードは両目も口も開いたまま。

――どういうことだ？

沖野は必死で考えながら、しゃがみ込みレイナードの腕を取った。やはり脈はない。呼吸もしていない。この人は痙攣ももがきもせず、声も出さず、死んだ。

三人のスーツの男と衛兵が入ってきた。

腕を取っていた沖野をどかし、死んだばかりの体から着ていたものを脱がしてゆく。すべて取り終えると、レイナードの手足を伸ばし、両目と口を閉じ、ボディーバッグ《遺体収納袋》に詰めた。

三人が遺体を運び出してゆく。

「帰ろう。送っていくよ」

神津は沖野の手を取った。

6

沖野と神津は遺体収納袋とともに、また車と作業船に乗せられ、数分であのクルーザーの停泊している場所に戻った。

クルーザーの口髭の中東人たちが笑顔で出迎え、沖野は神津に手を引かれ、またあの薄ら寒いキャビンに入った。口髭の男たちが遺体収納袋を沖野の近くのソファーまで運び、神津と笑顔で二言三言交わして出てゆく。

キャビン内には沖野、神津、死体。

「ここが寒いのは死体の腐敗を遅らせるため？」

沖野は体を震わせながら神津を見た。

「それもあるけど、一番の理由はこのクルーザーがアラビア湾仕様で、ヒーターがはじめからあまり強力にできていないからだよ」

キャビン内にエンジン音が響く。出発するようだ。

「君の洗脳を解いたのは誰なのか教えてほしい」

沖野はいった。

「いわなくても想像はついているだろ？」

「君の口から聞きたいし、君自身に説明してほしい」

「そうか。じゃあ順を追って話すよ」

神津が収納袋に一瞬目を向け、説明をはじめた。

「僕がインターナショナル・スクールに通っていた間、担当の精神科、脳神経内科の医師、心理療法士たちが僕の洗脳に使った技術やメソッドは、どこから手に入れたものだと思う？　そう、今も収監されている『グラフトン・ケース』の加害者たちや、その他アメリカ国内で起きたマックス・レイナードが関連していると思われる事件、それにレイナード自身が残していったデータをアメリカのＮＳＡ（国家安全保障局）、ＤＩＡ（国防情報局）が解析して、通称ディープウォッシュっていう高深度洗脳の技術を確立した」

国際交流課課長の天城や一係係長の久坂部、二係係長の国枝も、この技術に関する情報を知っていた。高深度洗脳は神津だけではなく、他の何人かにも使われたという。

「君にも使われる予定だった」

「僕に？」

「うん。ただ、君の能力の客観的測定が不十分だったのと、ご両親が亡くなり精神的に不安定な状態での洗脳が不安視されて、先送りになっていた。その時点でまず二係に実戦配属される第一候補は僕だと決まっていたし。でも何年かあとに、僕が逃亡して、しかも他の候補者の能力が十代以降ほとんど伸びず使い物にならなかった結果、急遽君が研修期間のないまま二係配属になった」

「父と母が死んだことが――」

「ああ。こういう言い方は失礼だけれど、ふたりの死がある意味で君を助けることになった」

神津の話は続く。

第二次大戦後、アメリカは水無月計画のデータや被験者たちを日本から持ち去った。同時に、アメリカ国内にも水無月計画と同様の研究を戦前から続けていたステッドラー研究所という機関があった。水無月計画のデータや日本人被験者たちはステッドラー研究所にまず預けられ、さらにその後の一九五二（昭和二十七）年、ＮＳＡの設立と同時に、ＮＳＡ高官たちはそのステッドラー研究所を吸収して、局内に２-２１というセクションを作った。

日本の防衛省関連機関のひとつ、防衛科学研究所が制作した「２-２１研究」。沖野の父はこのレポートの共同執筆者のひとりだった。しかも、「２-２１研究」は日本政府により、要職についている官僚でも通常は閲覧できない機密情報に指定されていた。

２-２１は今も活動を続けていて、マックス・レイナードはそこに所属する研究者だった。

一九六〇年代以降、２-２１は数年おきに「フィールド・ワーク」と称して、複数の研究者を極秘のうちに国内外各地に送り、被験者に何も告げないまま実証実験をさせていた。

レイナードもその研究要員に選ばれ、戦場に出た兵士が復員後ＰＴＳＤ（心的外傷後ストレス障害）を起こしにくくなるプログラムを実施するはずだった。しかし、指示されていたディープウォッシュ・プランとは違った、独自のメソッドを次々と試した。そして試した方法――通称レイナード・メソッドと呼ばれている――は目覚しい成果を上げた。

ただ、目覚しすぎて『グラフトン・ケース』やその他の重大事件が起きてしまう。

「それで追われる身になってアメリカにいられなくなった？」

沖野は訊いた。

「ああ。ただ、はじめから追われることを覚悟していたのかもしれない」

神津がいった。

「レイナードは２－２１に戻らず、国内を逃亡しながら実証実験を続け、その研究成果と引き換えに居場所を提供してくれる国や機関を探しはじめた。応える連中が次々に現れ、はじめはフランス、次にドイツに移り、それから中東の国がスポンサーとなった」

「その話、レイナード本人から聞いたんだね」

神津はうなずいた。

「僕自身を助けてもらうために探した。一番はじめは四年半前、当時インターネットの最深部だったダークウェブ領域に、僕の特質についてや、僕が実際にインターナショナル・スクール時代に受けた洗脳の過程についての情報を撒いた。餌のつもりで。ただ、ネットやプログラミング、パスワード、セキュリティについては浅い知識と技術しかないから、人の手も借りた」

「誰に？」

「国際交流課五係にはその手の専門家が揃っている。あまり詳しくはいいたくないけれど、僕は他人のうそを聞き分けられるし、見た目はすごくいいから。そのふたつを使った」

――誘惑したんだ。

「僕が二係から逃亡したあと、そいつは拘束され、国際交流課から消えたよ」

今も拘束されているか、不幸な事故に遭い亡くなったのだろう。

神津はレイナードからの反応を待ち続けた。明らかな偽物や無価値な情報ばかり続き、一年後、ようやく本物らしい相手から連絡が来る。そこからゆっくりコミュニケーションを重ね、その過程で少しずつ洗脳を解いてもらい、最後は二係から逃走して直接会いにいった。

レイナードはデンマークにいた。

「療養施設にね。膵臓癌があちこちに転移していてよくない状態だった。実質一ヵ月ほどしか一緒にはいなかったけれど、面白い人だったし、彼女も声からうそを見破る僕の特質を体感して、とても喜んでいた。レイナード自身、トランスジェンダーで男性から女性になっていたから、わかり合える部分も多かったし。で、洗脳を完璧に解いてくれた。ただし、交換条件を出されたよ」

それがこれ――沖野はソファーに置かれた遺体収納袋を見た。

「自分の安全のためや、ドイツ、中東のクライアントからの依頼で、レイナードは自分のレプリカを複数作っていた。どんな依頼だったのかは知らないし、余計な面倒に巻き込まれたくないから聞きもしなかった。ただ僕は中東のクライアントと協力しながら、ひとりずつ消去していく作業を続けた」

「君はレイナードから出された交換条件を忠実に遂行していったのか」

「うん。僕自身が生き延びてゆくためにも都合がよかったし、こちらの望むものを提供してくれた相手には、きちんと対価を支払いたいから。国際交流課の連中のような、うそや詐欺に満ちた生き方はもうしたくないんだ」

「まだ他にもレプリカが？」

「いや、これで最後。僕の知る限りでは」

レイナードは自分に強い関心を抱いている人間の中から、知性・学歴が高く、専門技術を持ち、しかも自分と容姿年齢が近い者を選び出した。そして洗脳技術の一部を教える振りをしながら近づき、相手の精神と肉体を徐々に作り替えていった。

「その遺体収納袋の中の人は、レイナードがドイツに潜伏していた時期に見つけた心理学研究者だそうだよ。『自分の正体はマックス・レイナード』と心から信じていたんじゃないかな。レプリカは本物が生きている間は有用だった。でも、レイナードは自分が死んだあとに複製が残るのを嫌った。自分が生み出した高レベルの洗脳――レイナード・メソッドのパテント《特許技術》を濫用していくのが許せなかった。このレプリカたちも洗脳技術を持ってはいるけれど、本物ほど完璧には身につけていない。レイナードは自分だけが唯一完璧に身につけた者として、歴史に残りたかったんだろうね。それが表に出せない、裏の精神医学史、犯罪史だったとしても」

「レイナードは本当に死んだ？」

「だと思うよ。でなければレプリカを消去する意味はないし。自分を庇護してくれる国があるのに、あえて死を偽装する意味もない」

この袋の中の遺体がレプリカだと、天城課長や国枝係長も知っていた可能性が高い。

「だろうね。でも、天城と国枝は知っていたとは絶対に白状しないだろうし、そもそもあのふたりには本物でもレプリカでも大差ないから。日本に入ってきたレイナードを確保したものの、長く国内に置いておけば国際問題の火種になる。こんな面倒な存在は早く放り出したい。だからすぐにアメリカ大使館に引き渡した。で、アメリカと僕の今のクライアントの間で、この人が万が一本物ならアメリカに連れ戻す、でもレプリカだったらこっちで好きにしていいという取引が成立した。ただ問題がひとつ。日本がアメリカに引き渡したのは、本当に日本の機関が智英大学構内で拘束したあの人物なのか？」

「変な言い方だけど、本物のレプリカかってことか」

「そう。レプリカも完璧でないとはいえある程度の洗脳技術を身につけている。その技術が勝手に拡散するのを嫌う国も多い。レイナードに準ずるレベルの危険な人間が、誰にもコントロールされない状態で世界のあちこちに存在することも嫌なんだろう。だから大学構内で拘束される寸前まで一緒にいた君が真贋を確かめるために呼ばれた。僕もレイナード本人かレプリカかの真贋を確かめるために呼ばれた」

「僕は本物のレプリカかを見極め、君は本人ではなくレプリカであることを見極めた」

「わかりにくいけど、その言い方で間違いはないな」

「これから君はどうする？」

「このレプリカの遺体をクライアントに見せ、任務の終了を報告する。そして日本を出てゆく」

「もう戻らない？」

「そのうち戻るよ、たぶん」

クルーザーの揺れが小さくなった。レインボーブリッジをくぐり、東京湾の奥まで来たのだろう。

「なあ。このまま一緒に行かないか」

神津がこちらを見た。

「僕や君のような人間は、たぶんずっと昔から日本にいたんだよ」

「そうかもしれない」

「でも、人間扱いはされなかった。天逆毎《あまのざこ》とか天邪鬼と呼ばれ、区別され差別され、妖怪扱いされてきた。今もあまり変わりないけれど、僕と君と区別されている者同士、どこか静かなところで暮らさないか」

「いや、僕はまだいい」

首を横に振った。

「まだやらなきゃいけないことがあるし、この先自分の周りで何が起きるのか、確かめてもみたい」

「残念だ。でも――」

神津の両目にふっと赤い光が灯った。

「強引に連れてゆくこともできる」

「どうやって？」

「一緒に来ないなら殺す」

神津の目の光が大きくなってゆく。

「本気だよ。来ないなら本当に今ここで死んでもらう」

「僕を殺せば、君も吹き飛んで死ぬ」

神津の両目の赤い光がさらに大きく輝いた。声を聞き、沖野がうそをついていないことを瞬時に理解したのだろう。

「どうやって吹き飛ばす？」

　神津からはじめて露骨な、そして強い殺意を向けられた。

「そこのトイレに、軟質カプセル四個に詰めてある爆薬を置いてきた。二係のヒロや五係の連中の話だと、ＣＬ20（ヘキサニトロヘキサアザイソウルチタン）とＨＭＸ（ハイメルティングエクスプロッシブ：高融点爆薬）を混合した新開発のもので、ＴＡＴＰ（過酸化アセトン）の爆弾より信頼性が高く、少量でも破壊力が大きいそうだよ。まあ、僕にはよくわからないけれど。でも、起爆装置もつけてあるし、このキャビンにいる僕や君や、その死体くらいは簡単に吹き飛ばせると思う」

「さっき出したのか？　あの下剤が効いてトイレに入ったとき？」

「体の中からは出てしまったけれど、トイレの内装がやたら豪華だったおかげで隠し場所には困らなかった」

「どうして？　さっき君は、ああ……『発信装置なんて飲み込んでない』っていったのか」

「そう、大腸内に隠していたのは爆薬だけ」

「確かにうそはついていない」

　神津は言葉を続ける。

「何考えてるんだ？　そんな危険なものどうして？」

「どうしても発信機は体の中に入れたくなかったから、代わりにこれを提案した」

「だからって爆薬を隠すなんて。君は馬鹿か。でも、どうやって起爆する」

沖野は左腕の内側を見せた。

「皮膚の下に、起爆用パルスを出すシート型セラミックス二次電池が埋め込んである。上から強く叩くか、僕の心臓の鼓動が消えると、それがトリガーとなってパルスを送信し爆発する」

「ならはじめからそこに、爆薬の代わりに位置情報発信機を入れておけばいい」

「常時発信する装置なんて入れていたら、君にすぐに気づかれる。それに僕の位置を把握していたとしても、必ず救助に来てくれるとは限らない」

「国際交流課も公安も信用できないか。それは正しいな。でも……徹底的に君の身体検査をしておくんだった」

一瞬キャビンの天井を見上げた神津の視線が、また沖野の顔に降りてくる。

「大腸内にＣＬ20か。大きさは？」

「これくらい」

沖野は親指と人差し指の間を四センチほど開いた。

「それを四つ。しかも極小だとしても、それぞれ受信機に起爆装置つきか。かなり変態的な気もするけれど」

「変態的だろうが、生き残るためなら何でもやるよ。スパイだから」

「ああ、確かに君はスパイだ」

こちらを見る神津の両目に浮かぶ赤い光が小さくなってゆく。

「でもやっぱり――」

神津がいいかけたところで、ズンと鈍い音が響いた。

クルーザー全体が大きく揺れ、甲板にいるアラブの男たちが怒鳴り声を上げる。船の外装を叩くようなカカカカという音も鳴りはじめた。外から撃たれている。だが、実弾じゃない。制圧用のエアガンだろう。年明け直後の都心部で発砲音を響かせるわけにはいかないから？　それとも政治的な配慮？

神津が大きく舌打ちし、ソファーから立ち上がる。しかし、彼が甲板に出てゆく直前、キャビンのドアが開いた。

と同時に足が突き出し、神津の胸を蹴った。

蹴ったのは肩から小さなショルダーバッグを掛けた黒いスーツ姿の水瀬響子。

神津はのけ反り、床に倒れそうになった。が、水瀬の蹴った足首を掴み踏みとどまると、逆に水瀬の足を払った。

神津がテーブルの下に手を伸ばす。そこに銃が隠してあるのだろう。しかし、ふらつきながらも今度は水瀬が神津の着ているニットのワンピースの背中を掴み、引き戻す。振り向きざま、神津が殴る。それを水瀬の左腕がガードする。水瀬が右腕で殴り返すと、神津が左腕でガードする。

狭いキャビンの中で殴り合い蹴り合う。ふたりの素早い動きに沖野は圧倒されていた。だが、これは格闘じゃない。ものすごく高度な技の応酬をしているけれど、ただのケンカだ。

「ふたりとも――」

沖野は言葉を発しながら立ち上がろうとした。

「君は動くな」

「あんたは黙ってて」

神津と水瀬、ふたり揃っていわれた。

じゃまだということだ。水瀬に加勢するべきなのだろうけれど、その気持ちも失せた。

以前、ヒロにいわれたことが頭をよぎる。

〈あんたたちの会話って、本当に頭の悪い姉弟みたい〉

沖野と水瀬に向けた言葉だが、目の前で戦いを繰り広げているふたりにも、そのまま当てはまる。

――こんなに馬鹿で愚かなことをしていたんだ。

自分を振り返って思った。

任務も国家も関係ない。ただ互いに溜め込んでいた怒りと苛立ちをぶつけ合っているだけ。

水瀬が腰からナイフを出したが、その柄を握る右手を神津の左足が蹴った。手を離れたナイフが回転し、キャビンの壁に突き刺さる。水瀬の掌底《しょうてい》を受け、神津が鼻血を飛ばす。逆に神津の左フックを浴びた水瀬の頬が腫れ上がってゆく。

神津が右手、水瀬が左手で組み合いながら、逆の手で互いの首を掴んだ。ふたり向き合い、首を絞めてゆく。それぞれの顔が赤から青に変わってゆく。

直後、赤紫の顔をした水瀬と神津は頭突きし合った。反発し合う磁石のように、それぞれが頭をうしろに大きくのけ反らせながら弾き飛ばされ、Ｕ字型をしたキャビンの大きなソファーに仰向けに倒れるように座った。

が、すぐに跳ね起き、水瀬はショルダーバッグから、神津はテーブルの下から拳銃を取り出し、銃口を向け合った。

そのまま動かない。

「銃を置きなさい」

水瀬が先に口を開いた。

「おまえが置くなら」

神津が返す。

膠着《こうちゃく》が続いても時間を無駄にするだけだと、どちらもわかっている。だからまず同時に引き金から指を離し、揃って拳銃をテーブルに置いた。

腫れて傷ついた顔、破れた服で、ふたりともまたソファーに座る。

沖野はずっと下ろされていたキャビンのブラインドを上げた。両岸の街並みは厩《うまや》橋を過ぎたあたり。甲板に銃を構える狙撃手たちが並んだ巡視艇が、スクリューを止めないクルーザーを囲むように川を並走している。

「橋からクルーザーの上に飛び降りたんですか？」

沖野が訊くと、水瀬はうなずいた。

「契約違反だよ」

神津が垂れてくる鼻血を手で拭いながらいった。

「違反はそっち」

水瀬も切れて腫れた唇から流れる血を袖で拭きながら反論する。

「無事に帰すはずの沖野くんを殺そうとした」

「殺そうとなんてしていない。一緒に死のうとしただけだよ」

「どっちだろうと同じ。あんたに帰す気がなさそうだから、私が自分で部下を迎えに来た」

「どうやって船内の僕らの会話を聞いた？　キャビンの窓ガラスに当てたレーザーの反射光を音声に変換したなんていわないでくれよ。ちゃんと防振・防諜仕様になってる」

「そんな古い手は使わない」

水瀬はレイナードのレプリカが入っている遺体収納袋を見た。

「彼女の遺体は体内も調べた。何もなかったよ。収納袋のほうも何の仕掛けもなかった。どこにもマイクはないし、音声も漏れていない」

「指先」

水瀬がいった。

「爪を見ればわかる」

「マニキュアの下か。いつの間にかそんなものを開発していたんだな」

神津がいった。

今の彼は水瀬の言葉を聞けば真実をいっているかどうか判断できる。うそをついていないとわかったのだろう。

確かにレイナードのレプリカの指先はきれいに手入れされていた。マニキュアの下に極小シートマイクを仕掛ければ、ひとつでは感度が低く不鮮明な音声でも、両手の指合わせて十のマイクで収音したものを統合・合成して聴き取れるようになるかもしれない。

「不可能ではないだろうね。アメリカに頼み込んで、殺す前からレプリカの体に仕掛けをしておいたのかもしれない。天城がわざわざここに電話をかけてきたのも、契約締結を知らせるためじゃなく、電波が遮断されずに届くことを確認するためか」

そこまで話すと、神津は下を向き、首を小さく横に振った。

「でも、すべて虚構を信じ込ませるための行動だとしたら？　その船内から盗聴した音声ってやつを、水瀬は実際に聴いたのか？　天城・国枝お得意のハッタリの可能性も高いだろ。僕の性格や嗜好から船内での会話を類推し、沖野くんが無事に戻る確率は低いと踏んで、実際は録音もされていない会話をでっち上げ、水瀬に吹き込んだ。そして、ここに踏み込ませた。あいつらならやりかねないし、これまでにも同じような手で騙されたことがあるじゃないか」

水瀬は黙った。

彼女自身も天城と国枝の「うそ」の可能性を感じたのだろう。沖野も同じように思っている。あのふたりなら平気でそのくらいのことはする。

「都合の悪いことには答えない。相変わらず卑怯だな」

「真実でもうそでも沖野くんが危険であることには変わりない」

神津に罵られ、水瀬が口を開いた。

「それに、天城課長からあんたの『最後まで逃げるんだな』って伝言を聞いた。呼んだのはあんたのほう」

「だから来てやったって？」

「そう。ありがたく思いなさい」

水瀬が沖野に目を向けた。

「帰りましょう」

「帰さないといったら？」

神津が口を挟む。

「あんたは死ぬことになる」

「水瀬も死ぬよ」

「構わない。沖野くんが無事戻れるならそれでいい」

「自己犠牲の心なんていつ芽生えた？」

「あんたが逃げて以降」

「自分の未熟さやミスでもう部下を苦しませたくないと思った？　でももう遅い」

「わかってる」

「それに水瀬と僕とじゃ結局わかり合うことはできない。信頼も生まれない」

「それもわかってる。だから沖野くんとはわかり合えるよう努力する」

「いや、彼を連れて帰ることはできない」

「無理。これ以上あんたと私でやり合えば、最低でもお互い瀕死になる。沖野くんを殺すまでの体力は残らない」

「そういうことじゃない。このキャビンのトイレにＣＬ20とＨＭＸを混合した新型爆薬がある。おまえが沖野くんを連れてここを出た直後に起爆させれば、爆破半径は最低でも四十メートル、おまえたちふたりどころか周りの巡視艇も吹き飛ばせる。巡視艇に乗っているのは、海上自衛隊と国際交流課一係の連中？」

「爆薬が本当にあるかどうかわからない」

「ブラフ《はったり》じゃないよ。彼に訊けばわかる」

水瀬がこちらを睨んだ。

「本当です。僕が持ち込んだから」

「どういうこと？」

沖野ではなく神津が説明した。

「起爆装置は腕の皮下って、誰の入れ知恵？　五係の連中？　それとも国枝さんかヒロのアイデア？」

水瀬が訊いた。

「いや、僕の発案で」

「あんた……本物の馬鹿だったか」

すごく緊迫した状況なのに呆れられ、罵られた。

「そういうわけで、ここで三人揃って死ぬこともできる。ちょっと予定が狂ったけれど、僕はまあそれでもいい」

神津がいった。

「僕は嫌だよ。さっきもいった通り、まだやることがある」

沖野はいった。

「君だって三人一緒じゃなく、本当は水瀬さんひとりが苦しみながら死んでゆくところを見たいはずだ」

「まあね」

「僕だってこんなところで水瀬さんと一緒に死にたくはない」

本心をいっている。それを神津ももちろんわかっている。

「だから今日は普通に別れよう。きっとまた会える」

「その言い方、ものすごくダサいな。昭和のつまらないドラマの台詞《せりふ》みたいだ」

「自分でもわかってる。でも、上手い言い方が思い浮かばないんだよ」

「君といると本当に気が抜けるよ」

神津が考えはじめた。

そのまま三十秒、四十秒と無言の状態が続き、一分後また口を開いた。

「でもまあ、急ぐことはないか。確かに生きていれば、また君に会う機会もあるかもしれない。君を見て、また笑えることもあるだろうし」

沖野は露骨に嫌な顔をした。

神津が水瀬に目を向ける。

「今回は彼を帰すことにする」

「あんたたちにとっても有用な人材で、いずれ仲間に引き込むこともできるかもしれないから？」

水瀬が訊いたが、神津は答えることなく言葉を続ける。

「ただし、僕らも無事に出国させてもらう。乗船してきたことだけでも十分な契約違反だ。この上、さらに何かしてきたら、あんたも国際交流課も査問や懲罰程度じゃ許されなくなる」

「わかっている」

水瀬はいった。

「いや、何もわかってない」

神津が頭を横に振った。

「トイレの爆薬は持って帰るよ」

沖野は神津にいった。

「そのままでいい。新型爆薬だから持って帰れば専門家たちが喜ぶ」

「やめてくれ、汚い」

「ちゃんと洗うようにいうから。君を無事に帰らせるんだから、代わりに何か土産をくれよ」

神津は笑った。

直後——

沖野の背中を悪寒が駆け上がった。

神津が一瞬身を伏せ、ソファーのシートの下に隠した新たな拳銃を取り出した。

水瀬もショルダーバッグから新たに小型銃を出した。

神津が銃口を沖野に向け、引き金を引く。その目は赤く光っていないが、殺意を越えた強い感情で溢れている。

しかし、水瀬も沖野の前に飛び出し、盾となりながら引き金を引いた。

神津の、続いて水瀬の銃声が響く。

至近距離からの銃弾を受けた水瀬の体が飛ばされ、沖野にぶち当たる。

神津の体も銃弾を受け、飛ばされ、床に倒れた。

だが、どちらも出血はしていない。防弾ベストが受け止めたのだろう。この船にはじめに乗り込んだ直後、沖野は神津の着替えを見た。あのときはベストなんてつけていなかったのに。

いつの間に？

いや、そんなことよりもっと重大な問題がある。

――試したんだ。

沖野はすぐに気づいた。

水瀬が本当に捨て身で沖野の命を護るか？　護るより先に神津の頭を撃ち抜くか？　神津は自分の体と命を使って確かめようとした。

もし水瀬が後者を選んでいたら、きっと三人とも死んでいただろう。

「君も何か仕掛けてるんだな」

沖野は強い口調で神津に訊いた。

「まあね。スパイの基本だから」

神津が苦しそうな声で答える。

沖野がここで死ねば軟質カプセル四個に詰めてある爆薬が破裂するのと同様、神津がもし死ねば何らかの装置が起動し、クルーザーが吹き飛ぶという意味だ。

「どこに何を？」

「君と似たようなもの。僕の心音が止まれば、船底で爆発が起きる」

神津も自分ひとりで死ぬ気はなかった。

水瀬はそのすべてを読んだ上で、自分が盾となり沖野の前に飛び出すという、たぶん三人が生き残る唯一の正解を選んだ。

ただ、失敗する可能性も高かった。

水瀬は神津と格闘した時点で、互いに防弾ベストを身につけていると気づいていただろう。だとしても、神津が沖野の胸を狙って撃った弾道が少しでも逸れていたら、水瀬のほうも弾道をわずかでも読み違えていたら、水瀬は頭か首から血を流し、床に倒れていた。

「自分が死んでも護りたいのか」

青ざめた顔の神津がいった。水瀬の撃った銃弾が防弾ベストに突き刺さり、肋骨か鎖骨が折れたようだ。

顔を歪めながら沖野に視線を向け、言葉を続ける。

「君はそれだけ国際交流課にとって大切な存在なんだね」

「そうじゃない」

水瀬がいった。彼女も胸を撃たれ、息が荒い。

「あんたは間違ってる。国際交流課にとってじゃない、この子は私にとって大切な存在だから護った」

「は？」

「あんたにしたような卑怯な手段は使わず、この子には正面から向き合って、そして信頼してもらいたい」

「そんなもの……沖野くんに信頼されたら、どうなるっていうんだ？」

「自分自身を、本当の私を取り戻せる気がする」

「そんなに上手くいくかな？」

「わからない。けれど、やってみる価値はある」

「だから命懸けで護るのか」

水瀬がうなずいた。

「気持ち悪い。あの水瀬がそんなことをいうようになるなんて」

「あんたのおかげ。ありがとう」

水瀬が神津に伝える。

神津はたまらなく不機嫌な顔をしたあと、顎を振った。

「もう着くころだ、行けよ」

水瀬がポケットから錠剤を取り出し、ひとつ口に入れると、もうひとつを神津に差し出した。大量のアドレナリンを含んだ緊急用の鎮痛剤だろう。

「いらない」

首を横に振った神津の目がまた沖野に向けられる。

「沖野くん、また会いにいくよ」

神津の言葉に沖野は何も返さず、水瀬を肩で支えて立ち上がらせた。

彼の狂気に触れ、わずかに抱きはじめていた親近感が崩れてゆく。

沖野は最後にソファーに置かれたレプリカのレイナードの死体が入ったバッグを横目で見ると、水瀬とともに甲板に出た。まだ空は暗く、冷え切っている。

神津はキャビンに残ったまま。追ってこない。

すぐにクルーザーの速度が落ち、周囲に巡視艇を引き連れたまま、墨田区内、桜橋のたもとにある船着場で停まった。

ロングコートを着込んだアラブの口髭の男たちが、白い息を吐きながらこちらを見ている。全員表情は厳しいが、何人かが沖野に向け小さく手を振った。沖野も小さく手を振り返し、水瀬と岸辺に上がった。

クルーザーはすぐに動き出し、ゆっくりと方向転換すると、また東京湾へと川を下っていった。巡視艇もあとを追う。その一隻の甲板に一係係長の久坂部が立っているのが見えた。

コンクリートで護岸された土手の階段を上ってゆく。首都高六号線の高架、高速道路への入り口、長命寺《ちょうめいじ》の裏門、有名な桜餅の老舗――沖野が小さいころからよく知っている景色が広がる。

「だいじょうぶ。薬が効いてきた」

水瀬が沖野の肩に回していた腕を外した。

その瞬間、沖野の口から思わずため息が漏れた。

安堵感からじゃない。まだ緊張は続いている。それでも体の中に溜まった恐怖心を少しでもため息に乗せて外に出したかった。

本気で怖かったし、死も覚悟した。水瀬がキャビンに入ってきたときも怖さは少しも薄まらず、むしろ増していった。

神津は本当に死ぬつもりでいた。

でも、小さなことが重なり合い、組み合わさった結果、彼は死なず、まだ自分も生きている。重なり方が違っていたら、今ここに沖野修也はもう存在していなかった。

――紙一重。

生まれてはじめて、そんな言葉の意味を肌で感じている。

沖野は周囲を見た。タクシーは走ってこないか？　まだ国際交流課の手配した救護車は到着していない。水瀬を治療できる場所まで連れて行かないと。

「心配しないで」

沖野の考えを察して水瀬がいった。

「送っていくから」

「誰をですか？」

「あんたしかいないでしょ」

「病院に行ったほうが」

「だからだいじょうぶ」

水瀬が歩き出す。街灯に照らされた顔は確かに血色がよくなっていた。薬の効能だろうけれど、こんなに効くなんて、どんな成分が含まれているのかちょっと怖くなる。

「実家に帰るんでしょ？」

水瀬が横目でこちらを見ている。

「そうですね。鍵も身分証も財布も、神津に川に投げ捨てられてなくしたから。官舎に戻っても部屋に入れる保証はないし。実家ならすぐそこだし」

川沿いの道から信号を渡って少し歩けば、沖野の実家のある向島の花街に入る。

「ひとりで行かせて拉致されたり、殺されたりしたら私の責任になる」

水瀬がいった。冗談ではなく、その可能性があるからな。

この界隈、通りを走る車は少ないものの、年始の隅田川七福神めぐりをする人たちで、夜明け前から意外と通行人が多い。その行き交う人に混じった何者かに、いきなり襲われるかもしれない。

「手配して実家の周りを警備させるから今夜は安心して」

沖野は疑った目で水瀬を見た。

「だいじょうぶ。豊洲の病院のときのような失敗はくり返さない」

「本当かな？」

「心配しなくていい。あんたのことは私が絶対護る」

以前、神津にいった言葉を、水瀬がまたここでくり返した。

なぜ僕を護ることが水瀬が自分を取り戻すことにつながるのか？　そもそも彼女が手放したもの、失ったものって何なのか？

訊きたかったけれど、水瀬の人生に深くかかわる勇気も覚悟も、まだ沖野にはなかった。

破魔矢《はまや》を手にした何人かとすれ違った。

「二係の仕事始めはいつからですか」

沖野は訊いた。

「七日から」

「意外と休暇期間が長いんですね」

「休むときはしっかり休むが天城課長のモットーだから。七日、九時に出勤」

ふたり並んで歩いてゆく。

「教えてください。僕の父は諜報防諜の現場で働いていたんですか？　僕の両親を殺したのは、日本のどこかの組織や国際交流課の誰かではないですよね」

「違う、実行部隊ではなく、計画立案が主だった」

水瀬はいった。

「『2-21研究』の制作に加わったのも、あのレポートが対外取引の重要なカードになるとわかっていたから。もちろんあんたのことを心配して、息子が持っている力の正体が何なのか詳しく知ろうとしたのも動機のひとつだろうけど」

この世界には常識を凌駕した真実がある。その誰もが疑うような真実の一部に、自分という存在が含まれていることを、ようやく少しだけ受けとめられるようになった。

ただ、相変わらずまるで嬉しくないし、ほんのひとかけらの幸せも感じてはいないけれど。

実家の料亭「織利はら」の裏口に着いた。

「立派だね」

水瀬が見上げている。

「古いだけです」

「それじゃ。中に入るまで離れて見ているから」

「ありがとうございました」

沖野は会釈した。

インターフォンを押す。何回かくり返し押したあと、住み込みの従業員が出た。

「こんな時間にすいません。修也です」

反応がなくなり、ずいぶんと間を置いてから「誰？」と祖母の声がした。

「修也だけど」

沖野はいった。

「は？　新手の詐欺？　新年早々冗談じゃない」

「詐欺でも冗談でもないって。モニター見てよ」

インターフォンのカメラに顔を向ける。

「何なの、こんな時間に」

年末三十一日まで料亭は得意先から注文を受けたおせちの重作りがあり、やっと終わった新年のこの時間は、皆疲れ切って眠っていると沖野もわかっている。

「ごめん」

「電話すりゃいいじゃないか」

「携帯失くして、官舎の鍵も失くしちゃって帰れなくてさ」

「この間抜け」

裏門の奥の玄関の明かりがついた。

離れて立っていた水瀬の姿はもうない。が、きっとまだどこかで見ているだろう。

「警察官のくせに何やってんだい」

パジャマ姿で怒った顔の祖母が出迎える。

「ただいま」

小さい声でいいながら、沖野は裏門をくぐり玄関に入った。

――警察官じゃない。僕はスパイなんだ、これでも。

なぜかそんな言葉が頭に浮かんだ。

主要参考資料

ＮＨＫ　ＢＳ１
ＢＳ世界のドキュメンタリー
「フランス諜報員の告白」
「ＫＧＢの刺客を追え」
「都会の中の〝進化論〟」

本書は小説現代二〇二〇年四月号、六・七月号、十月号、
二〇二一年四月号連載「ＮＯＣ　緋色の追憶」を改題し、
加筆・修正いたしました。

長浦 京（ながうら・きょう）

1967年埼玉県生まれ。法政大学経営学部卒業後、出版社勤務を経て、放送作家に。その後、闘病生活を送り、退院後に初めて書き上げた『赤刃《セキジン》』で2011年に第6回小説現代長編新人賞、2017年『リボルバー・リリー』で第19回大藪春彦賞を受賞する。2019年『マーダーズ』で第73回日本推理作家協会賞候補、第2回細谷正充賞を受賞。2021年『アンダードッグス』では第164回直木賞候補、第74回日本推理作家協会賞長編および連作短編集部門候補となる。他の作品に『アキレウスの背中』『プリンシパル』がある。

アンリアル

2023年6月26日　第一刷発行
2023年7月27日　第二刷発行

著者　長浦《ながうら》 京《きょう》
発行者　髙橋明男
発行所　株式会社講談社
〒112-8001東京都文京区音羽2-12-21
電話　出版　03-5395-3505
販売　03-5395-5817
業務　03-5395-3615

KODANSHA

本文データ制作　講談社デジタル製作
印刷所　株式会社 KPSプロダクツ
製本所　株式会社 国宝社

N.D.C.913 Printed in Japan
398p　19cm
ISBN978-4-06-531809-6